大唐李靖

卷二 龍戰于野

齊克靖——著

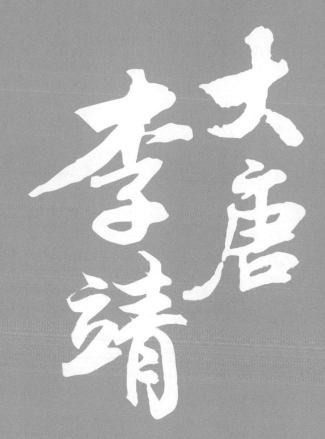

推薦序一

李靖，是個謎。他掃滅長江流域及以南所有割據勢力，和秦王李世民各為唐朝開國打下半壁江山；貞觀時滅東突厥破吐谷渾，北疆萬里犁庭掃穴傳檄而定；平生百戰未嘗敗績，傳世兵書《李衛公問對》歷史地位堪比《六韜》；出將入相之功，白韓霍衛尤有不及；而君臣相得，功成身安之通透，不輸張良范蠡。太上所謂立德立功立言三不朽，史上成就如李靖者不多。然而今人多只知其托塔天王之名，太奇怪了。

今幸有吾友齊克靖因使命之感立願為李衛公正名而作《大唐李靖》，用細緻入微的觀察力，為讀者梳理關聯文獻考據及實地考察而得的歷史資料，拾遺補缺的同時發揮想像，讓我們看到一個波瀾壯闊激動人心的歷史時代的一個血肉豐滿引人入勝的人物故事，讓今人重新認識李衛公。

齊女士從物理（大學）到建築（研究所以及專業證照並執業）到企管（研究所）到諮商到雜文作家到美食部落客，人生看似各種轉彎，然而她對精緻完美的文化追求貫穿始終。《大唐李靖》能成書，路上每一步都有不可或缺之貢獻。這樣用心日積月累的成果，值得強烈（熱情）推薦。

——南京審計大學長江學者特聘教授／楊春雷

推薦序二

齊克靖右手擘劃建築美學，左手撰述浪漫歷史小說，思辨遊走理性與感性之間，是文思創作力俱佳的建築師作家。

當一口氣看完齊克靖《大唐李靖》〈卷一・龍遊在淵〉的傳奇故事後，會迫不及待的期待卷二、卷三的後續發展。作者擅於歷史小說人物故事的描述，筆鋒遊走主角的感情浪漫情愫，將出將入相文武兼備的李靖將軍從青年男神的意興風發，轉化為壯年戰神的銳意天下，是〈卷二・龍戰于野〉扣人心弦的傳奇故事情節。

卷二除了讀者期待的人物描述，戰役的故事外，齊克靖在書中隱藏了許多彩蛋，把文獻或野史中許多唐代的美食，透過故事劇情的鋪陳編排，生動的「復刻」重現出中國唐朝上層社會古人雅士的飲食文化，讓今人讀者驚豔不已，如果你是米其林的美食家、吃貨，你必不能錯過書中的古人美食精饌的極致矣。

——九族文化村執行董事／張協堂

推薦序三

二〇二〇年五月二十日，冥冥之中感覺會有點什麼發生，但當天因為工作太忙未看郵箱。等到二十一日，不由自主的打開了郵箱，看到了齊克靖先生五月二十日的來信，看到齊先生約我給她的《大唐李靖》卷二寫個序，我受寵若驚、誠惶誠恐。我既高興又擔心，高興的是我心中的齊大師邀請寫序是多麼大的榮耀呀！擔心的是我能否勝任這份重託。

我和齊先生的相識是幾年前的事，那一次是西安市政協的領導陪同她到我們館來參觀昭陵碑林中的《李靖碑》，後又專程去了李靖墓，這是我們初次見面。在交談中我深深的被齊老師的高雅、純粹、知性所打動。她畢業於臺灣輔仁大學物理學，又是美國威斯康辛大學建築碩士。擁有加州建築師執照，為美國建築師學會、建築評審會會員。不僅如此，生活中的她又是非常天真浪漫——會做很多的美食。她留給我的第一印象就是「一片冰心在玉壺」的感覺。所以第一次見面後我跟齊先生的書信來往就以「齊大師」相稱。

去年，即二〇一九年五月二十日，齊先生又一次如約而至來到了我們昭陵博物館，我去大門口迎接她的光臨，一進門齊先生說：我們可以擁抱一下嗎？我說：當然可以！太好了！其實當時我也是這樣想的！這叫不謀而合——默契。在印度人心中有這樣一個觀念：「凡是兩條河交匯的地方都是聖地」。人也一樣，你有一個蘋果，我有一個蘋果，我們相互交換，各自還是一個蘋果；但是，你有一種思想，我有一種思想，我們相互交流，各自已有兩種思想。這就是人與人之間溝通的重要。我與齊先生的相識相知，可謂是傾蓋如舊、相見恨晚。

在我心中齊先生是個奇人，她不僅在建築設計領域出類拔萃，在文學領域也是不同凡響。看看學者對她《大唐李靖》卷一的評價就知道了。李念祖先生的評價是：「齊克靖《大唐李靖》既類似古典武俠，又像是現代章回，隨著小說家的想像，試圖在歷史的線索中勾勒出虬髯客所影射的真實人物……」。

齊克靖先生也是一位快樂的人。因為，心靈快樂來自於寧靜裡的忠誠和喧囂中的堅守。齊先生對大唐李靖的崇拜敬仰與痴心不改的精神，令我感動。有人對演員陳道明說：誰都演不過您演的角色。陳道明說：那我再演一遍呢？好和更好不一樣，更好沒有止境。所以陸游說：能追無盡境始為不凡人。齊克靖先生就是一位不凡的人，她的《大唐李靖．卷二．龍戰于野》一定會更好！

——昭陵博物館／李浪濤

I recommend this book full heartedly for anyone who is interested in Chinese history, especially the Tang Dynasty which continues to be recognized as one of the most prolific eras in the long history of China.

——Robert Wang / Author of "*THE OPIUM LORD'S DAUGHTER*"

Endorsement

Readers with an interest in Chinese history will be treated to the second volume of Koching Chi's anthology of one of the most significant eras of Chinese history that is the Tang Dynasty. This volume focuses on the period spanning from 617 to 626 AD, when Li Yuan, Emperor Gaozu of Tang established the Tang Dynasty which unified China, and ends after Xuanwu Gate Incident, and Li Shimin, Emperor Taizong of Tang took over the throne.

Koching's book covers this period with masterful details of numerous contributions made by the Tang Dynasty that defined the dynasty's many accomplishments such as naval architecture, Chinese gourmets, and especially early Tang Dynasty architecture that continues to dazzle students of architecture even today.

The author also focuses and establishes Li Jing as the most "successful human being ever existed" during this era. He was a strategic thinker, blessed with superior intelligence with excellent leadership qualities. His stupendous accomplishments in both civil and military affairs earned him titles such as Grand Chancellor as well the high military rank of Marshal. He earned the respect of both his superiors and his co-workers, and he was loved by his followers.

世民的每一場戰爭
都威武雄壯
藥師的每一場戰爭
都優美酣暢
兩者都如
史詩高亢
然一者凶崇
一者水廣
乃是不同調性的
史詩高亢

平生雅頌衛公風 齊克靖 謹識

目錄

第廿五回　綜論天下

中國歷史上，功成之後身退，而能得保全真的政治家只有三位，越的范蠡、漢的張良、唐的李靖。然則句踐忍狠、劉邦侮慢，惟有李靖得幸遇逢「千載可稱，一人而已」的李世民。

歷代皇朝中，萬里戎馬倥傯，而未嘗敗績的軍事家也只有三位，漢的韓信、唐的李靖、宋的岳飛。相對於韓信、岳飛的下場，可知李世民、李靖君臣得以善相終始，何其難能可貴！

且說如今，暮春三月，本當是浴乎沂青、風乎舞雩；雜花生樹、群鶯亂飛的季節。然而洛陽城西四十里處，卻有數萬大軍駐紮。只因時值隋唐之際，乃是西京長安的大隋義寧二年，東都洛陽的大隋大業十四年。在那諸營環衛的主帥帳內，正有兩人對坐而談。上座一人二十郎當，身著明光鎧甲，雄壯威武，他，是此次東討副元帥李世民。下座一人年近半百，僅著三衛服色，卻難掩其岩若孤松、溫如潤玉的器宇軒昂，他，則是李世民心目中的「天下第一將才」李藥師。

行轅外地，帳內沙塵難免。李藥師就著積塵，手指幾番揮灑，案上已出現一幅簡單地圖。他

指著地圖西方對李世民說道：「如今形勢可說彼此均是三面受敵。然我軍卻最具優勢，只須固守新安、宜陽，便無後顧之憂。」

他再指著地圖中央：「王世充在東都，遭李密圍攻數月，兵馬早已疲弊。日前又渡洛水，與李密交戰大敗，更是士氣全無。」

他又指著地圖東北：「至於李密，他的根基是黎陽、洛口兩倉。倉廩糧餉雖豐，然而當年文帝建倉，並沒有考量防禦工事，因此極易攻取。」

他的手指移向東南：「宇文化及由江都而來，號稱驍果甲士四十餘萬，其實半為餒卒、半為災民。此刻只求充飢，哪有半分鬥志？我軍只消放出風聲，但說李密正在放糧，宇文飢兵必定前去攻搶，李密則必得回師救援。如此兩軍自顧不暇，焉能追躡我軍？」

李世民擊掌大讚：「精闢！精闢啊！」

李藥師躬身謙謝，隨後望向李世民：「只是李密救援兩倉，卻讓東都緩一口氣。洛陽西方向由段達戍守，他並未與李密接戰，兵馬健全。我軍若想回師，卻須防他。」

李世民問道：「不知先生如何計劃？」

他二人為何率軍來到洛陽城外？為何須要回師？李藥師又如何計劃？這一切，都得從四個月前說起。

且說……

隋煬帝大業十三年十一月，唐軍初入長安。李淵立年僅十三歲的皇孫代王楊侑為天子，改元義寧，遙尊遠在江都的楊廣為太上皇。當年不僅是大隋楊廣大業十三年、楊侑義寧元年，同時也是長樂王竇建德丁丑元年、定楊可汗劉武周天興元年、魏公李密永平元年、西秦霸王薛舉秦興元年、涼王李軌安樂元年、梁王蕭銑鳴鳳元年、梁帝梁師都永隆元年、永樂王郭子和正平元年……楊侑這位有名無實的皇帝，依李淵之意，詔封他為唐王。

當時唐軍之外，天下已是「三十六路煙塵、四十八方兵馬」；唐軍之內，李藥師與李淵的嫌隙由來久矣，李世民的處境卻更為尷尬。他雖貴為唐王二公子，得封秦國公的爵位，可是一向與長兄、四弟並不融洽。如今長兄李建成乃是唐王世子，四弟李元吉也有齊國公的爵位。兩人聯手，對李世民虎視眈眈。尤有甚者，父親對他似乎也頗有戒心。李淵身邊的幕僚中，以劉文靜與李世民最為親厚。可是唐軍入關之後，李淵卻把劉文靜調去潼關，輔佐李建成了。

在李世民心中，「平天下」是義無反顧的。然而在那之後呢？父親踐祚，兄長成為當然的皇太子；再接下來，兄長繼位之後呢？對李世民來說，他必須爭的不只是成敗，更是生死。現在，他是默默延攬天下人才，穩穩培植自己勢力。

在李藥師心中，「平天下」也是義無反顧的。可是如今，他已經四十有七了。過去三十年間，神光大師、猿鶴二公、玄中子、徐洪客先後說他「壯志不減沛公」、「當有九五之分」、「溥天之大，盡可為你所有」；然而代天行雨，誤殺生靈，正如龍宮太夫人所說，他「前功盡棄」。爾後軒轅古鏡遺在太華西嶽雲堂淨室的設色山水之中，當時他固然綽負「天命雖有不逮，難道人力便不可為」的豪情，卻又遭遇龍師尋仇，導致身陷囹圄……①

所謂「剝極必復」、「否極泰來」，李藥師身陷囹圄的時日，竟讓他恰有機會定靜思慮，而有所得。其後李淵錄囚，因有李世民援手，他才得以存活。可他全然沒有料到，唐王李淵的這位「二公子」李世民，竟是這多年來始終念茲在茲的「虬鬚龍子」①！為這位「龍子」做任何付出，李藥師都毫無懸念。早已年逾「不惑」的他，如今只覺，自己離「知天命」愈來愈接近了。

至於李世民，他對李藥師是由衷的欽敬，對他的出塵夫人，更有一種說不出由來的親敬②。只不過，眼前的李藥師乃是甫出囚牢，擢於罪亡之餘，李淵僅給予「三衛」之銜。三衛是天子的儀衛，嚴聲容重紋彩，以尊君而肅臣。相對於李藥師的才識、智慧、經驗、能力，這樣的職位實不只是一番兩番的大材小用。是以李世民將他延入自己軍幕，待以上賓之禮。

這日在秦公府中，李世民又與李藥師綜論天下大勢。此時隋帝國境內，有稱帝者、有稱王者、有稱公者、有稱總管者、有稱將軍者……兩人對著大幅羊皮地圖，李世民說道：「如今四海紛亂，生靈塗炭。我等豈可獨善其身？必當弔民伐罪，以解倒懸！」

李藥師長揖道：「公子胸懷萬庶，以天下為己任，卑職自當勉附驥尾。」

李世民伸手托住李藥師的長揖，順勢握住他手，殷殷說道：「先生，如今在我幕中，眼下只有你我。你若如此拘禮，我倆如何開懷暢談？」他放下李藥師雙手，指著地圖說道：「放眼華夏九州，先生可願為我略述高見？」

李藥師微微一笑，便也不再矜持，朗聲說道：「秦失其鹿，天下共逐。如今自建旗號者雖眾，然其犖犖大者，不過數家。」

李世民含笑頷首，望著李藥師，等他說下去。

李藥師侃侃而道：「我軍出於太原，立足三輔，居有天下之中，得以放眼四海。然我方雖固有地利，卻也須防多面受敵。所以用兵之首要，在於孤立一軍，穩住他方，如此便可以各個擊破。」他說此話之時，心中自然浮現當年在徐洪客雲堂淨室中的那盤棋局。

李世民擊掌而道：「照啊！果然所見略同！」

李藥師謙謝，抬手指向地圖西側：「我軍西有武威李軌、金城薛舉，北有朔方梁師都、榆林郭子和。」他手指移到河套以東：「河東又有馬邑劉武周。」他回身面向李世民：「諸軍雖然皆與突厥③有約，不得相互攻伐，但那薛舉近在隴右，時時意圖蠢動。」

李藥師又指向地圖東側：「至於關東，北有漁陽高開道、涿郡羅藝，東有樂壽竇建德、任城徐圓朗、瓦崗李密。」他再度回身面向李世民：「李密與我最近，卻也為我扼住東方，使諸軍並不直接與我對壘。」只聽他語音一頓：「另有朱粲，人神共憤，有識者皆欲剿之，何獨我軍！」朱粲竄據各地，所到之處動輒大肆屠戮，甚至以人肉為軍糧，所以李藥師說他「人神共憤」。

李世民頻頻點頭。

此時李藥師手指洛陽，直視李世民，說道：「然則東都尚有王世充輔佐越王，不奉我主正朔。」大業十二年楊廣南遊江都，命皇孫越王楊侗留守東都洛陽，皇孫代王楊侑留守西京長安。如今李淵已立楊侑為天子，改元義寧，所以李藥師稱楊侑為「我主」，以義寧年號為「正朔」。當時東都仍以楊廣為天子，以大業為年號。

李世民點頭道：「的是。隴右須防薛舉；關東各路軍中，王世充則為心腹之患。」李藥師恪守人臣之禮，遣詞用語相當謹慎；李世民則頗為率性，將名義上同為隋臣的王世充，直指為「心腹之患」。

李藥師於是順著李世民語意，點頭說道：「如今宇內崩離，天下喪亂，江都遲早有變。待得彼時，王世充若立越王，則天下將有兩位大隋天子，未免棘手。因此對於東都，須當早作處置。」

李世民道：「然則東都與我之間，尚有屈突通。」唐師渡河進入關中之後，曾遭屈突通由背後追擊。雖經李世民攘退，刻下卻仍在潼關東方，與李建成、劉文靜對峙。

李藥師道：「師出有名，名正方能全勝。屈突通身為隋臣，為隋守土，不得謂之為叛。我軍若加討伐，竊恐師出無名。何況……」他望向李世民：「自建旗號之犖犖大者，固須各個擊破，然其小者則宜招安，以防困獸之鬥。比如霍邑之戰，王師只斬宋老生一人，其餘降者免死，所以萬眾歸誠。如今若殺屈突通，竊恐兩河豪傑生畏，竟會裹足不前。」

李世民道：「先生的意思是……」

李藥師道：「屈突通不宜討伐，然可脅降。」

李世民喜道：「如此甚好。」他與劉文靜最相親厚，只須一通書信，便能溝通情況。

此時李世民又道：「北方諸軍形勢，先生洞若觀火。然則南方各地，卻不知看法如何？」

李藥師微微一笑：「海陵李子通、毗陵沈法興、歷陽杜伏威、豫章林士弘，眾皆不足為意。

惟有巴陵蕭銑……」他將話止住，望向李世民。

李世民點頭道：「的是。蕭銑非但是南朝帝裔，又是蘭陵世族，在南方根基既深，名望又廣。」

蕭銑的六世祖是建立南朝梁國政權的梁武帝蕭衍，高祖父是編纂《昭明文選》的昭明太子蕭統。蕭統英年早逝，梁國皇位由其弟蕭綱承繼，是為梁簡文帝。蕭統之子、蕭銑的曾祖父蕭詧心有不甘，依附北朝，在江陵另建後梁④政權，是為後梁宣帝。承繼其位的後梁明帝蕭巋是蕭銑的伯祖父，再傳其位予蕭銑的堂伯父蕭琮。

後梁所依附的北朝，先是西魏，再是北周，後是大隋。所轄領域既小，又是傀儡政權。然則蘭陵蕭氏畢竟是數百年的世家大族，梁武帝蕭衍可稱一代學者，尤重佛教。昭明太子蕭統編纂《昭明文選》，對後世的影響更為深遠。後梁諸帝克紹箕裘，均重學問，相對於同時期的北朝諸代與南朝陳國，後梁具有高度的文化素養。

隋文帝開皇七年，楊堅召蕭琮入朝，廢其帝位，後梁遂亡。蕭銑的祖父蕭巖，亦即蕭巋之弟、蕭琮之叔，不願歸順大隋，投奔南朝陳國。其後大隋伐滅陳國，蕭巖遭楊堅處死，因此蕭銑少時，家境頗為窘困。然隋煬帝蕭皇后是蕭琮之妹、蕭銑堂姑，基於這層關係，蕭銑在大業後期成為羅川縣令。羅川在今湖南汨羅，乃是蕭梁故地。

蕭銑不但因著家世出身，承襲高度的文化素養，而且秉性寬和，事母至孝。他以蕭梁帝冑的身分，出任蕭梁故地的官職，仁以治下，厚以待人，因此聲名遠播。大業十三年，巴陵校尉董景珍與所屬郡縣起事叛隋，欲推董景珍為主。然而當時社會，門第觀念極重。董景珍自知出身寒微，難以服眾，於是推蕭銑為主。

其後沈柳生歸附蕭銑，推他為梁公。蕭銑遂以恢復梁祚為號召，將服幟改回南梁制度，一時近悅遠來。就在李世民與李藥師綜論的當下，蕭銑的勢力正在迅速擴大。

此時李世民問道：「對於蕭銑，不知先生可有想法？」

李藥師微笑道：「蕭銑固是南朝帝胄、蘭陵望族，然其部眾各分派系，未必全聽蕭銑號令。比如沈柳生殺徐德基，董景珍因此欲殺沈柳生，而蕭銑不得不由之。」

李世民擊掌喜道：「蕭銑膏肓，盡入先生眼底！」他握起李藥師雙手，豪情萬丈地說道：「如此你我一南一北，戡平大江大河，則四海廓清，天下砥定矣！」古人稱長江為大江，稱黃河為大河。

李世民「你我一南一北，戡平大江大河」的心意，李藥師原本清楚。是以他此番綜論，對北地群雄只略敘形勢，對南方蕭銑則進陳戰略。此時李世民豪情既現，李藥師也不禁慷慨軒昂，揚眉而道：「待得彼時，天清地寧，盼隨公子富國家、強社稷、興教化、安百姓，以逞平生之願！」他二人四掌緊緊相握，眼神忱忱熾熾地對視。

良久，李藥師方才說道：「蕭銑部眾之事，或以賄、或以間，均可徐緩圖之。眼前另有一事，則是迫在眉睫。如今山南以至巴蜀，尚未落入蕭銑掌握，我軍實宜盡速招安。」

李世民點頭道：「正合我意！」

次日李世民即向李淵建議，迅速取下山南巴蜀。他知道父親極不願意聽到李藥師這名字，更不可能給他建功的機會，因此並沒有稟明這是兩人商議的結果。當時李淵恰好得到薛舉進攻扶風的軍情，便命李世民率兵擊討，另遣李孝恭招慰山南。

李孝恭的曾祖父李虎是李淵的祖父、李世民的曾祖父，因此他是李淵的堂侄、李世民的族兄。數年之後唐軍戡平長江流域，李藥師雖為行軍總管，名義上卻在趙郡王李孝恭麾下。不過此時，李孝恭仍是趙郡公，尚未得封郡王。「山南」則指終南山以南。中國所謂北方、南方，在自然地理上以秦嶺、淮河界分。秦嶺山脈中段位於關中的南方，自古即稱南山、中南山、終南山。

此時李淵認為，李孝恭足以戡平山南。至於河西，當時大隋的扶風太守竇璡是李淵已故夫人竇氏的族弟，早已有意投附唐軍，李淵心裡也早已將其地歸入囊中。如今薛舉進攻扶風，竇璡軍情吃緊，李淵急命李世民擊討。李藥師原本就在李世民軍幕中，因此他隨李世民西出，李淵便沒有表示意見。

薛舉原是金城校尉。金城即今日的蘭州，李唐皇室自稱先世出身隴西狄道，其地即在金城治下。大業末年隴西百姓飢餒，群盜蜂起，金城太守命薛舉討捕。薛舉卻劫持太守，開倉賑濟災民。在荒蕪饑饉的時代，有糧餉就有兵馬。於是薛舉自稱西秦霸王，掠官收馬，招集羣盜，一時投效者頗眾。

薛舉先擊潰河州的隋軍，又得羌族首領率岷山兵眾歸降；繼而攻下鄯州、廓州，盡有隴西之地。隨後命長子薛仁杲向東進兵秦州、次子薛仁越向南進兵河池。當時大隋的河池太守蕭瑀，不但是隋煬帝蕭皇后的幼弟，也是李淵的舊識。他率兵拒敵，力阻薛仁越。然秦州很快便遭薛仁杲攻下，使得蕭瑀面對薛仁越，情況更加危殆。

此時恰逢李淵進入長安。對薛舉來說，長安才是重中之重，於是按下河池攻勢，率部眾由秦州向東，進攻扶風。李世民、李藥師都是不世出的軍事奇才，不過短短十天，便將薛舉擊退。蕭瑀得到消息，即刻歸附唐軍，如此扶風、河池俱入李淵掌握。同時在唐軍勢力的東端，劉文靜已計擒屈突通，解送長安之後歸降。加上李孝恭招慰山南也頗順利，唐軍一時大為振奮。

不過李世民卻明白，薛舉只是一時敗退，絕不會就此停止東進。他與李藥師商議，李藥師說道：「薛舉殘暴，自難凝聚人心，不須我方分化。他據隴西之地，東面與我軍相抗，南面則有秦嶺。薛舉所轄盡是秦隴兵眾，無人通嫻水戰，所以不圖南進。西面則有武威李軌，他一向與薛舉不和，我軍不妨與之交通。北面又有朔方梁師都，他或與薛舉結盟，我軍卻須防範。」

李世民點頭同意：「李軌系出隴西，與我同為李氏，又同與薛舉相抗，不難與之交通。至於梁師都……」他將話止住，望向李藥師。

李藥師微微一笑：「諸軍皆與突厥有約，相互不得攻伐。薛舉進攻扶風之前，扶風原困於賊寇，我軍亦圖下之。因此兩軍爭取扶風，並非相互攻伐。如今薛舉若欲結盟梁師都以攻我軍，則必須得到突厥首肯。所以當務之急乃是連絡突厥，以防薛舉得逞。」

李世民問道：「依先生看，該當如何連絡？」

北朝魏分東、西以來，突厥趁機坐大。由南北朝以至隋初，突厥的勢力遠盛於華夏中土之內的任何一個政權。毋寧說，當時亞洲大部的主人乃是突厥，並非中國。直至隋文帝時期，長孫晟設計離間，使突厥分裂。其後一邊作戰、一邊分化，終於在開皇中期，東、西兩突厥均因內鬥混戰而趨衰落。

然而其後楊廣荒誕淫佚，致使大業末年群雄並起，中土紛亂，遂使突厥得以再度強盛。與突厥相鄰的隋末群雄，包括薛舉、李軌、梁師都、郭子和、劉武周、竇建德……當然也包括李淵，為避免遭諸軍圍攻，必須「結交」突厥。突厥與群雄有約，相互不得攻伐。其實「結交」乃是諛美之詞，當時無人有能力結交突厥，而只能臣附於突厥。

因此，薛舉若欲結盟梁師都以攻李淵，就必須得到突厥首肯。唐軍若想防堵兩軍結盟攻伐，也必須透過突厥。諸般種種，李世民自然清楚。他只是希望知道，李藥師的想法是否與自己相合；他更希望知道，李藥師計劃如何連絡突厥。

李藥師也明白李世民心意，說道：「我軍出使突厥，可由兩路，或出靈武道，或出馬邑道。靈武道在薛舉、梁師都兩軍之間，若走此道必遭遷延，只怕無法及時抵達突厥。若走馬邑道，則只須避開與劉武周衝突。何況四公子刻下仍在太原，距突厥不過五百里地，快馬僅須二日，便可抵達。」

李藥師十分清楚，這些情勢李世民也很明白，讓他猶豫的卻是，他那四弟李元吉。於是不待李世民示意，即便繼續說道：「都水監宇文歆為人機敏正直，與四公子又頗相得，如若由他出使，應可達成任務。」

李世民大喜，次日便向李淵建議，欲平滅薛舉，宜一面遣使結交李軌，一面派宇文歆厚備金帛賄賂突厥。當時突厥始畢可汗在位，然與關中、河東群雄連絡，多通過始畢的三弟莫賀咄設。莫賀咄設即是後來的頡利可汗，此時他的大帳設在五原之北。薛舉的使者由金城出靈武道後朝北前赴五原，比唐軍的使者由長安出馬邑道後朝西前往，快了數日行程。因此宇文歆抵達時，莫賀咄設原已應允薛舉的請求，相約助以兵馬，攻取長安。幸好宇文歆卑辭厚禮，使得莫賀咄設改變心意，終令薛舉希望落空。

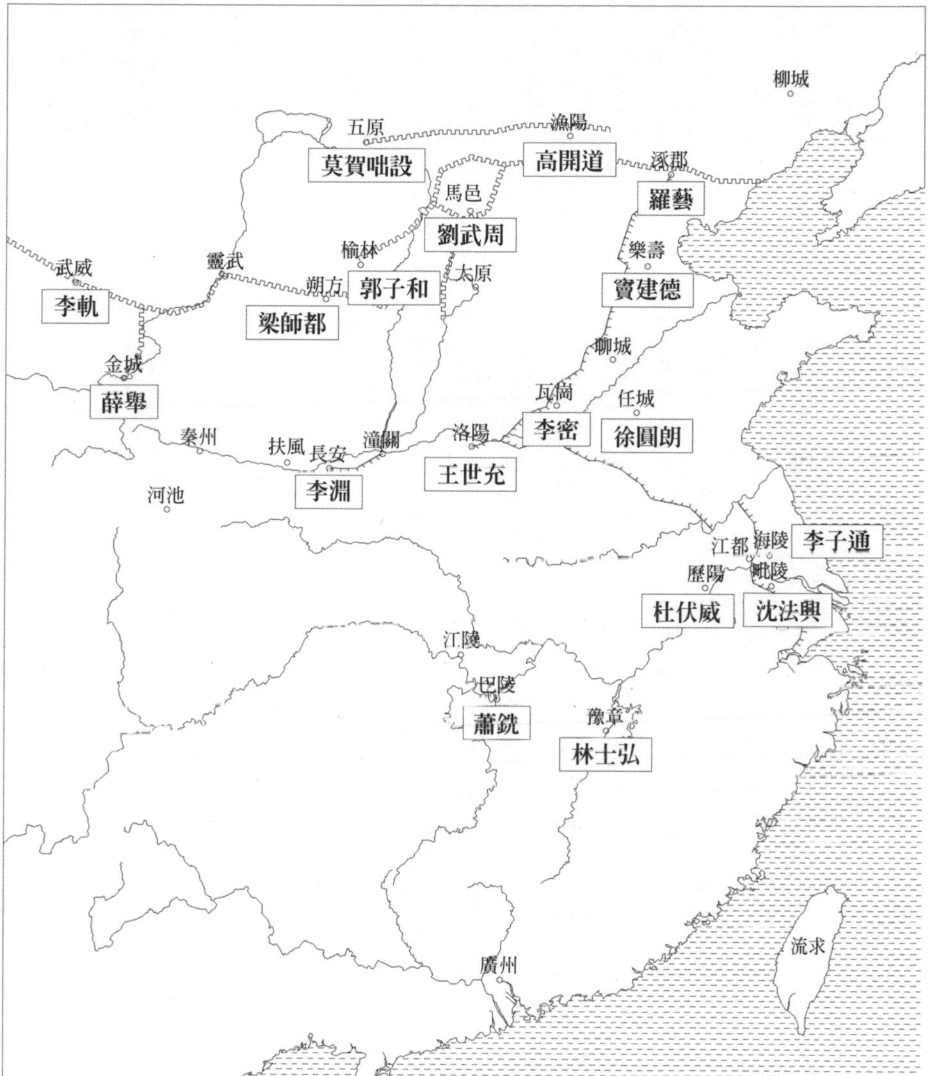

隋末群雄圖

0 200 400 600km

第廿六回　隋唐禪代

這日午後，李藥師又在秦府中與李世民綜論天下，直至日暮方才離開。尚未到家，遠遠就望見家門前停著一駕烏篷騾車，正在卸置箱籠。他心知是出塵由昆明池回來了，登時大喜，抖擻韁繩快步上前，跳下馬兒急急奔入，一把便將愛妻摟入懷中。

卻見一名侍女，一手抱著德獎，一手催促德謇，命他拜見父親。八、九個月未見，兩個孩兒都已長大不少。想到這段時日波譎雲詭，驚濤駭浪，倘有一線閃失，父子可能就已天人永隔，李藥師更將兩個孩兒緊緊抱在胸前。

此時出塵招手，一名漢子走進屋來，與那名侍女一同朝李藥師下拜，口稱「二爺」。李藥師定睛看時方才認出，那漢子名和璧，侍女名隨珠，乃是李藥王的一對得力僕從。出塵說道：「這些時日多虧和璧、隨珠照看德謇、德獎，相處甚是相得。大哥、大嫂知道咱們這兒須要人手，便命他二人同我回來。」

李藥師心下感激，邊命和璧、隨珠起身，邊說道：「還是大哥、大嫂想得周到。」

出塵道：「咱們家的規矩，和璧、隨珠最是清楚。我想此後家裡一應事務，就委他二人照管，不知可好？」

李藥師自然應允。他得李世民青睞，日後責任必當愈加繁重，家裡事務也益發須要謹慎照管。連這一層，出塵都已慮及。得妻若此，夫復何求！李藥師不禁喟嘆。

待隨珠將德謇、德獎領入內室，和璧也退下之後，出塵才將家中情況大略說與李藥師知道，並轉述李藥王之言：「大哥說道，唐王若欲戡平天下，幕中最缺水戰人才。」

李藥師讚道：「大哥遠在昆明池頤養，然這朝中之事，他仍瞭若指掌。」

出塵點頭道：「是啊，聽大哥與四爺闊論局勢，卻不沾染，實是另一番境界！」「四爺」乃指楊玄慶①。

李藥師只是默默點頭。出塵見狀，輕聲唸道：「『鶉之彊彊，鵲之奔奔。』」她凝視夫婿：「藥師，而今而後，你當真便矢志以他為君？」這裡「他」則指李淵。

李藥師深深看了出塵一眼。這個問題，非但是愛妻，只怕大哥、三弟、楊玄慶，也都懸在心上吧？他伸手握住伊人柔荑，輕聲問道：「『罄南山之竹，書罪未窮；決東海之波，流惡難盡。』出塵，妳道楊隋不得天下人心，當真僅是因此？」「罄南山之竹、決東海之波」等語，出於祖君彥〈為李密檄洛州文〉。

出塵知道夫婿有話要說，因此只是靜聽默望。

李藥師放下愛妻纖指，遙懷玄遠：「師父曾經說過，南朝四代國主，宋主劉裕出身『田舍翁』；齊主蕭道成與梁主蕭衍雖同為蘭陵望族，但較之王、謝諸大姓，猶為寒素；陳主陳霸先則出身小吏。他們建國，並不能得到南朝世族輸誠擁戴，所以國勢都不能強盛，國祚也不能長久。」魏晉南北朝，是中國歷史上最重門第的時代。

出塵母系是南陳宗室，父系是南方大姓張氏。李藥師言下涉及出塵先人，然知她不會介意，只微帶歉意地看了愛妻一眼，繼續說道：「北朝何嘗不是如此？關東清河、博陵兩崔氏、范陽盧氏……關中京兆韋氏、河東薛氏……他們對於國主，又豈有鞠躬盡瘁之衷？」

此時出塵已煎成一鼎茶，分盛二碗。她邊將一碗奉予夫婿，邊說道：「然則北朝，雖有突厥掣肘，畢竟取下南朝。」

李藥師啜了一口茶，緩緩點頭，捧著茶碗說道：「這要歸功於宇文泰創設府兵制。當年拓跋氏建立北魏，以胡人體系一統北方。他們知道若欲鞏固政權，必須得到漢人世族支持，於是自稱黃帝後裔。孝文帝更遷都洛陽，大刀闊斧施行漢化，皇族拓跋氏也改姓元氏。此舉卻招致鮮卑族人不滿，釀成六鎮之變。爾朱榮藉平亂之機壯大，牽起連串兵戎，終究造成魏分東、西。」

他再啜一口茶：「東魏居於關東，人文薈萃，民生富裕，遠非關中西魏所能企及。然東魏不思進取，不久即為高氏所代，遂成北齊。西魏則有宇文泰，他施行新政，在文化上尊崇漢脈，在軍事上維持胡風。他所創建的府兵制規定，必須出身京畿附近中等以上家境，胡族或胡姓的健男，方能榮膺府兵身分。如此非但當初改冠漢姓的胡人改回胡姓，且又廣賜漢人胡姓。而隨元氏、宇文氏由關東進入關中的士庶，無論胡漢，為能躋身府兵，紛紛更改郡望，自撰譜錄。於是世族譜系大亂，人人自稱關隴世胄，高門嫡裔。」

他將所餘茶湯一飲而盡，放下茶碗：「宇文泰依鮮卑舊制『八部大人』傳統，在府兵制下設八柱國。這八柱國中只有六柱國領兵，其餘二柱國，一是宇文泰自己總領百揆，另一是廣陵王元欣，他僅以西魏宗室掛名。不久宇文氏代西魏、建北周。北周的建立，得領兵柱國大力支持，因此他們地位持續崇高。自此以來，北朝稱門閥者，咸推八柱國家，榮盛莫與為比。」

出塵知道領兵六柱國中，李虎是李淵的祖父，李弼是李密的曾祖父，獨孤信則是楊堅的岳父，楊廣、李淵的外祖父。

李藥師繼續說道：「領兵六柱國中有三家漢人，另有獨孤信、于謹、侯莫陳崇三家鮮卑人。獨孤氏的聲勢遠盛於于氏、侯莫陳氏，卻遭宇文氏清洗。如此北周國主雖是鮮卑人，兵權卻多在漢人手中。其後文皇帝以國丈之尊獨攬朝政，因有漢人權貴支持，終能得國。」

出塵再奉一碗茶予夫婿。她知道夫婿口中的「文皇帝」指楊堅。

李藥師並不喫茶，只將茶碗放下，忱忱注視愛妻：「楊氏雖然得國，然其先人，卻在李弼之下啊！」

出塵微微一怔，登時明白夫婿之意。他口中的「楊氏先人」指楊堅的父親楊忠。府兵制領兵六柱國之下有十二大將軍，楊忠是李弼手下的二大將軍之一。李藥師先前曾說，南齊、南梁國主雖同為蘭陵望族，但較之王、謝諸大姓，猶為寒素。他們建國，並不能得到南朝世族輸誠擁戴。

又說北朝崔、盧、韋、薛諸大姓對於國主，豈有鞠躬盡瘁之衷？他要帶到的，正是八柱國家，同樣不會對楊隋輸誠擁戴、鞠躬盡瘁啊！

出塵也將茶碗放下，說道：「所以楊隋之不得天下人心，並非僅在其罪罄竹難書，其惡決波未流，更因為其先人出身，無法得到柱國高門、望族世家的鼎力支持，可是？」

李藥師不語，只緩緩點頭。出塵繼續說道：「所以你那『李迪波大哥』②縱使出身八柱國家，卻仍要爭隴西李氏的門第？」「李迪波大哥」乃指李淵。

李藥師仍然不語，只是怔怔把翫桌上茶碗，緩緩點頭。

出塵看在眼中，一時滿心疼惜。李藥師出身隴西李氏，乃是關中首屈一指的高門，西晉以降，先祖屢屢尊居高位。然而西魏、北周時期，他家並未改冠胡姓，無法躋身府兵。直至楊隋建國，胡姓漢人改回漢姓，又有胡人改冠漢姓，李藥王才得以追隨諸舅，在武職上建功立勛，惜然又遭貶黜……

只聽李藥師悠悠說道：「既是漢家高望的隴西李氏，又是胡系尊榮的柱國門閥，如此出身，當世可說無人能出其右啊！」

出塵心中更加酸楚。她很清楚，在當前無比注重門第的大環境之下，夫婿縱使文武才略俱優於李淵，縱使真能爭得建國，日後也難以長治久安，因為無法得到柱國門閥、望族世家的鼎力支持啊！尋思及此，她伸手握上夫婿雙掌，輕聲問道：「所以，藥師，你……」

李藥師凝視愛妻：「日前在秦府中我已對他說：『盼隨公子富國家、強社稷、興教化、安百姓，以逞平生之願！』」這裡「他」指李世民。

出塵也凝視夫婿，待他說下去。

只聽李藥師輕嘆一聲：「三國迄今，垂四百年矣。天下分崩，宇內離析，戰亂無日無之。」

他站起身來，負手踱步：「曹魏、蜀漢、孫吳、司馬晉以降，建國者三十有奇，惟有東晉、北魏國祚逾百，西晉、楊隋短暫統一。」他轉過身來面對愛妻，聲調轉為激動：「如此世道，置我華夏社稷、萬民福祉於何地？」

出塵無比溫柔地望著夫婿，眼神中滿是欽佩，也滿是不忍。

李藥師的聲調則恢復平靜：「師父曾經訓示：『同心協力，開創我華夏生民的安和樂利，讓千秋萬歲的後世同沾德澤。』爹爹也曾教誨：『若是生於桀、紂之世，弔民伐罪本是有節者分所當為；否則，若是只因一己之私，而置天下生靈於兵燹塗炭，縱使成就大業，也無顏見先人於地下。』」他回身歸座，面對愛妻朗聲說道：「出塵，我今日之所為，自問無愧於天地。」

出塵仍是無比溫柔地望著夫婿，緩緩點頭。

李藥師也望著愛妻，輕聲說道：「當年西嶽獻書[2]，出塵，妳心中所思所念，當不止……」

他語音未畢，已被愛妻止住：「更早之前，懸甕山巔[2]，藥師，你曾剖析三晉積弱之因。天下宇內，並非只我華夏啊。如今面對突厥，彼雖欲為強秦，而我豈可重蹈三晉之覆轍？」

北魏分裂以來，先有東魏、西魏，後有北齊、北周，相互對峙。突厥依違其間，坐收漁人之利。當年便是大隋，也必須趁突厥內亂，方得以伐滅南朝。如今北方群雄，更無人能不臣附於突厥。因此出塵此言，實是切膚之痛啊！

李藥師深深凝視愛妻，輕手將她緊緊擁入懷中。良久，才將愛妻放開，問道：「對於此事，大哥可有想法？」

出塵道：「大哥只說：『二弟是我李家男兒，無論作何決定，都能無愧於先人。』」

李藥師站起身來，朝昆明池方向敬謹禮拜：「大哥知我！」

時序進入義寧二年，亦即大業十四年。新正上元甫過，李淵便命李建成為東討元帥，以李世民為其副，徇地東都。所謂「東討」，根據《大唐創業起居注》記載，名義上是討伐李密。當時李淵仍奉楊侑為帝，以隋臣自居；王世充則在東都輔佐越王楊侗，同樣仍是隋臣。而李密自隨楊玄感起兵開始，就已反叛大隋。因此這時，李淵雖然意在東都，卻只能以討伐李密的名義，向東方出師。

李建成已在潼關，李世民則由長安出發。然李世民大軍抵達潼關之時，李建成卻尚未整軍完成。這位唐王世子擺足大元帥架勢，命李世民為先鋒，疾速東進。

這次東徇，李藥師依然隨在李世民軍幕中③。大軍勢如破竹，由潼關向東直入崤山，出函谷關，先取下新安，再向南取下宜陽。這兩城距離洛陽都不過五、六十里，一在西北，一在西南，對洛陽形成包夾之勢，隨時準備推進。

就在此時，卻由南方傳來重大消息。且說……

楊廣即位之後，十餘年來開鑿運河，廣築宮室，征伐高麗，遊幸江都……大隋天下早已不復昔日榮景，而是田畝荒蕪，盜賊充斥，災民流離，叛軍四起。雖有忠臣直諫，卻都遭到誅戮。大業十二年七月，楊廣第三度遊幸江都。至大業十四年，也就是唐軍的義寧二年，暮春三月，李世民、李藥師率軍來到洛陽西方之時，楊廣在江都冶遊，已有二十個月，卻全然沒有離開之意。隨行官兵大都來自北方，人人企盼盡速北返。

楊廣心知天下早已分崩離析，江河日下，縱想振衰起敝，無奈時不我與。這位年屆五十的皇帝拒絕面對自己造成的頹敗，只能益發荒淫，沉溺酒色，藉以逃避現實。此時他銳意盡失，預感末日逼臨，往往攬鏡自照，對蕭皇后與近臣感嘆：「大好頭頸，誰當斫之！」

這年三月，宇文化及連絡其弟宇文智及以及數位朝臣，直入皇帝內室，將楊廣擒住。楊廣忿然說道：「我確實有負百姓。至於爾輩，榮祿兼極，何至於如此！今日之事，誰人為首？」

宇文化及不答，只命封德彝宣讀罪狀。楊廣怒斥：「封卿乃是士人，如何竟與彼等一般？」封德彝一時慚愧得無地自容，不敢言語。宇文化及命人斬殺楊廣身邊的皇室子孫，鮮血直濺上皇帝御袍；隨後命人將楊廣縊弒。

皇帝既崩，宇文化及原欲立隋文帝第四子楊秀，卻無法得到起事諸人同意。於是另立隋文帝第三子楊俊之子秦王楊浩為帝，盡誅其餘皇室子孫。他命陳稜為江都太守，自己帶領早已無糧無餉的船隊，一路打家劫舍，沿運河離開江都。

楊廣崩逝，蕭皇后命宮人取下牀蓆裹住遺體，又拆解牀板拼成棺木，草草掩埋。宇文化及率軍離開之後，陳稜找到皇帝靈柩，粗備天子禮儀，改葬於江都宮西方的吳公臺下。又將當時犧牲的王公，埋葬於墳塋兩側。直至武德七年，李藥師剿滅輔公祏後，李唐才將隋煬帝改葬於揚州雷塘。

此乃後話，且說當時。

楊廣被弒的消息傳入東都洛陽，王世充與數位重臣擁立越王楊侗為帝。消息傳入西京長安，李淵虛應故事，敷衍臣禮。傀儡皇帝楊侑順從李淵之意，將他進位為相國，總領百揆，並授予九錫之禮。「九錫」是兩漢、兩晉以降，皇帝授予重臣的最高賞賜，包括九種通常天子才能使用的禮器。曾受九錫的重臣，比如王莽、曹操、司馬昭、楊堅等，後來不是其本人、就是其兒輩篡位。

此時的李淵，等於明白表示準備踐祚。他諭令外地各路軍馬即刻回京，以備征討國賊宇文化及。當時李建成甫出函谷關，尚未抵達前線；李元吉在太原；劉文靜在潼關；李孝恭在山南；另有詹俊、李仲衮在巴蜀。他們收到詔書，均即刻返回長安。

惟有李世民，如今他在洛陽西方的前線。他所面對的，並不僅是洛陽的王世充。當時李密據有黎陽、洛口兩倉，正率領瓦崗軍圍攻洛陽。而唐軍西來，在洛陽之北與李密已經對壘。加上宇文化及沿運河離開江都，到徐州後因水路不通，改行陸路，由東南朝洛陽而來。其前哨在洛陽之南，與唐軍也已逐漸接近。因此李世民的唐軍，乃是三面受敵。

與長安相較，江都至洛陽的距離近了不少。因此洛陽得到江都生變的消息，也比長安早了幾日。李世民一接獲探報，便料定父親必會撤軍，以備登極大典。但此時如果遽然回師，必遭王世充、李密、宇文化及三方夾擊。撤軍該當如何進行？李世民自然要與李藥師商榷。

當時中軍已出新安、宜陽，駐紮在洛陽城西四十里處。李藥師就著帳中案上積塵，以手指揮灑出簡單地圖，剖析敵我四方的情勢，建議引誘宇文化及攻搶李密糧倉。李世民大讚「精闢」之後，李藥師又指出撤軍須防段達，於是李世民接著問如何回師？

李藥師點向指畫地圖上的洛陽西南：「這一帶山阜中有四座東周王陵，西面一山獨立，乃是周靈王陵；東面三山並列，葬周景王、悼王、敬王，是為『三王陵』④。其地山勢蜿蜒起伏，是為『周山』；其下又有『周谷』，乃是東周采邑。其谷錯綜盤桓，每谷可藏萬人。當年孫堅曾在此處設伏，大敗董卓。」

李世民頻頻點頭。

只聽李藥師繼續說道：「段達多疑善猜，優柔寡斷，卻又恃勇好鬥。我若起營，他必來追，恰可誘他入谷。我則先在谷中設伏，雜用宇文、李密、王世充三家旗號……」

聽到此處，李世民不禁讚出聲來。段達性情游移怯懦，《隋書》說他「諸賊輕之，號為『段姥』」。李藥師只說「多疑善猜，優柔寡斷」，實在客氣。何況他與王世充還相互猜忌！因此這番安排，段達必定中計。李世民一時頓覺，至此方才領略李藥師丘壑之奧、兵法之奇，登時大為傾倒，莊容而拜：「先生真神人也！」李藥師趕緊拜倒還禮。

二日之後，伏兵布置完成。唐軍起營撤退，段達探知，果然率兵來追。他進入三王陵中，先逢宇文旗麾，再遇李密大纛。但見重重山巒、處處煙障，每逢谿谷迂迴，又有鹿砦拒馬。段達年事已高，眼耳昏聵，極目似見條條出路，卻又層層阻撓。正自進退失據，竟又聽得王世充號角，一片山鳴谷應，夾雜「活捉段姥」的嘈嘈呼聲。段達胡亂四處衝撞，自家兵馬雜沓，死傷不知凡幾。

此時卻見唐師旌旗翾翻，鼙鼓揭天，前方絕巘之上，曲柄傘下，李世民與李藥師正自對坐舉杯，開懷暢飲。段達大怒，拍馬暴衝，竟自馬失前蹄。親兵掙扎將他救起，狼狽奔逃。唐師一隊輕騎馳來，直將段達追至洛陽城下，卻也並未當真進逼。東都守軍倉皇緊閉西門，不敢再戰。

段達大敗的消息傳至王世充、李密、宇文化及耳中，再無人敢追躡唐軍，李世民於是從容回師。

此役段達全軍覆沒，僅以身免。李世民在高處看得清楚，對李藥師說道：「先生這番旗幟，似是將三王陵依魚復浦『八陣圖』布置，卻又另有新意？」「八陣圖」是諸葛亮所創的陣法。

李藥師也不禁佩服李世民的見識，微微躬身：「公子明燭萬里！此番布置確是以魚復浦『八陣圖』為大旨，不過武侯原陣，利用江中壘石而成，乃為水戰而設，並不全然適用於此。此地三座王陵並列，故將八陣變為六陣。又因三山之間略有距離，所以隅落鉤連，曲折相對，方便彼此呼應。」「隅落鉤連曲折相對八陣為六圖」是李靖所創的陣法中，較為早期的一套。

經此一役，李世民、李藥師相互更為心儀投契。李世民將宜陽、新安改置為熊州、穀州，命史萬寶、任瓌各鎮重兵，監控東都。

義寧二年四月，東討大軍凱旋回京。唐王李淵大悅，加封李世民為趙國公。麾下將士俱得封賞，李藥師也得授開府。

所謂「開府」，就是建置自己的幕府，延攬自己的幕僚掾屬。回想當年，李藥王得授開府之時，不過二十郎當；可如今，李藥師卻已年近半百了。

既云「開府」，首先必須有「府」，此時李藥師得尋個大些的住處了。不過這不須他費心，李世民早已胸有成符。只是暫時尚不方便搬遷，因為眼下，整個京城都在準備新皇的登極大典。

得到太上皇楊廣崩逝的消息之後，不待李淵下令，早有一班迎合上意的臣僚，攀附唐王力求表現。李淵則劍履上殿，前後羽葆，出警入蹕，儼然天子。京中早將萬事俱備，連皇子的衣冠都為李世民準備停當，只待這位「東風」歸來。

當年五月初一，乙巳，皇帝楊侑頒下他在位的最後一道詔書。先將自家楊隋痛切斥責一番，然後誥命：「今遵故事，遜于舊邸，庶官群辟，改事唐朝。」云云。李淵辭讓一番，百僚上表勸進，如此辭勸三回，李淵方才表態，「順從」楊侑的「遜位」。

十餘天後，日次甲子，李淵戴上十二冕旒，建立天子旌旗。將大興城改稱長安城，大興宮改稱太極宮，大興殿改稱太極殿⑤，登殿「受禪」。三揖三讓之後，接受皇帝璽綬。隨後告祭南郊，大赦天下，改隋義寧二年為唐武德元年。全國罷郡置州，改太守為刺史。同時廢隋律令，改行唐律；並置國子學、太學、四門學。

中央政府沿襲隋代的三省制，以尚書省為最高行政機構，其首長為尚書令，正二品；左、右僕射為副，從二品。其下有吏、戶、禮、兵、刑、工六部，每部有尚書，正三品。門下省的首長為侍中，中書省的首長為中書令，皆是正三品。⑥

新皇帝發布第一批人事詔令，以李世民為尚書令，裴寂為尚書右僕射，劉文靜為侍中，蕭瑀、竇威並為中書令。李淵太原起事，元謀立功，首推裴寂、劉文靜。此時裴寂位列從二品，而劉文靜只是正三品。劉文靜自認功勳高於裴寂，不甘位居其下，頗有怨言。

皇帝接著大備法駕，迎高祖父以來數代神位祔於太廟。追尊祖父李虎為太祖景皇帝，祖母梁氏為景烈皇后；父親李昞為世祖元皇帝，母親獨孤氏為元貞皇后。這位元貞皇后是獨孤信第四女，她的長姊是北周明帝宇文毓的皇后，七妹是隋文帝楊堅的皇后。三姊妹不但都是皇后，且是三個不同朝代的皇后，這在中國歷史上乃是空前絕後。因此她們的父親，西魏八柱國之一，與李藥師一般瓌偉魁秀的獨孤信，被後世譽為「天下第一老丈人」。

李淵同時追諡元配竇氏為太穆皇后，改墓塚為壽安陵。立李建成為皇太子，封李世民為秦王、李元吉為齊王，並追封已逝的李玄霸為衛王。多位宗室亦封郡王，遜位的隋帝楊侑則得封為酅國公。

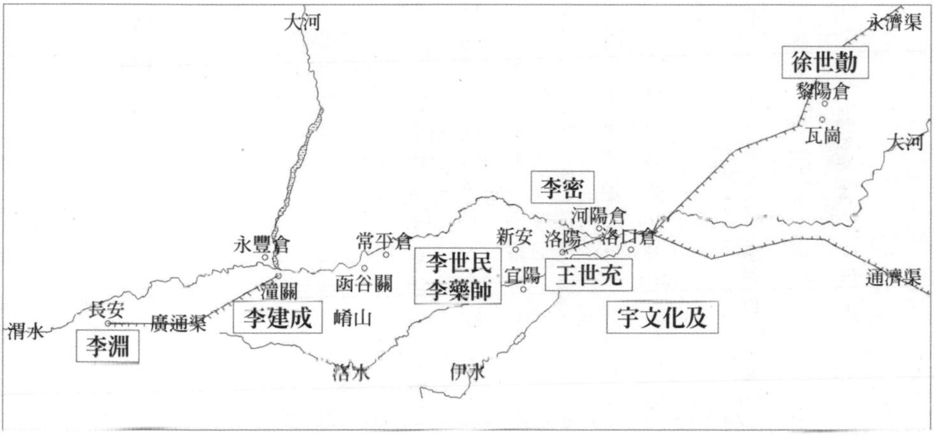

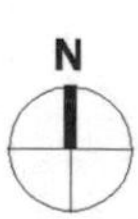

義寧二年東討形勢圖

0 500 100 200km

第廿七回　三李初會

新朝龍興，新皇踐祚，李世民成為尚書令，那可是中央政府的最高行政首長。然而他的副手，尚書右僕射，乃是裴寂。這位老大人不但年長，而且行政經驗豐富，更與他那皇帝父親私交甚篤。李淵登基之後，每逢臨朝，必請裴寂同坐，散朝之後也將他留在宮中，對他言聽計從。有這樣一位大人物當「副手」，李世民這皇子兼上司，也不過擔個虛名罷了。

然則李世民認為，戡平天下才是眼前第一等大事，唐室內政不妨暫由裴寂輔佐父皇。關於戡平天下，他最喜歡與李藥師開懷暢談。這次因著登極大典，李孝恭由山南回來，便讓他又多了一位可以論志交心的族兄。

李孝恭的身分雖是宗室，但他在親族裡的處境卻頗為尷尬。李淵的父親李昞有二位兄長，均早歿；五位兄弟，依次為李璋、李繪、李禕、李蔚、李亮。李蔚有二子，李安、李哲，李孝恭是李安的次子。北周後期，宣帝宇文贇荒淫無道，楊堅以國丈之位專擅朝政，意圖謀篡。北周宗室宇文招為匡扶社稷，聯絡皇親貴臣誅殺楊堅，李璋也參與其事。李安、李哲竟向楊堅告發自己的伯父，致使李璋遭到處決。

西魏時期府兵制下，李淵的祖父李虎位列領兵六柱國之一。由西魏至北周，李虎家族始終擁護皇室。當時楊堅的父親楊忠，只位列十二大將軍。李虎家族對於門第不如自己的楊堅，自然不會悅服。所以李安、李哲投靠楊堅，出賣伯父，非但背叛皇室，也背叛整個家族。因此李淵建國之後，四位叔父李璋、李繪、李禕、李亮的後代都得封王爵，只有李蔚這一支，無人封王。

李唐宗室自李虎以降，當時在世的子孫中，除李世民之外，有智謀、有器識的，首推李孝恭以及李璋之孫李道宗。其次如李亮之子李神通等，便無法與他們相提並論。李道宗年未弱冠，惟有李孝恭足堪重任。因此年前招慰山南，李淵便派李孝恭前往。與其他同輩相較，李孝恭可謂在李世民之外，權責最重的一人。然他只是趙郡公，不像好幾位族兄弟，都已得封郡王了。

李世民與長兄、四弟不睦，父親對他又若有隔閡。李孝恭雖得重任，卻不得親近，這樣的人材，正是李世民延攬的對象。新皇登極之後兩人見面，一人說起徇地東都，一人說起招慰山南。

李孝恭聽李世民敘述三王陵設伏，大敗段達的始末，不禁血脈賁張，讚道：「這李藥師，真神人也！」

李世民道：「李藥師乃是前朝上柱國韓擒虎的外甥、大將軍李藥王的二弟。他不但深諳武侯陣圖，對於孫、吳兵法，太公《六韜》、留侯《三略》，也無不精擅。」「『太公』是姜子牙，『留侯』則是張良。

李孝恭道：「原來是將門世胄！」他略為沉吟，說道：「我在山南，雖說招撫三十餘州，但降附者大都原本有心望安。真正棘手的蕭銑，我卻尚未能有對策。」

李世民道：「藥師曾經與我綜論天下，他對蕭銑知之甚深。吾兄若是有意深談，倒可與他結識。」

李孝恭喜道：「當真？殿下若肯引見，何幸甚哉！」

李世民道：「如此極好。藥師方才得授開府，不日喬遷，我倆何不同去道賀？」

李孝恭卻有些遲疑：「如此只怕冒昧？」

李世民揚袖一揮，笑道：「無妨！無妨！藥師本是豁達君子，他那宅子還是我替他相中的，卻不知他如何布置？自當前往一觀。」

李孝恭歡喜地答應了。

當時的長安城，亦即隋代的大興城，是隋文帝楊堅立國之後，命西域人宇文愷設計興建的嶄新城市。宇文愷依據《周禮．考工記》制度，將此城建為「方九里，旁三門」的理想都城形式。城中北側有子城，其內北半是皇帝的宮城，南半是官署的皇城。子城之外則是官民生活的外郭，這裡「九經九緯，經涂九軌」，以條條筆直大道界出勻稱格局，包括東、西兩市，以及一百零八坊。其形勢整飭方正，讓二百餘年之後的白居易，在《登觀音臺望城》詩中描述：「百千家似圍棋局，十二街如種菜畦。」

坊內又有街道，劃出區隅。區隅之內則有巷曲，分成民宅用地，一般民宅占地約一唐畝①。

李藥師原本的住處，乃是他困於長安大牢期間由出塵倉促備辦，正是這一畝大小的格局。他們一家四口，加上少數僕從，生活於此倒也安適。

如今李藥師晉身開府，李世民為他挑選的新居，雖遠遠無法與他日後的豪闊官邸相比，卻也占地十畝。當時李世民所居的承乾殿位於宮城西側，為方便日常往還，他為李藥師挑選的宅子，也在長安城的西側。

李藥師將此新居安置停當之後，李世民便邀李孝恭一同造訪。李藥師迎出大門，正要見禮，已被李世民止住：「藥師，咱們說過的，私下相見，不拘這些。」隨後為李孝恭、李藥師相互引見，彼此自有一番讚許謙讓。

既是新居，李藥師便請李世民、李孝恭四下遊觀。李藥師兄弟三人，長兄李藥王在昆明池有私人的別業，三弟李客師在長安城也有自己的宅邸，因此李藥師家裡，人口頗為簡單。這新居內只布置出三個主體院落，卻在東側闢有頗大的庭園，園中鑿有池水。長安城地勢東南高、西北低，此園東南流水入口處設有假山，形成山泉源湧之象。李世民、李孝恭交口疊聲地稱讚，李藥師則頻頻謙謝。

李世民讚歎之餘，卻又失驚：「這塊宅地不過十畝，怎地這方池水，便有八畝？」

李藥師指著池水彼岸假山之上的八角亭，笑道：「殿下可願往那亭中一觀？」

李世民甚喜，即與李孝恭一同隨李藥師步出東堂，繞過堂側一株高大青槐，踏上池畔一仄婉轉曲徑。但見苔痕滋榮，水光瀲灩，修竹芊芊，垂柳依依，好個清幽境界！三人一路遊賞，穿過翠嶂洞門，越過白石小橋，行過一株堪堪八尺的矮槐，步向石階，登上那八角亭。來至亭中放眼臨觀，李世民登時覺得這池水遠較適才所見為小，一時殊為不解。

然他尚未動問，李藥師已笑道：「殿下請看，池水對岸，東堂格局遠大於此亭，其側兩株青槐也甚高大。此亭則頗侷促，其側也植兩株槐樹，惟是變種，遠較青槐矮小。如此隔池相望，都不免以為彼岸二槐與此間二槐大小相當。若此岸實體大於彼岸，則感覺彼岸渺遠；反之，則感覺近在咫尺。」

李世民擊掌道：「高啊！我等行軍作戰，也常以大小異於尋常的物事，來惑亂敵方對於我軍位置的評估。吾兄竟將戰陣之法用於庭園規劃！」李藥師趕緊謙謝。

時序雖說已入仲夏，然而池畔翠柳點水，玄燕呢喃；池中青荷卷綻，碧鱗戲游。李世民笑道：「孤曾有一闋〈初夏〉詩，其中數句，竟與當前景致若合符節。」他隨口吟道：

碧鱗驚棹側
玄燕舞檐前
何必汾陽處
始復有山泉

李孝恭、李藥師先後讚道：「好詩！」李孝恭又道：「然亦須得好景相襯哪。」李藥師再度謙謝。

李孝恭此番到訪，初識李藥師，除見面、喬遷的賀禮之外，還攜來數甕他從山南帶回來的劍南春。此酒出於巴蜀綿竹，取當地千里沃野的五色優質穀糧，以鹿堂山古蜀王妃的「玉妃泉」水釀成。這等絕世佳釀，《華陽國志》已有記載，兩晉南朝更著聲名。這次由李孝恭帶回長安，從此成為皇室貢酒。日後又將劍南春加工蒸餾，稱為「劍南燒春」。這是目前所知中土最早的蒸餾酒，亦即「燒酒」。不過當時李孝恭攜來的數甕，仍是釀造酒。

李世民則攜來一對碩大鯉魚，還養在水缸中。李藥師正要命人帶往廚下，李世民卻予制止，說道：「《詩經》有云：『炰鱉膾鯉。』我等今日何不一嘗鯉魚膾？」他邊說邊將手一揮，身後便走出一名隨從，原來他連斫膾的庖人都帶來了。

李藥師見狀，即喚「隨珠」。李世民先前下馬之時，已知府中總管名喚「和璧」，此時聽到「隨珠」，又驚又喜，讚道：「『和璧』、『隨珠』，先生真雅士也！只不知這隨珠，可會彈雀？」和璧，和氏之璧，見於《韓非子．和氏》，相傳藺相如將之「完璧歸趙」，秦始皇將之琢成傳國寶璽。隨珠，隨侯之珠，「隨珠彈雀」典故見於《莊子．讓王》。

李藥師躬身笑道：「家下使役，殿下取笑了。不過隨珠不肯辜負名字，倒在弓矢上下過功夫。」

只見一名侍女一手提玉壺、一手持金盤，娉婷步入，朝上施禮。李孝恭見李世民、李藥師之間互動，不像主臣，倒似師友一般，便也不再拘束，讚道：「『就我求清酒，絲繩提玉壺；就我求珍餚，金盤膾鯉魚。』今日之會，實雅集也！」他所引這四句，出於漢代辛延年〈羽林郎〉詩。當時李藥師家中，哪有玉壺、金盤？自然是李世民攜來的。此時隨珠先奉上果品酒餚，再為席上斟酒。三人依禮對飲之後，李藥師說道：「前人有〈吳王斫膾圖〉，又有〈王右軍斫膾圖〉。今日二王枉臨斫膾，洵是盛會！」

〈吳王斫膾圖〉、〈王右軍斫膾圖〉分別描繪孫權、王羲之欣賞斫膾並品嘗魚生的故事。李世民酷嗜王羲之、王獻之「二王」書法，李藥師自然知曉。當時李孝恭雖尚未封王，然畢竟是宗室，既得重用，封王不過遲早之事。李藥師以彼二王隱栝此二王，倒也成趣。

所謂「割不厭精，膾不厭細」，古人斫膾向以纖薄為上。只見那庖人縷切，鸞刀若飛，應刃落俎，霍霍霏霏。斫成之後，果然累如疊縠，離若散雪，輕隨風飛，刃不轉切。三人交口疊聲地稱讚。

那庖人將斫得飛薄的魚膾鋪陳在三只金盤中，飾以香薷花葉，與盛在小碟中的齏醬②、盛在小盞中的酢汁一同分置於食案上。所謂「舉案齊眉」，古人稱有足的托盤為「案」。隨珠先將一案奉予李世民，再將一案奉予李孝恭，最後奉予李藥師。盛筵席上，本應由數名侍者同時分奉食案。只是此時李藥師方才開府，家中沒有許多人手。

李藥師見那金盤中，雪白魚膾薄如蟬翼，鋪疊盤上，隱隱透出雕金紋飾。襯著香薷紫花碧葉，彷彿將這炎夏帶起陣陣清涼。那齏醬有梅、有薑、有芥，酢汁亦以梅醋調成，均是當季應時之味。魚膾搭配齏酢，入口甘鮮，潤若融脂，兼有花葉清香、齏醬辛香、酢汁酸香，絕是雋永。

就著劍南佳釀，風味尤其不凡。

李藥師出身簪纓世胄，識得此中精髓，心道：「這位秦王殿下雅好華夏風品，與他那嗜尚胡俗的父皇頗有參商。」於是說道：「古人所謂『八和齏』，夏日用梅，冬日用橘。殿下此膾，非但有梅齏，更佐以梅酢，實乃天成！」「八和齏」見於北魏賈思勰《齊民要術》，其中又引北魏崔浩《食經》曰：「冬日橘蒜兗，夏日白梅蒜兗。」這裡「兗」即是「齏」。

李孝恭聞言，驚道：「在下識淺，僅知以梅和羹。今日方知以梅和齏亦是古風，多承指教啊！」以梅和羹出於《尚書．說命》：「若作酒醴，爾惟麴蘖；若作和羹，爾惟鹽梅。」

李藥師趕緊謙謝。

李世民則頗為自豪，說道：「『八和齏』以蒜、以薑、以橘、以梅，此齏則僅以梅、薑，不用橘、蒜。」語畢眼望李藥師，自是等他接話。

李藥師笑道：「夏日無橘，而齏醬宜用新鮮橘皮，是以不用？」

李世民含笑點頭，卻仍望著李藥師。

李藥師略為尋思，說道：「古人肉膾多而魚膾少，肉膾宜用蒜齏而魚膾宜用薑齏，不知可是？」

李世民大喜，笑道：「照啊！吾兄實乃此中達人！」

三人觥籌交錯之際，隨珠又奉上槐葉冷淘。「冷淘」是涼麵的古稱，若以研細的槐樹葉芽和麵，即可製成色澤碧綠的槐葉冷淘。這是李藥師家中所備，極為清簡，卻符合他此時身分。《唐六典》記載：「太官令夏供槐葉冷淘。」不過當時李唐初建，尚未有此制度。百餘年後杜甫嘗過宮中此味，曾賦〈槐葉冷淘〉詩讚曰：

青青高槐葉．采掇付中廚
新麵來近市．汁滓宛相俱
入鼎資過熟．加餐愁欲無
碧鮮俱照箸．香飯兼苞蘆

此時但見那斫膾庖人又將魚膾細切，佐槐葉冷淘供奉席上。宋代蘇軾有〈二月十九日攜白酒鱸魚過詹使君食槐葉冷淘〉詩，記述以魚生搭配槐葉冷淘：

青浮卵碗槐芽餅．紅點冰盤藿葉魚
醉飽高眠真事業．此生有味在三餘

元代倪瓚《雲林堂飲食制度集》則有「冷淘麵法」，將魚膾、蝦生以薑、椒、醋、醬調味，以為冷淘佐食。然而此時，李藥師卻是首度嘗試魚膾冷淘，未料無論形色、口感、滋味，竟都如此相搭！

席間笑談之餘，早已切入正題。李藥師將那日綜論天下，與李世民所談有關蕭銑的種種，在在說與李孝恭知道。說到蕭銑部眾各分派系，未必全聽中樞號令，李孝恭大為歎服，讚道：「先生所見，大有丘壑！」卻又問道：「然這只是蕭銑劣勢。我軍由關中遠赴山南，如何建立優勢？尚請先生指教。」

李藥師聽聞此言，即知李孝恭也已清楚蕭銑膏肓，不禁對這位趙郡公平添幾分敬意，於是說道：「關中將士大都不諳水戰，與其典兵遠赴，不如當地徵召。」他侃侃言道：「當年蜀漢困於西南一隅，東征無力，北伐亦不成功，實肇因於未能得到蜀中人才誠心款附，無法善用所致。殿下南進，若能徵召當地首領子弟，量才授職，如此，一則各族青年才俊盡能為我所用；再則子弟羈縻於我處，其族首領亦不敢輕舉妄動矣。」

李世民、李孝恭一同擊掌大讚。李世民又道：「先生擢用山南人才之議，委實高明。然亦點到『關中將士大都不諳水戰』，此乃我軍軟肋。尊兄當年曾隨令舅攻伐陳國，雖未曾有大型水戰，然亦率軍跨渡大江。不知水軍戰陣，尊兄可願稍事指點？」

李藥師離席起身，對李世民深深一揖：「殿下，如今我朝龍興，家兄頓首拜望，恨不能為聖人驅策。若非病恙，孰肯蟄居？」

李世民聽得此言，顯然有些失望：「尊兄貴體欠安，還盼妥為將養。」他略尋思，問道：「當年伐陳所用的五牙戰船，乃是前朝太師楊素所造。先生與楊府有舊，不知可識得造艦人才？」

李藥師心中一懍。五牙戰船是隋代水軍最主要的戰艦，此船為楊素所造，眾所周知。然李世民直接問起楊府造艦人才，他可不希望這位精明的二皇子，由此聯想到楊玄慶，於是謹慎答道：「殿下，隋師伐陳之時，臣尚年少，隨父遊宦趙郡。待楊太師返回長安，臣才與楊府有所往還，其間並未接觸造艦人才。如今楊府凋零，當年巧匠只怕早已流落民間。然若誠心尋訪，或許能得一二，也未可知。」

李世民聞言，顯得甚是滿意，說道：「擢用山南人才，乃是先生之議；如今尋訪造艦巧匠，只怕也得倚靠先生。」他也起身離席，對李藥師深深一揖：「經略山南之事，處處必得仰賴吾兄啊！」

李藥師趕緊還禮，連道：「不敢！」

此時李世民轉身，對正忙著離席起身的李孝恭說道：「若請藥師草擬戡平蕭銑之策，由吾兄獻予陛下，不知可否？」

李孝恭自然大為贊同，三人當下便議定計劃。隨後李世民歎道：「如此南方不日可定！一旦取下江東，當品金齏玉膾。看來這『東南佳味』，二位必能先我而嘗了。」

「金齏」是金色的齏醬，特指「八和齏」；「玉膾」是玉色的魚膾，特指以松江四鰓鱸魚斫成的魚膾，此松江即今日的吳淞江。「東南佳味」則出於《大業拾遺記》，記載楊廣遊幸江都，吳郡進獻松江鱸魚之時，楊廣喜道：「所謂『金齏玉膾』，東南佳味也。」其實唐太宗的性情行事，與隋煬帝頗有類同之處。只是李世民納諫，而楊廣拒諫，其結果便有天壤之別。

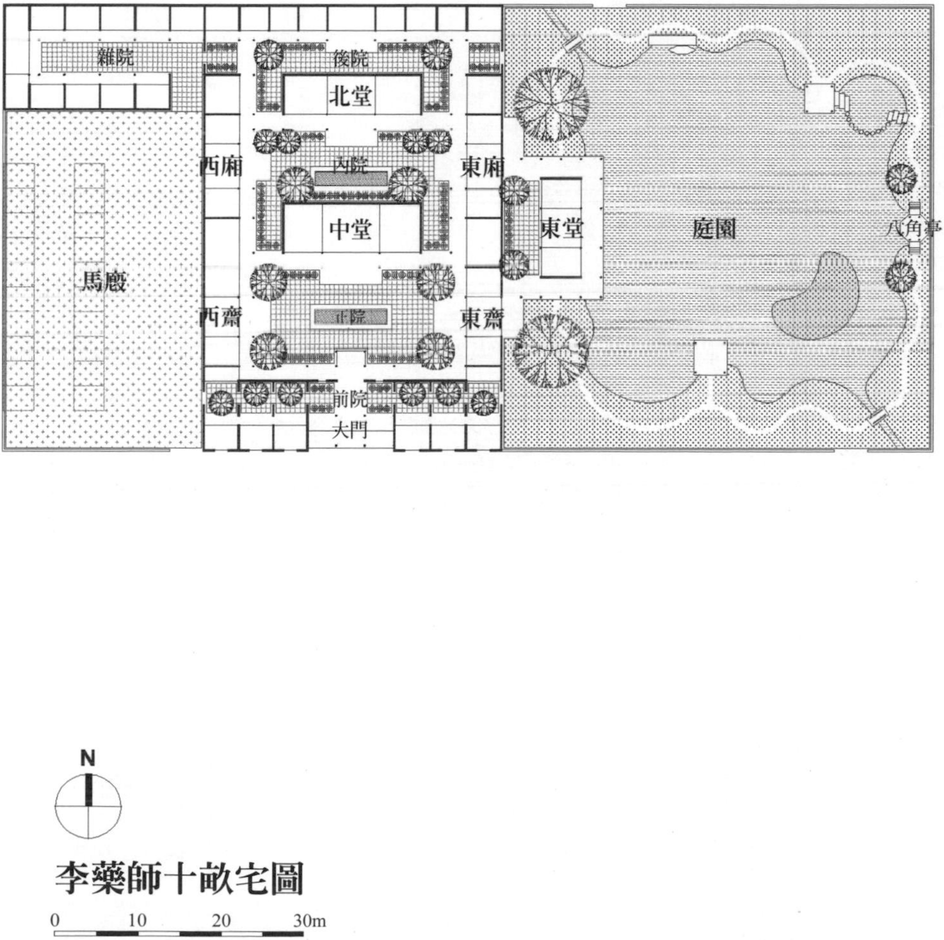

李藥師十畝宅圖

第廿八回　紫衣御史

三李初會，李藥師雖略微心驚，李世民、李孝恭則滿心歡喜。然而兩位殿下竟爾連袂來到一名初授開府的新居致賀，多少有些聳人聽聞，一時耳語遍傳京師。李世民原本有意為李藥師締造聲勢，於此頗為愜懷。不過這事傳到太子、齊王府邸，就不免起了另一番作用。

李建成、李元吉對於李世民延攬人才培植勢力，早已心存不滿。他二人知道李藥師與父皇之間素有嫌隙，本以為他不可能得到進用。如今李藥師非但得授開府，李世民對他又如此看重，兩人於是相與計議，不妨如此如此……

李淵建國之後，全國罷郡置州，實則是將一郡劃分為若干州。隋代全國不到兩百郡，唐代統一之後，武德後期竟然多達五百餘州。新設的州治遠多於舊有的郡治，因而出現許多空缺的刺史員額。李藥師在隋代早有多年行政經驗，於是李建成、李元吉向父皇建議，任他為岐州刺史①。

李淵明知道這兩個兒子的目的，是將李藥師從李世民身邊調離。他正打算遣李世民出討薛

舉，希望一舉深入隴西。李淵的隴西出身乃是虛冒，李藥師才是正統子弟。屆時進入隴西，李藥師若與老家親族聯繫，譜系上卻未見李淵一支，豈不無端生出疑竇？因此他也想將李藥師從李世民身邊調離，當即允准李建成、李元吉的奏請。

李世民並不介懷，他深信李藥師足以應對一切。然他率劉文靜、殷開山等領兵西出，征討薛舉行前，仍給和璧留了一塊令牌，讓他可以隨時出入自己軍營。

與此同時，李藥師也由和璧伴同西出，前往岐州赴任。他夫妻都很清楚，這次岐州刺史的任命，背後隱有其他權謀。因此出塵並未隨行，她與隨珠帶著兩個孩兒，留在長安。

李世民出兵隴西，途中也要經過岐州。就在秦王大軍行出州界，李藥師尚未就任的當兒，竟已有人上告，舉報李藥師謀反。岐州位於隴西邊境，如果刺史謀反，將岐州降於西秦，那不但李世民大軍兩面受敵，薛舉更可以縱鐵騎直趨長安，這是何等大事！

於是，李藥師迅即便被縛絏下獄。和璧一面火速著人通知出塵，一面自己飛騎追上李世民，報告此事。李世民畢竟仍是尚書令，當即著親信前往處置。

孰料親信回報，中樞已遣一位御史審理此案，不准自己插手。李世民大驚。此時征西大軍已接近隴西邊境，李世民深知薛舉人馬長途疾奔，糧草不濟，無法持久，只求速戰。因此下令抵達前線之後，即築深溝高壘，堅壁清野，穩守己陣，將薛舉耗在當地。如此既可折損薛舉的銳氣，又為自己爭取幾天時間。他想此去岐州不過百十里地，快馬一日便可來回，於是只帶幾名親隨，飛馳趕赴。行前只私下告知劉文靜一人，對外則稱身體不適。

李世民十萬火急地來到岐州，卻見李藥師端坐牢中，燕處超然。那位御史已然離去，只在府衙留下案卷，以及兩紙不同訴狀。他日前派來的親信仍在當地，只說那位御史來後，便將訴狀與原告一併帶往京師。然而行不多遠，卻發現訴狀遺失。御史大驚，嚴審隨行人眾，無奈遍尋不獲，只得請求原告再寫一紙。那原告本是經人委派前來誣告，並不清楚訴狀內容。如今要他重寫，只好胡亂拼湊，與原狀自然大相逕庭。此時御史出示原狀，便已證明誣告始末。

那名親信又說，御史自覺遺失原狀，有愧君上，無顏覆旨。因知他是李世民派遣來此，便將那原告拘捕，與審訊案卷以及前後兩紙訴狀一併留下，囑他轉呈。

李世民速速瀏覽三份卷狀，果如所述。他當即將文書密封，正要加上鈐印，卻突然想到，自己刻下應在隴西前線，怎能到此鈐印？何況此事顯與太子、齊王有所牽連，背後更有父皇、裴寂密切關注，自己還是低調為上。於是將卷狀與原告一併交予那名親信，著他解往長安。同時密囑最好能夠追上御史，通盤轉付，云云。

「有愧君上」、「無顏覆旨」，這是哪般託詞？李世民滿是狐疑。然他還來不及詢問李藥師，卻得到緊急軍情。原來隴西前線，殷開山見薛舉兵少，竟不顧李世民軍令，執意出擊。劉文靜雖曾阻止，卻也無法擋下。李世民知道薛舉強悍，不可力敵，急急草書數字，命人飛騎制止。可待他趕回前方，唐軍竟已大敗。薛舉本要繼續進擊，不料暴病，匆匆退師。李世民也只得意興闌珊地整軍，返回長安。

至於李藥師，待中樞行文下達，還他清白之時，朝廷早已另遣襄邑王李神符就任岐州刺史了。李藥師收拾行囊，由和璧伴同回轉。途中但見一彎新月斜掛天邊，算算時日，竟爾已近中秋。他不禁懷想，十三年前，大業元年的中秋，自己由洛陽回到長安來見楊素，勸說起事卻遭拒絕②。那晚，他再度夜宿楊府客房，出塵從老槐樹的樹影下亭亭步出。那幞帽黑靴、那紫衣銀帶、那綽約身影……他，一時竟深深沉浸在溫柔的回憶中……

原來月前……

裴寂接獲上告，舉發李藥師謀反，當即命人前往岐州，縛李藥師下獄；同時進宮，向皇帝稟奏此事。李淵聽聞始末，心知肚明。當初李建成、李元吉舉薦李藥師出任岐州刺史，就知必然有所圖謀。但他與李藥師既有芥蒂，又想看幾個兒子如何處遇此事，於是不動聲色，只問裴寂意見。

裴寂對於皇帝心思，可謂一清二楚。此事理當派遣一位御史，前往岐州按察。他放眼望去，當時隨侍皇帝左右的近臣，溫大雅、陳叔達都與李藥師有舊，蕭瑀則甚孤傲，不肯便宜行事的。只有散騎常侍段確，此人性嗜飲酒，並不沉穩機敏，因此說道：「按察此事，當遣一位御史，臣以為段確乃適當人選。」

李淵聞言笑道：「如此甚合朕意！」當即以段確為御史，授予決斷之權，察若屬實便可處分。

溫大雅與李藥師素來交好，陳叔達則是出塵的舅舅。兩人出宮之後，不約而同迅即私下通知出塵。因此和璧將此事報與李世民知曉，隨後趕回岐州探視李藥師，再疾往長安奔去之時，出城不過百餘里，才到五丈原，就見到出塵、隨珠率領一行飛騎，迎面奔馳而來。

距離當時將近四百年前，蜀漢諸葛亮第五次北伐③，大軍便駐紮在五丈原上，與曹魏司馬懿隔渭水相對峙。五丈原是一方黃土臺原，南倚秦嶺、北瞰渭水。從岐州到長安，一路都在秦嶺、渭水之間。但如五丈原這般，高嶺與河水如此逼近，其間道途狹隘、地勢險要之處，倒也並不多見。長安、岐州之間，五丈原乃必經之途，出塵、和璧原本都打算在此處等候御史，不想恰好同時抵達。

和璧率先報知，李藥師尚稱平安。出塵聽聞，暫且放下懸心，說道：「此次中樞所遣御史，乃是段確。其父段文振，前朝開皇年間曾被中傷，遭到除名。其後雖得平反，然段氏一門對於誣陷，至今深惡痛絕；對於昭雪冤屈，則甚感恩戴德。因此我等，不妨如此如此……」和璧、隨珠等人聞言，盡皆大為歎服，各自分頭行事。出塵自己則僅率數人，匆匆趕往岐州……

且說段確。他原本只是散騎常侍一介散官，如今成為握有實權的御史，頗為沾沾自喜。待得吏部發出行文，他換過官服，接下印信，率領人馬，浩浩蕩蕩西出長安，風風光光朝岐州前行。這日來到五丈原，不免想到諸葛亮。自己如今車駕儀仗，前呼後擁，威風或也不遜武侯當年。只是孔明乃「相父」之尊，仙風道骨，羽扇綸巾，自己卻不好公然仿效。於是來到驛站當晚，段確命隨從設酒之後，便將眾人斥退。時當夏末秋初，正是溽熱節令。此行囊中帶有蒲扇，他自尋了一把，自斟自飲，自搧自詡……

段確嗜酒豪飲，堪稱海量。然而這晚獨酌，不知為何，方才數杯下肚，便已昏昏醉倒……

也不知昏醉許久，段確略微回神，只覺冷風颼颼，不自禁地一陣觳觫，登時驚醒。醉眼昏望，四下陰風慘慘，魅影幢幢，冥路幽暗，淒森寒涼，全然不似人間氣象。此時只聽遠處傳來腳步聲，他方才意識到，自己蜷縮在一排柵欄邊的陰影中。

只聽那腳步聲逐漸走近，經過自己之時似乎望了一眼，然後繼續前行。此時前方鬼氣啾啾之處，亮起縈縈燈火，隱隱像是審案衙堂。堂上一人聲音威猛，問道：「段文振，你來此做甚？」

段確聽聞，登時大驚，蓋因段文振，正是他已過世的父親。只聽段文振說道：「啟稟大王，下官在世之日，曾受楊秀、蘇威誣陷，遭到除名……」

段文振遭到除名期間，段確兄弟俱受牽連。那段時日淒風苦雨，備受屈辱，段確永遠無法忘懷。

只聽堂上那位大王說道：「楊秀、蘇威都已遭受果報，難道你還有所不滿？」

段文振忙道：「不，不，下官不敢。只是今日聽聞，當年為下官平反的主官亦已來到陰司，下官盼能略報恩德於一二。」

堂上那大王叱道：「陰司簿籍條列詳陳，在這酦摩森羅殿裡，豈容爾等圖報私恩小惠！」

段文振正不知如何回話，忽聞外間有牛頭馬面奔入，叫道：「不好了！不好了！大王的外甥李藥師遭人誣陷了！」

那大王一聽，勃然怒道：「這陽世間種種，愈發悖天忤地了！」

此時段文振卻笑道：「大王莫懟莫忿，令甥此事，恰由小兒段確按察。下官今日特領小兒來此，願受大王差遣！」
那大王喜道：「當真？那段確何在？」
段文振回道：「小兒乃陽世間人，不合進入此殿，如今已在柵外待命。」
登時即有牛頭馬面，舉了火燭來到段確身前。只聽段文振說道：「小兒福報甚淺，倘若平反此冤，盼能稍積功德。」
但見那大王翻閱案上文檔，搖頭說道：「此冤雖說能平，然功德不在段確，而在李世民。只因日前，李世民已將此案平反。」
段文振驚道：「小兒乃此案御史，豈能任由李世民審結？」
那大王細閱文檔，說道：「陰司簿上這條功德原本歸於段確，然日前卻遭刪除，移至李世民名下。」
段文振急道：「這可如何是好？如此小兒非但失卻功德，也無法回京覆命啊！」他當即跪拜叩首，求道：「還請大王援手！」
那大王翻閱文檔，頻頻搖頭。良久，方才微微頷首：「有了，那李世民並未親自回京，只遣親信將卷狀、人犯解入長安，如今尚在道途。」
段文振喜道：「如此，則小兒即可取得卷狀、人犯。」他行至段確近處，隔著柵欄，背著燭光，對段確說道：「我兒，你可聽見了？此案卷狀、人犯如今尚在道途，你可要設法取得。否則莫說功德，甚至難以回京覆命哪！」

段確酒醉未醒，雖想與父親說話，但是頭昏腦脹。何況身前牛頭馬面所舉的燈燭輝耀，他連睜開雙眼都有困難，只能勉強說道：「爹爹，卷狀、人犯既在秦王手中，孩兒怎敢強取？」

段文振大大不以為然：「你乃此案御史，口銜天憲，得以全權處遇，哪須忌憚秦王？」

段確猶自遲疑。

段文振薄怒，語聲頗為不滿：「你若不行此道，就自己想想回京之後如何覆命吧。」

此時只聽那大王冷冷說道：「孤王甥兒蒙冤，你竟不願理睬！」說著便取硃筆，作勢要往陰司簿上註記。李藥師的舅舅韓擒虎「生為上柱國，死作閻羅王」之事，非但明載於史冊，當時更是盡人皆知④。

段文振急道：「大王且慢！」他轉向段確，殷殷說道：「為父也曾身受誣陷，蒙冤不白。對於助我平反之人，終生感恩戴德。你今逢此機緣，怎可不自好生為之？」

一語勾起段確當年隨父蒙冤的慘澹回憶，當即應允：「只是孩兒當去何處尋那遞解卷狀、人犯的差人？」

段文振道：「你只須繼續往岐州行去，自能得見。」

只聽那大王說道：「段確，你若平反此冤，日後陰司簿上自會條列詳陳。」他隨即命道：「退堂！」

登時堂上熒熒燈火逐漸暗去，四周僅餘昏昏慘慘，灰灰濛濛。牛頭馬面邊催段文振離開，邊紛紛退去。

段文振趁牛頭馬面轉身之際，特意放低聲量，悄悄在段確耳邊說道：「那人犯卻知曉此案乃是秦王所審，你可不能讓他去到長安，和盤托出啊！」語畢即匆匆離去。

又是一陣颼颼冷風，段確再度昏昏醉去……

次日醒來，段確仍然隱隱昏沉。回想夜間經歷，不知是醉是夢，卻是記憶清晰。御史的儀仗隨從早已待駕，段確上車繼續前行，只在頭昏腦脹之下密令親信，留意遞解人犯的官差。

行不多時，果然見有差人押送囚車。段確將那一行攔下，命交出卷狀、人犯。他原以為差人必會抗命，不料那人卻笑道：「這卷狀、人犯原本當由御史解往京師，我等也無意涉入啊！」輕易便已從命。交付之後，當即離去。

段確拆閱文書，見到審訊案卷，附有前後兩紙訴狀，案情甚是明朗。又想不能讓那人犯入京，以免供出審理前後。因此使出皇帝明確賦予的御史權責，立時便將那原告處決。

事畢之後，御史大人回京覆旨。從李淵、裴寂，到李建成、李元吉，全都認定此事乃是李世民的傑作。因此對於段確只是論功行賞，倒沒有任何詰難。

至於李藥師……他出了岐州大牢，由和璧伴同返家途中，邊遙望天際漸盈的明月，邊懷想十三年前，大業元年的中秋，自己由洛陽回到長安來見楊素，勸說起事卻遭拒絕。那晚，他再度夜宿楊府客房，出塵從老槐樹的樹影下亭亭步出。那幞帽黑靴、那紫衣銀帶、那綽約身影……

李藥師一路之上，腦海沉浸著溫柔記憶，嘴角噙掛著甜蜜微笑，池池回到家中。但見出塵大開中堂，盛裝相迎。李藥師見到愛妻，竟不似已往那般一把將她摟入懷中，而是整肅儀容，倒身下拜。出塵盈盈燦笑，款款扶起夫婿。

原來……當時李藥師遭到誣陷，被縛下獄，不數日便聽說，中樞已遣御史前來審案。他尚在斟酌，御史怎會來得如此之快？待得遠遠窺見那位御史，幞帽黑靴、紫衣銀帶；面若潘安、手如王衍⑤。李藥師登時亦驚亦喜，卻強忍竊笑，俯首聽命，但憑御史處置……

此時，他將愛妻一把摟入懷中，柔聲笑道：「妳這娃兒愈發促狹了，哪像一位開府夫人？」出塵俏笑道：「還不都是師父調教的？」一句嬌嗔逗得李藥師大為開懷，心底不免隱隱自豪。當初安排愛妻留在京裡，也可算是略有先見之明，不是？

夫妻二人言笑晏晏，相與步入內室，闔上門扉。李藥師輕手抱起伊人，吻上芳頰。淺笑之間，語音已然杳不可聞，依稀似是：「但憑御史處置……」

第廿九回　獻策圖梁

武德元年八月，薛舉病歿，薛仁杲嗣位。李世民對於前次兵敗耿耿於懷，自請出師，得到李淵允准。這次李藥師沒有隨行，因為李藥王去世了①。社稷板蕩時期，所有官兵照例奪情起復，移孝作忠。雖然不得守孝，但喪禮總得備辦。李藥師、李客師得到三十六日喪假，攜眷趕回昆明池。他們兄弟感情篤厚，卻也只能節哀盡禮，將李藥王的棺槨暫厝於昆明池南的山麓。

李藥師雖然不在身邊，李世民仍與他書信往還。西秦軍的優勢在於素有「隴西鐵騎」之譽的騎兵，騎兵的根本則在良馬。西魏、北周以至隋代，主要的養馬牧場都在隴西，這裡自然擁有最優秀的騎兵。不過這方面唐軍也不遑多讓，北朝諸代都將隴西幼駒遷至關中，調教訓練之後供朝廷使用。李藥師在隋代曾經任職駕部，對此非常清楚。

西秦軍的劣勢則在兵力。薛舉號稱三十萬大軍，但隴西諸郡合計僅八萬戶，四十萬口。縱使極限動員，也不過八萬人馬。西秦西方必須防禦西涼李軌，還得留守其根據地折墌城，因此能夠

出師東方的，頂多兩、三萬兵員。所以前次，殷開山才會因為敵軍不如預期之眾而執意出擊。不過這方面唐軍同樣窘困。當時李淵麾下大約二十餘萬兵員，必須同時顧及太原、潼關、河東、山南等前線，還要守禦長安。因此能讓李世民帶往隴西的，也只有兩、三萬人馬。

西秦軍與唐軍的最大差異在於糧秣。隋代六大糧倉中，華州的永豐倉在李淵入長安後就由唐軍掌控，陝州的常平倉在屈突通歸降之後也進入唐軍勢力範圍。然而薛舉起兵，靠的只是隴西的地方倉儲。因此李唐的財經狀況，大大優於西秦。

分析敵我形勢，李藥師認為前次李世民的戰術完全正確。西秦糧秣不濟，兵將靠的是一股銳氣，過於急躁，缺乏耐心。薛舉時期已是如此，薛仁杲性格比他父親更為酷烈，也更禁不起持久拖延。

於是李世民鄭重告誡隨行諸將，對方前次大勝，必定輕敵好鬥，然而驕兵必敗。我軍此時須築深溝高壘，堅壁清野，以挫其銳氣。待敵方氣衰，然後奮擊，必可一戰而破。因此嚴令：「敢言戰者斬！」如此，兩軍相持將近三個月。

薛仁杲御下苛虐，暴勇無謀，時間一久，糧餉不濟，非但士卒脫逃，甚至手下官吏都率眾歸降李唐。此時唐軍待戰已久，李世民一聲出擊，勁卒快馬奮勇酣戰，大破西秦軍於淺水原。這年十一月，李世民率軍直搗折墌城，擒縛薛仁杲而歸。薛仁杲伏誅，隴西遂平。

在李世民與薛仁杲對峙的兩三個月中，「天下」局勢丕變：李密歸降李唐，這代表東都出現極大變化。當初李世民接到李淵撤軍的命令，依李藥師之計大敗段達，抽身返回長安。那時東都附近，尚餘王世充、李密、宇文化及三家勢力。李密聽說宇文化及直撲黎陽搶糧，即刻回師救援。如此，瓦崗軍就變成兩面受敵。

不過東都內部也有矛盾。楊廣遭到縊弒，王世充擁立越王楊侗。對於東都來說，宇文化及縊弒先帝，乃是怙惡不悛的國賊，而瓦崗只是據地起事的草寇。何況王世充專橫跋扈，楊侗其實希望能借李密之手將他除去，於是遣人向李密示好。

李密大喜，率瓦崗軍與宇文化及的江都軍大戰，將之逼退。江都軍中當初迫於形勢追隨宇文的隋臣，此時頗有幾人投入瓦崗。其中包括許敬宗，他入唐後成為秦府十八學士之一，至唐高宗李治時期曾經拜相，更是日後李靖碑的撰寫者。當時魏玄成也在瓦崗軍中，不過他已改用學名魏徵了。

江都軍沒有達到攻占糧倉的目的，後勤補給更加困難，接近譁變的邊緣。這年九月，宇文化及行至魏州，廢黜秦王楊浩，自稱大許皇帝，不久即將楊浩鴆弒。

至於李密，他大破宇文化及，滿心以為東都即將迎他入朝輔政。未料王世充卻趁李密和宇文化及大戰之機，在洛陽發動兵變，從此獨攬朝政。

李密因此拒絕進入東都，而與王世充對戰。瓦崗大敗，裴仁基、秦叔寶、祖君彥、程知節等俱被擒獲；單雄信等則降附王世充。李密遭到重創，率王伯當等西走長安，投奔李唐，以為必當大受禮遇。然並沒有得到預期的重視，不免怏怏。

李世民平滅西秦，縛薛仁杲凱旋。李淵派李密前往迎迓，在豳州相遇。李世民待他的禮數也並不隆重，李密更加失望。

此時的李世民，心思哪會放在李密身上？入朝覆旨之後，他的第一要務就是去訪李藥師。李藥師已從昆明池回到長安，李世民急著想問清楚，那位紫衣御史，究竟是怎麼回事？

在這三個月中，李世民早已將此事來回前後、前後來回地推敲，心裡也早已有底。於是這天他騎馬前往李藥師家中，身後還跟了一乘巾車，竟是秦王妃的法駕。

在這三個月中，李藥師也一直在準備李世民到訪。然聽說王妃一同駕臨，卻令他有些意外。因為秦王妃長孫無垢，已懷有數月身孕。不過李世民用這方法讓出塵必須現身，倒也不失禮數。於是夫妻二人一同迎出大門，未料從車中出來的，竟是彝華！

原來將近一年之前，在秦王府的「家宴」②中，彝華、出塵相繼撫琴之後，李世民便將彝華納入庭闈了。此時彝華已是側妃，李藥師、出塵依禮參見。彝華不受，扶起出塵；李世民也將李藥師攔下。

四人進入正廳，入座之後，李世民先對李藥王的後事略表致意，隨即說道：「孤今日帶彝華前來，可是為要讓她拜師的。」說著便命彝華以師禮拜見出塵。出塵自然不受，扶住彝華。

李藥師躬身謝道：「臣婦何能？得殿下、王妃青睞！」

李世民卻似笑非笑：「出塵夫人經天緯地，般般精擅。彝華就是通天徹地，也難以學全啊！」

聽李世民這般口氣，李藥師、出塵趕緊站起身來。和璧將當初李世民所留的令牌呈予李藥師，他夫妻一同雙膝跪下，將令牌奉予李世民。李藥師道：「殿下所賜令牌，微臣擅予挪用，敢請殿下降罪。」說著便與出塵雙雙拜伏。

李世民倒著實受了一禮，說道：「也罷，就算是這一拜，孤領受了，二位起來吧。」他夫妻再拜起身。

只見李世民已換過一番和霽神色：「跟著我，難免要受些委屈，尚請二位擔待。」畢竟，李藥師在岐州受到誣陷，追根究柢是衝著李世民來的。

李藥師躬身道：「微臣性命，不只一次幸得殿下援手。」他語音懇切：「殿下待臣屢有再造之恩，臣怎敢當『委屈』二字？」

李世民似乎當真開顏了，拉著李藥師手笑道：「先生切莫將此小事放在心上。今日我是誠心帶舜華前來拜師的。」說著將手一揮，隨行人等便將禮品呈上。

李世民道：「出塵夫人琴劍雙絕，盼能指點舜華一二。」舜華、出塵雙雙起身，相互禮拜。

李世民點頭道：「如此甚好。舜華，妳當時常前來請益。」

舜華應了，出塵則忙道：「不敢！」

將李世民、舜華送出門外，李藥師、出塵互望一眼，相對深深吁了一口氣。

且說李密歸唐，李淵待他不薄。可在李密心中，他與李淵同樣出身八柱國家。李淵能夠建立大唐，立足關中，多少得利於瓦崗軍在東都牽制群雄。如今歸唐，只得到光祿卿的官職、邢國公的爵位，不但得對李淵稱臣，還居於諸多宗室子弟之下，心中不免頗為不滿。

李密入長安後，瓦崗的廣袤領地都由徐世勣掌控。徐世勣整理州縣資料、軍民戶口，上啟李密。李淵聽說徐世勣有書啟進予李密，卻沒有表章呈奏自己，頗覺意外，便向使者詢問。

那使者奏道：「徐世勣以為人眾土地都是李密所有，如果直接進獻，是為自己邀功。應由李密上表，使之歸為李密的功勞。」

李淵大讚：「此純臣也！」當即以徐世勣為黎陽總管，授予上柱國、萊國公等封號，並賜姓李。徐世勣這一表態，就得到「公」的爵位、「李」的姓氏，基本上與李密是平起平坐了。

說回李密。他銜命出迎李世民，回到長安之後，李淵又命他領兵前往黎陽招撫舊部。讓這位初降的一方雄主帶兵返回自己的原據地，是否過於大膽？朝中自有思慮縝密的朝臣放心不下，奏請皇帝三思。然李淵已有萬全準備。李世民平滅薛仁杲後，李淵加封他為太尉，著他建置陝東道大行臺，出鎮長春宮，潼關以東兵馬全部受其節度。李世民控有李唐的河東大軍，李密手邊區區萬餘兵員，哪能與之相抗？

李淵如此安排，自然有其用心。首先，他想測試李密的忠誠。其次，李密敗於王世充後，應可回師黎陽，那兒還有徐世勣。為甚麼他沒有這麼做，卻選擇投奔長安？李淵想讓李密回去，看看他與徐世勣如何互動。

然李密連第一道測試都沒能通過。他一出潼關，李淵即下旨將他召回。李密大為驚恐，決定抗旨。王伯當試圖勸阻，李密不肯接受。他率兵逃往襄城，投奔舊部張善相。李世民遣盛彥師追討，將李密、王伯當等全部斬殺。張善相歸降，李世民將襄城改置為伊州。

李淵詔命將李密首級傳送予徐世勣，不，現在已是李世勣了③。李淵的目的，當然是想觀察他如何處理此事。李世勣何等人物，怎會不明白李淵用心？他上表請求收葬李密。李淵不但允准，還將李密屍身一同送交給他。李世勣衰経發喪，大備威儀，以君臣之禮，將李密隆重葬於黎陽山南。

李密歸降之後，李淵以淮安王李神通為山東道安撫大使，從李世勣手中接收瓦崗的人眾和土地，於是河南十郡正式進入李唐版圖。

至於李世民，他奉旨出鎮長春宮，節度關東兵馬。長春宮位於同州，在今日的陝西渭南。西魏、北周立足關中經略關東，便以此地為基礎。如今大唐節度關東，同樣以此地為根據。李世民來到長春宮，建置陝東道大行臺，副手是劉文靜。劉文靜在第一次征隴西失利之後遭到罷黜，此時才得以復起。

李藥師也隨在行轅，李世民又與他討論軍情形勢。李藥師問道：「潼關以東兵馬，全受殿下節度，這……」

李世民笑道：「說是這麼說，然太原、山東未必聽我節度。」當時太原有齊王李元吉，主要防禦劉武周；山東則有淮安王李神通，在宇文化及覆亡之後，主要面對竇建德。

李藥師道：「如此，我軍便只須專意經略東都。洛陽西北穀州、西南熊州、南方伊州皆為我軍所有，現下關鍵乃是武牢關。」唐代避李淵祖父李虎之諱，稱「虎牢關」為「武牢關」。

李世民邊聽邊點頭，只是嘴角卻噙著些許諏詭笑容，說道：「關鍵乃是武牢關，先生所言極是。不過……」他逼視李藥師：「先生適才所說，我軍『只須』專意經略東都……」

李藥師眼神也現笑意：「太子坐鎮京畿、殿下討王世充、齊王討劉武周、淮安王討竇建德、廬江王與趙郡公徇山南、段駙馬徇劍南、竇國舅徇隴右，如此兩年之間，天下當可定矣！」廬江王是李瑗，趙郡公是李孝恭。段駙馬是段綸，他是段確的二哥，尚李淵之女高密公主。竇國舅則是竇璡，已故竇皇后的族弟。

李淵這番戰略部署，以皇太子李建成居中，將開拓四方的責任交予近親子侄，自己則負責穩住突厥。如此掌控全局，充分展現做為開國君主的雄才大略。而當時，「天下」已經沒有任何一位雄主，能與李唐抗衡。李藥師雖大抵同意李淵的安排，卻認為並非萬全。然而……他總不好直接指摘這位與自己曾有舊仇私怨的皇帝吧？

李世民顯然也作同樣心思，此時他依然逼視李藥師，臉上笑意卻更濃了：「先生當真作如是想？」

李世民既如此表態，李藥師就也直言不諱了。他深深一揖：「殿下恕臣無狀。只怕劉武周、竇建德，仍須殿下費心。」

這回李世民是真笑開懷了：「只怕山南，也仍須先生費心哪！趙郡公宏略有容，非廬江王所能匹儔。然而……」他握起李藥師雙手，殷殷說道：「若是不得先生鼎力相助，仍難以功成啊！」

李藥師再度深深一揖：「殿下折煞微臣了。殿下但有所命，微臣無不樂從。」

李世民笑道：「孝恭刻下，正等著先生的戡平蕭銑之策哪！」

李藥師躬身笑道：「臣敬謹領命。」

三李初會之後，李藥師早已縝密思量戡平蕭銑之策，詳細條陳寫就。當日李世民尚有其他事務，因此李藥師待到次日，方才進呈《圖蕭銑十策》。

李世民展讀卷冊，但見一筆俊逸正楷。李藥師早年師事玄中子，他出身瑯琊王氏，家傳一脈絕妙行草。李藥師曾得師授，又知李世民酷嗜二王書法，因此兩人日常書信往來，都是一筆行草。然這次是正式獻表，雖知李孝恭必會另行摘抄，也應使用正楷。

只見卷首之後，便是「策一．經略夷陵」。李世民問道：「這確然是當務之急，不過年前綜論天下，先生不是曾說，首要乃是招安巴蜀？」

李藥師微笑道：「如今益州已有段駙馬啊！」高密公主、段綸是李淵最鍾愛的女兒、女婿。李淵登基之後，妙常成為平陽公主。她是李淵惟一的嫡女，然皇帝對於她的夫婿柴紹，還不如對段綸親厚。至於李孝恭這身分本就尷尬的堂侄，就更無法與段綸相比了。因此李孝恭圖蕭銑，不能以巴蜀為根據，只好另擇信州。夷陵位於信州與蕭銑之間，必須將這雙方必爭之地，及早納入李唐版圖。

李世民點點頭，繼續看時，便是「策二．勤產厚積」，其下只詳述方法，並未提及因由，於是問道：「可是經略蕭梁，特有所需？」

李藥師道：「是。其後數策，所需甚鉅。」

回話如此簡短，李世民一聽便知，李藥師心中另有考量，當下笑道：「先生思慮，當不僅止於此。」

李藥師躬身道：「殿下明鑑！荊楚郢襄池澤千里，沃土無垠，孫吳取荊州而得以生息，蜀漢失荊州而難以北伐，俱因這帶地區物產富饒，足可供應軍資之所需。如今此富饒之域雖為蕭銑所據，然我軍亦擴有信州，軍需不宜全數依賴關中，部分應可自給。」

李世民問道：「所以先生之意，『勤產』雖在我唐，『厚積』卻未必盡然？」自古北方遊牧民族劫掠華夏，目的都是財物而非土地。自西魏宇文泰創建府兵制以來，每當戰勝，都任所屬大肆劫掠，這實是府兵鬥志旺盛的重要原因。李世民不但出身北朝世系，更胤有鮮卑血脈，對此極為熟悉，很自然便以為李藥師之意，是讓唐軍伺機劫掠蕭梁物資。

李藥師微笑道：「當初家舅伐陳，屢在秋收時節遣兵劫掠，廢其農時，使其倉無積儲。此計可以行於當年，乃因陳主昏昧。如今蕭銑勵精圖治，我軍若行劫掠，恐更令其上下一心。何況彼時，楊隋在江北備戰八年；然則此時，我軍卻不可長久備而不戰啊！」他二人都明白，此時李唐的倉儲，遠不如隋文帝時期充裕。

於是李世民問道：「是以所謂『厚積』，乃是厚積於彼，以待我軍之取？」

李藥師站起身來，肅容躬身而道：「殿下，我軍一旦取下蕭梁，今日蕭銑之臣民，即是我大唐之臣民啊！」

這幾句話，實是當時胡漢文化價值的深刻分野。李世民直直看著李藥師，只見他拱手躬身，雙目垂簾，雖未望向自己，卻也毫不迴避自己的眼神。他當下站起身來，伸手托住李藥師雙臂，歎道：「能說此話者，惟有先生！」

李藥師直起身來，望向李世民，說道：「能聽此話者，也惟有殿下！」他二人又一次四掌緊緊相握，眼神忱忱熾熾地對視。

半晌，李世民問道：「所謂『厚積』，非止錢糧，更是人心，可是？」他繼續問道：「先生與我莫逆於心，然此話卻不宜多傳，以免影響軍心，所以並未明述於卷冊之上，可是？」

這卷《十策》條陳乃是重大軍機，日後能讀到的，不過李孝恭、李淵等寥寥數人，然而此意卻仍不宜直述。李世民深明其意，李藥師大為感激，再度深深一禮：「是。臣深謝殿下垂注！」二人回身歸座。李世民繼續展讀卷冊，其後便是「策三．賄間梁臣」，這是當初綜論天下之時討論過的。再是「策四．招慰土家」，這是三李初會之日討論過的。接著則是「策五．修造船艦」，李世民問道：「先生尋訪造艦人才，可有所獲？」

李藥師往昆明池奔李藥王之喪期間，曾向楊玄慶詢問造艦人才。但他可沒有打算對李世民提及楊玄慶，此時回道：「經臣多方打探，當年參與建造五牙戰船的匠人多已作古。只聽聞巴東有位巧手，乃是造艦匠人之後，然他只造漁船，不造戰艦。」當年楊素「居永安，造五牙」的永安，即在巴東。

李世民聞言大喜：「可曾見到此人？」

李藥師搖頭道：「尚未。倘若真是人才，該當前趨造訪，以禮相請。」

李世民點頭同意。他再往下展讀，見是「策六．教習水戰」、「策七．善用地勢」、「策八．順擇天候」，每策俱有詳細條陳。李世民笑道：「人和、地利、天時，俱在先生掌指之間矣！嗯……這順擇天候……據聞當年武侯善使六壬風角，莫非先生也精其道？」

李藥師微笑道：「日月四時，風雷雲雨，自有定期。武侯善知其驗，並非當真能使六壬風角啊。」

李世民點點頭，卻指著條陳問道：「先生何以將陳兵之期，選在金秋？」

李藥師道：「大江潦漲，荊湘在夏末秋初，淮揚在秋末冬初。由夔門至荊湘，金秋潮汛最旺，有利我軍運行。」

李世民不禁仰天讚歎：「『究天人之際，通古今之變』，先生實當之無愧！」李藥師趕緊謙謝。此時李世民眼神卻閃過一絲狡黠：「孤原本以為，先生打算平滅蕭銑之後，便與孝恭一道順江而下，直入吳郡，去品嘗鱸魚膾哩。」

李世民年方二十二歲，長久與父親、兄弟並不和睦，何嘗能夠享受親情的溫馨？因此每當面對李藥師這位恂恂長者，心底總會不自覺地湧起親愛孺慕之情。

然而李世民這孺慕之情，卻觸動了李藥師心底最為脆弱的一絲心弦。可他明白自己絕不能在這位殿下面前，將他當成「虬鬚龍子」，於是整理心緒，含笑說道：「殿下，那張季鷹命駕歸吳，乃是『辟齊王東曹掾』。臣卻還盼追隨殿下富國家、強社稷、興教化、安百姓，以逞平生之願呢！」

西晉張翰字季鷹，吳郡人，《晉書》本傳、《世說新語．識鑒》皆記載，他辟齊王東曹掾，因思吳中菰菜、蓴羹、鱸魚膾，命駕便歸的故事。「蓴羹鱸膾」的美名，因他而流傳千古。

李藥師此言卻讓李世民一怔，趕緊收斂心神，繼續展讀卷冊。只見「策九．奇正用兵」，其下詳述「敵實須用正」、「敵虛宜用奇」之道，其義甚是精微，當即問道：「虛實奇正實乃兵家總要。《孫子》曰：『凡戰者，以正合，以奇勝。』先生於此，似乎另有發明？」

李藥師道：「兵法之要，必先貫通奇正相變之術，方能分辨虛實相應之形。若依此法鑒勢度形，則敵之或以虛為實、或以實為虛，再也無從遁跡。如此方能或以奇為正、或以正為奇，以謀敵之不臧。」「奇」「正」相倚、相變之道，見於《李衛公問對》，這是李靖兵法的精髓。此時他將之用於戰略、戰術，後世則成為他在兵學發展史上的偉大貢獻。

李世民則是首度聽聞奇正之變，他是天縱軍事奇才，稍一尋思，便已略明其中旨要，登時歎道：「先生斯言，其時義大矣哉！」李藥師再度謙謝。

再往下讀，便是「策十．安撫士庶」，其下卻沒有詳細條陳。不待李世民動問，李藥師便說道：「陛下自起義師，一向懷柔撫遠。戰後安撫士庶，乃是朝廷恩賜，非臣之所能與也。」

李世民點頭同意，將卷冊收攏，站起身來，朝李藥師深深一揖：「『運籌帷幄之中，決勝千里之外』，先生不愧今之留侯耳。」李藥師隨之起身回禮。

李世民將這卷《圖蕭銑十策》快馬傳給李孝恭，李孝恭再進呈李淵。李淵甚為歡喜，全數採納，當即下旨，以李孝恭為信州總管，將這十策落實。李孝恭請求調李藥師為副手，李淵也答應了。於是李孝恭整裝南下，李淵則向陝東道大行臺發出詔令，調李藥師前往山南。

《十策》的第一策是經略夷陵，然當李世民、李藥師接到詔令之時，夷陵已經歸唐，改置為硤州，李淵遣李藥師先去增援硤州刺史許紹。

當時硤州北面、東北的襄州是王世充的勢力範圍；東面、東南、南面是蕭銑的大軍；西面、西北是神農架的原始森林，蕭銑已鼓舞山區蠻族騷動；只有西南一隅，隔三峽可以連絡上游的信州。許紹在此捉襟見肘，處境艱難，因此李淵遣李藥師前去增援。

李藥師此行前往硤州，一路可不好走。李世民為他餞行，席中除彼此預祝順利之外，李世民也說道：「藥師，你此去翻越南山，蠻獠阻道，我卻無法多調一些兵馬給你。」

李藥師謝道：「殿下關愛，臣銘感五內。不過……」他微微笑道：「臣畢竟已開府數月，和璧那邊也有一些人手。」

一語提醒了李世民，不禁笑道：「是啊，我怎地忘了？平陽公主曾建娘子軍，親執金鼓，府上出塵夫人也不遑多讓啊！」

這一句話，便是同意讓出塵隨行。李藥師深深一揖：「多謝殿下垂注。」他原本還想說些甚麼，但沒有說出口。

李世民似乎也想說些甚麼，但也沒有說出口。

第卅回　追踵神農

噫吁嚱！危乎高哉！
蜀道之難，難於上青天！
蠶叢及魚鳧，開國何茫然。
爾來四萬八千歲，不與秦塞通人煙。

李白這闋〈蜀道難〉，生動且浪漫地描繪了由秦入蜀之途的磅礡氣勢。而在此詩出世之前一百餘年，如今，李藥師正率八百官兵，行在這崢嶸崎嶇的蜀道之上。詩仙感歎：

青泥何盤盤，百步九折縈巖巒。
捫參歷井仰脅息，以手撫膺坐長嘆。

李藥師雖不曾讀過青蓮居士的曠世傑作，然而當他身處天梯石棧之上，舉頭仰望夜空之時，出現在他眼前的繁星，真真就如近在區區舉臂之遙！

這段時日，李藥師已經不只一回仰觀天象。近來的星文，頗讓他有喘不過氣之感。當然，那星文是在長春宮附近觀測到的。此時來至山巔，是否會不一樣？他明知不會，但原本仍存有一絲僥倖。如今一觀，唉……果然一般無二。這正是他在與李世民分手之前，想說而沒有說出口的心事。

可是分手之前，李世民似乎也有想說而沒有說出口的心事。那是甚麼？他還不及思索，已有斥候來報軍情。前方，有蠻族布防。

由長春宮前往山南，得先穿越秦嶺，進入漢中。當時穿越秦嶺的途徑有四，由西向東依次為「散關道」、「褒斜道」、「儻駱道」、「子午道」。楚漢之際韓信曾在子午道上「明修棧道」，卻到散關道上「暗渡陳倉」。散關道亦稱「陳倉道」。

四道中以子午道最為險峻，也最為快捷。由關中乘快馬經此道入漢中，只須七天。劉邦「鴻門宴」後倉促逃離，走的就是子午道。諸葛亮北伐，魏延屢次提出「子午谷之計」，也著眼於子午道。百餘年後紅塵飛騎為楊貴妃快遞荔枝，走的又是子午道。

李藥師增援硤州，自然選擇最為靠東且最為快捷的子午道。此道出秦嶺後先到金州，也就是今日的陝西安康。由此再往西南，可到李孝恭所在的信州，也就是今日的重慶奉節。若往東南，則可到許紹所在的硤州，也就是今日的湖北宜昌。然兩方向都須穿越大巴山，這帶山中蠻獠多而漢人少，將近一百年後，柳宗元〈與蕭翰林俛書〉中形容當地語言：「聲音特異，鴃舌啅噪……聞北人言，則啼呼走匿……」何況當年！

如今李藥師率八百元從，正行過子午道，往金州方向趕去。此時獲報，前方有蠻族布防，當即下令隱去火把，銜枚疾走。

但見山林前方閃出數十蠻兵，李藥師看時，卻並不是針對自己。一時只聞羽箭疊聲而起，竟無一箭虛發，蠻兵應弦倒地。李藥師正自喝采，卻在天光微曦、林霧迷濛之遙，隱隱望見一騎快馬，馬上身影靈巧，不是出塵是誰？

李藥師大喜，拍馬迎上前去，只見愛妻身邊，和璧、隨珠雙雙相隨，另有一名少年。和璧隨出塵前來，原在李藥師意料之中。但是隨珠，她若離開府中，兩個孩兒由誰關照？

出塵慧心，不待動問便即說道：「三嫂把兩個孩兒接過去了。」李客師雖是李藥師之弟，但出塵比李客師夫婦年輕甚多，一向稱他們為三哥、三嫂。

李藥師只點點頭，當下也不及細問。此時天色漸明，兩人領軍朝蠻兵來路追去，直追出山坡林區。往下一看，不免大驚！那些蠻兵連屯山谷，竟有數千之眾！圍住一路唐軍，卻是廬江王李瑗的旗號。

這次隨李藥師出行的將官中，最得力的副手是張寶相。李藥師命他帶人前去解圍，自己與出塵留在山頭壓陣。此時出塵方才得暇，命隨自己前來的那名少年拜見李藥師。

那少年行禮，說道：「小人名喚薛孤吳，乃薛孤設之子。」

李藥師一驚：「薛孤設之子！」當即將薛孤吳扶起，緊握他手仔細端詳，激動說道：「難怪看著眼熟！」

原來薛孤設曾在李藥王帳下。李藥王遭到罷黜之後，薛孤設始終惦念。數月前李藥王過世，薛孤設也率諸子前往弔唁。不過當時李藥師只得三十六日喪假，加以喪禮千頭萬緒，並沒有特別留意薛孤吳。薛孤氏父子是北朝名將薛孤延的後人，家傳一脈精湛武學。如今正值用人之際，能得故人之子前來，李藥師大為欣慰。

且說眼前。張寶相迅即便將蠻兵驅散，會同那路唐軍的將官來見李藥師。這位將官是金州總管府司馬李大亮，他帶領李藥師一行進入府城，去見金州總管廬江王李瑗。

李瑗大為歡喜。金州已與蠻族鄧世洛多次交鋒，府城屢受侵擾。李大亮為李藥師匯報，原來金州南方的大巴山區已被蠻族武裝占據。蕭銑鼓舞蠻族騷動，阻撓唐軍。李藥師若想由金州南下，無論往西南前去信州，或往東南前去硤州，都必須穿越大巴山。因此他必須先助李瑗撫平蠻族，自己才能前行。

這帶大巴山素有「神農架」之稱，相傳炎帝神農氏曾在此地搭架採藥，親嘗百草。這裡至今仍有大片原始森林，許多少數民族聚居，何況當時！蠻族嘯據深山，並不通曉戰陣兵法，但是嫻熟地貌。因此李大亮饒是關隴世家出身，綽有文武才幹，但是面對蠻族，卻仍無法制勝。

李藥師的思維則不僅止於「制勝」。此時他手指地圖，對李瑗、李大亮說道：「神農架北接金州，西至信州，南臨大江。原本東南有蕭銑，東北有王世充。王世充與北方諸軍對峙，內部又嚴重決裂，無暇顧及西南，因此趙郡公方能順利說得硤州來歸。」

李瑗、李大亮頻頻點頭。

李藥師繼續說道：「蕭銑則與王世充不同。他對內勵精圖治，上下一心，對外懷柔撫遠，審慎用兵。蘭陵蕭氏經略荊楚已逾百年，皆以財帛器物攏絡蠻獠。蠻獠世居大山，豈有天下之志？所欲不過繁衍生息而已。蕭銑可以攏絡，我軍難道不成？」

所謂「上士聞道，勤而行之；中士聞道，若存若亡」。李瑗雖非上士，卻還不至於「下士聞道，大笑之」。他聽李藥師這番話，不置可否，只朝李大亮望去。李大亮可不同了，李藥師這一席從蠻族立場設身處地的論述讓他眼神大亮、心頭大亮，登時對李藥師躬身長揖：「先生斯言大矣，大亮敬謹受教！」

此時李藥師為從四品開府，李大亮為正五品官銜。然李大亮這一躬一揖，代表了他的主官廬江王李瑗。李藥師不合受禮，趕緊深深還禮。

李瑗雖不是昏眊之輩，但有李藥師、李大亮為他籌劃禦敵，當下客套幾句便即離席。他離開後眾人談話更為自在，李藥師、李大亮手下數名軍官均參與討論，薛孤吳顯得特別興奮。

李大亮是金州總管府最高階的軍官，李藥師不便差遣，只請他調來幾名通曉蠻語的兵士。此時出塵、隨珠扮作親隨，與和璧一同留在城中。李藥師則率八百元從以及借調的兵士，連夜進入神農架大山。只見峰巒綿亙，密林遍野，縱使白晝，日光也難透入，何況夜晚。李藥師並未打算作戰，只沿溪谷在月色下迤迤而行，倒也不曾遭遇蠻族襲擊。

且行且往，眾人耳邊溪流的潺潺水聲逐漸轉成沌沌，繼而沛沛、而湍湍、而湝湝、而洶洶……此時順著溪流一轉，但見一條通天白練，在皎潔月色之下倒掛眼前！原來是一道瀑布，由絕高山岩直下千仞，注入一潭深不見底的碧波之中。映著周遭的蓊鬱密林，沁著山間的芳冽精芬，清麗直如仙境！

然而此時，李藥師、張寶相都已察覺，自己一行已遭蠻族包圍。只因蠻族非常清楚，他們行進的方向，必然來到這千仞山岩屏障，飛瀑激沖入潭，再無去路的盡頭，所以先前並不急於襲擊。

李藥師一個眼神，張寶相便展臂一揮，八百元從當即張起盾牌擺成陣勢，將李藥師護在中央。蠻族短箭如雨，卻也無法穿透密如鐵甲的盾陣。

李藥師原想待蠻族箭勢一輪過後，便命通曉蠻語的兵士表明自己來意。豈料對方箭勢繁複，一輪接著一輪，並無停歇之意。且不知箭簇是否淬毒，若有兵士中箭，可是麻煩。正犯愁間，卻聽得一陣枝葉雜沓聲響，整群猿猴不知凡幾，或竄或跳、或勾或掛，由蓊鬱密林之中窸窣而出。

蠻族長期與山猿共處，此時毫不驚惶，只是短箭暫歇。他們不願傷及猴群，招來無謂對立。至於李藥師，可就煩惱了。己方陣勢雖然不亂，然而不明神農架中猴群習性。野獸若是雜亂干擾，則恐傷及蠻兵，那麼此行的目的，只怕便難以達成。

此時卻見一團白濛，由森森密林中緩緩浮現，直至來到近前，方能看得清楚，竟是一隻巨大白猿！一時非但群猴噤聲，全都朝那白猿蹲踞，就連蠻兵也將弓箭放下。

李藥師身邊一名通曉蠻語的兵士低聲稟報：「將軍，此白猿乃神農架群猴之王，因為通體純白，蠻族視為神獸！」聽這兵士語調，他分明與蠻族一般，也將此白猿視為神獸。

李藥師朝張寶相望了一眼。張寶相一個手勢，八百元從頃刻收起盾牌，迅即如同群猴一般蹲踞，仍將李藥師護在中央。一時八百盾牌全部朝向明月，將銀光齊齊反射，粼粼閃熠如波。李藥師長身挺立其間，氣勢直如天神！

那白猿不動，李藥師亦不動。僵持半晌之後，李藥師卻見那白猿緩緩抓起雙掌，五指撮攏捏緊，屈腕勾提至胸，同時目隨頭轉，朝向左側視去。

李藥師突然明白了，他如白猿一般抓掌撮指，屈腕勾提，同時聳肩收腹，目隨頭轉，提起腳跟，使出五禽戲中「猿躩」的起手式。那白猿竟站起身來，遙遙與李藥師對戲，不，實是對舞！一人一猿，就在這月色之下，直舞得天地為之變色，山川為之動容。

舞罷「猿躩」，白猿收勢，回身坐下。李藥師卻不停歇，順著前勢轉圜，猶如行雲流水，雙膝微屈，雙掌疊於腹前，瞬即舉至頭頂，竟有風雷之音！高舉的雙手掌心朝下，指尖向前，提肩縮項，挺胸塌腰，微微前傾，目光隨之斜斜朝下。這，正是五禽戲中「鶴展」的起手式。

果然如他所料，天際厲聲長鳴，一尾白鶴劃空而來。其後，百十鳥群翱翔追隨。只見那白鶴，竟與方才那白猿一般，在半空中遙遙與李藥師對舞。此時東極已現微明，一人一鶴，就在這晨曦之間，直舞得日月為之交替，煙嵐為之沉浮。

舞罷「鶴展」，李藥師收勢回歸，兀立於盾牌陣中。此時卻見，不但群猴全都轉為朝向自己蹲踞，隨那白鶴而來的群鳥，也都朝向自己靜立。甚至那些蠻兵，也已朝向自己俯首。只那一猿一鶴，卻已仙蹤杳然。

是的，這一猿一鶴，正是三十年前在天卦山北，與李藥師曾有一面之交的猿公與鶴公①。此時杳然而去，李藥師固然微感惆悵，但他明白仙家相助，乃是希望自己能夠完成眼前的任務。

蠻族已有通曉漢語的兵士前來，對李藥師躬身說道：「我族最是敬佩巫覡，還請師尊隨我等前去，受我族禮拜。」

李藥師心道：「原來他們將我當成能與禽獸溝通的巫覡了！」他知蠻族極為尊崇巫覡，於是擺出一副師尊作派，莊嚴說道：「也罷！且請帶路。」

那些蠻族見這位師尊言語溫和，不怒自威，益發虔敬。當即過來為李藥師、張寶相等牽馬，繞過碧波深潭，沿著千仞瀑布山岩與蓊鬱密林之間的一條密徑，蜿蜒向前行去。此時天光已明，途中但見群山萬壑，峰巒疊翠，峽谷開闔，奇洞天成，斷崖飛瀑，錦石溪流，深山老林，雲流霧繞，勾勒出一幅綿延無垠的巨幅青綠山水！

九彎十八轉後，出現一澤千頃大湖。湖水清澈寶藍，倒映群峰濃綠、長空湛青。時節雖已入夏，然神農架山勢高峻，寒意料峭，植被仍是春景，林野繁花丰茂，雜樹落英繽紛。來至大湖之濱，四下豁然開朗，土地平原，棚屋儼然。若非眼前棚屋形制與中土大相逕庭，又無良田美池、桑竹阡陌，否則李藥師只怕以為，自己如同晉太元中的武陵漁人，進入桃花之源了。

但見前方，蠻族部落的長老、巫師，在族人簇擁之下迎出。他們早已得報，知道李藥師是一位能與神獸、神禽溝通的師尊，故爾十分友善，架燃篝火，揚枹拊鼓，擊節而歌，踏歌而舞。

接受蠻族的迎賓大禮之後，李藥師命人送上攜來的糧食布帛，表明來意。當時蠻族仍賴漁獵採集維生，李藥師頗費了一番唇舌，經由翻譯，告知願意教導耕作之法。蠻族起初並不相信，但遇到這位能與神獸、神禽溝通的師尊，倒也願意嘗試學習。

蠻族熱心留客，他們一行當晚便留宿山中。

距此十月之前，李藥師在岐州遭誣期間，往來急報聯繫，在在多虧和璧。李藥師見他遇事機敏，便將通聯等務交由他負責。和璧訓練出一批信鴿，讓李藥師雖在外地，仍能得到家中音信。此時他便放出隨行的信鴿，將消息報予和璧，轉致李瑗、李大亮。因此次日他們一行返回金州府城之時，李瑗派出的軍士、農民已經啟程入山，準備教導蠻族製造農具，闢田耕種。值此仲夏，平地雖已田禾離離，而在山中卻逢積雪初融，恰是適宜始耕的季節。這年秋末，第一批農作便有收成。不過那時李藥師已離開金州，未能親見。

神農架裡蠻族部落甚多，他們遭遇的第一個部落位於大山北緣，本與山外屢有接觸，彼此較為友善。與這部落有所往還的蠻族，聽說來了一位能與神獸、神禽溝通的師尊，競相熱情邀約。李藥師雖急於趕往硤州，但若不先招撫這些蠻族，自己卻也無法前行。於是他先後去到數個部落，與長老、巫師溝通，教導耕作之法。

這段期間出塵也將家裡狀況詳細說與李藥師知道。當日李世民讓𦫳華來向出塵學琴學劍，𦫳華倒真不時就往出塵這兒跑，而且總不忘帶些宮廷御用的珍品。次數多了，出塵不免動問。𦫳華便也明言，李藥師搭救她父親之事，她從頭就清楚。

此時出塵見李藥師並不覺得意外，問道：「你早知道了？」

李藥師道：「原是懷疑，並不確定。想當初在秦府見到蕣華，若她認為玄慶是我殺的，對我們當不會毫無慍色。」

出塵問道：「難道……」

李藥師點頭道：「我確實懷疑，殿下讓蕣華與我們往還，或許他對此事也有想法。」

出塵又問道：「如此說來，殿下也已知曉？」

李藥師微微搖頭：「我並不確定。不過就算殿下知曉，也不是甚麼大事。只是……」他四下巡視一周，確定無人，方才繼續說道：「我離開長春宮時，殿下似乎心裡有事，欲言又止，卻也不像是為此事。這等情事或是放在心中，或是開誠布公，當不至於欲言又止。」

出塵道：「或許是為兩個孩兒之事？」說到此處，她突然失笑：「啊，我竟忘了說，秦王殿下的嫡長子誕生了。」當時李世民住在太極宮西側的承乾殿，這位皇孫在此誕生，因此命名為李承乾。

李藥師卻只是「嗯」了一聲，因為此事他已知曉。

出塵繼續說道：「三嫂進宮拜賀，要我帶德謇、德奬隨她同去。進到宮裡，蕣華要將孩兒留下，說是秦王殿下的意思。三嫂和我都覺不妥，後來還是託三嫂關照。」李客師夫人長孫無雙是秦王妃長孫無垢的堂姊，秦府嫡長王子誕生，她自然要去向王妃拜賀。

李藥師又只是「嗯」了一聲。

出塵見夫婿如此寡言，不免好奇，問道：「藥師，你可是認為，秦王殿下欲言又止，乃是為了此事？」

李藥師搖頭道：「不像。此事如同犇華之事，或說或不說，都不至於欲言又止。」

出塵朝夫婿望了一眼，笑道：「你適才說殿下似乎心裡有事，欲言又止。可依我瞧，藥師，你自己才是心裡有事，欲言又止啊！」

李藥師不禁也朝愛妻望了一眼，她，總是如此細膩貼心！不過此時無心說笑，他只說道：「妳隨我來。」

出塵隨夫婿來到院中，跟著他仰望夜空。但見漫天清冽，繁星萬點，熒熒煌煌，熠熠燦燦。

李藥師先指向北天：「那是紫微垣，對應宮廷。」又指向其側：「那是太微垣，對應貴官。」隨後指向周邊：「那是天市垣，對應士庶。」出塵邊聽邊緩緩點頭。

此時李藥師指向天市垣北側：「那九顆星乃是貫索，若只見其中五、六，天下大赦；若是能見其七，將有小赦；若是九星皆見，則有大獄。」他轉頭對出塵說道：「貫索九星原是庶民之牢，然《漢志》又有天牢六星，主貴官之獄。」這裡「漢志」指《漢書．天文志》。

出塵舉頭望去，果見貫索九星之旁，又有六星。只聽夫婿說道：「此時貫索九星、天牢六星皆見，將有貴官大獄。而且……」李藥師指著諸星之間的另一顆星：「而且其間又有客星。」

「客星」即是現代的彗星、新星、超新星。古人將客星視為「非常之星，其出也，無恆時；

其居也，無定所。忽見忽沒，或行或止，不可推算。寓於星辰之間如客，故謂之客星」。

出塵順著李藥師的手指望去，但見貫索九星、天牢六星之間，果然又有一星，拖著長長芒尾，忽明忽滅，或行或隱。只聽夫婿又道：「月餘之前，客星初現於貫索東北，漸向南行。不過七日，已侵入天市垣。出塵……」李藥師轉過頭來，肅容說道：「如此天象，非但主貴官大獄，而且還是冤獄啊！」

出塵「啊」了一聲，心驚說道：「你是說……」

李藥師搖頭道：「別擔心，不是我。咱們前去或有凶險。不過天象示警，還輪不到我這小小從四品開府。」

出塵「喔」了一聲，放下心來，問道：「那麼……」

李藥師道：「月前鄖國公薨逝，上諭追尊為隋恭帝，秦王殿下與劉文靜都因此事回到京師，至今尚未離開。」「鄖國公」是楊侑。

出塵登時問道：「難道此天象，是指鄖國公？」一語未畢，又搖頭道：「不是，那並非冤獄。」突然驚道：「藥師，你……你是擔心秦王殿下？」

李藥師搖頭說道：「也不是。殿下乃是龍子，吉人天相。我擔心的是劉文靜，他對裴寂早懷不滿，認為自己功高，卻居裴寂之下，難免會有怨言。如今他回到長安，我是擔心……」他輕嘆一聲：「我是擔心，殿下與劉文靜如今仍在京師，陛下卻遣裴寂增援河東。豈料……裴寂領了聖詔竟仍在京遷延，至今尚未啟程。」

出塵驚道：「裴寂？他已多久沒有領兵了？這是怎麼回事？」

李藥師聞言，心下一懍。離開同州之後，他對長安、河東諸事仍然知之頗詳，乃是因有和璧的信鴿往返。然而其中詳情，和璧竟連出塵都未告知！李藥師當即決定，往後不但府中往來連繫，便是軍中通信事宜，也都交由和璧負責。

此時李藥師便將河東形勢，大略說與愛妻知道。

楊廣被弒之後，蕭皇后帶著倖存的幼孫楊政道北上。竇建德對蕭皇后甚是崇敬，將她迎到自己的領地安置。其後宇文化及迫近，竇建德將之斬殺，首級傳送予突厥始畢可汗。不久始畢去世，其弟處羅可汗繼位，遣使迎接蕭皇后與楊政道，竇建德不敢不從。處羅可汗立楊政道為隋王，流亡突厥的大隋百姓均奉其為主。楊政道成為突厥的傀儡政權，與中原相抗衡，終究得靠李靖將之平滅。

此乃後話，且說當時。

竇建德大敗宇文化及，得到宇文從江都帶來的楊隋皇室寶器，以及隨宇文北上的隋室舊臣輔佐，其實力已不是李神通所能抗衡。

另一方面，梁師都、劉武周聯合突厥，由三路進攻李唐。但始畢可汗突然去世，突厥連忙撤軍。承繼大位的處羅可汗原準備繼續發動攻勢，李淵再度卑詞厚禮，讓處羅改變心意。

不過梁師都、劉武周都已發兵。梁師都由靈武道進軍，李淵遣延州總管段德操督兵出討，將他阻住。

劉武周則由馬邑道進軍，南下并州。此時他已得宋金剛率驍將尉遲敬德、尋相投附，迅即攻下榆次、平遙，直指太原。

李唐的太原主帥是李元吉，不足以對抗劉武周。李淵急遣增援，卻遭奇襲，全軍覆沒。此時裴寂自請出師，李淵大喜，以他為晉州道行軍總管，出討劉武周……

然而李藥師這一大段敘事，並沒有回答出塵的提問。伊人眨眨雙眸，再度問道：「裴寂？他有甚麼統兵之能？為何領了聖詔竟仍在京遷延？這是怎麼回事？」

李藥師只見愛妻那澄澈通透的雙眸中，映出漫天繁星，在月色下閃耀清輝。而自己，卻無法回答伊人的問題。此時也只能無奈搖頭，繼續述說形勢。

這段期間李唐不僅在河東陷入莫大困境，山東、河南同樣烽煙四起，而且同樣敗績連連。山東道安撫副使陳政為部下所殺，導致李神通、李世勣被隔絕孤立。

在此之前，王世充其實相當羸弱。他雖僥倖戰勝李密，擒獲裴仁基等多名瓦崗大將，但洛陽兵變之後，內部嚴重決裂。他深知不能坐以待斃，於是發兵攻打穀州。此時李世民已出鎮長春宮，武德二年三月，王世充穀州前線的將領，包括秦叔寶、程知節等瓦崗舊部集體投唐。這時李世民如果進擊，王世充當無力抵擋。可情況並沒有如此發展。為甚麼？

出塵雙眸中的漫天繁星，已經化成萬點疑惑，但她並沒有再問。她非常清楚，夫婿如果能說，早就說了。

武德二年四月，王世充廢黜楊侗，自立為大鄭皇帝。裴仁基及其子裴行儼連絡數十人，圖謀誅殺王世充，復立楊侗。事態洩漏，全部被殺。王世充為避免再有人試圖復立，將楊侗鴆弒。楊侗飲鴆之前，發出流傳千古的帝胄悲音：「從今以去，願不生帝王尊貴之家。」

當時裴仁基尚有家眷在外。他死後得一遺腹子裴行儉，後來成為李靖麾下的傑出儒將。

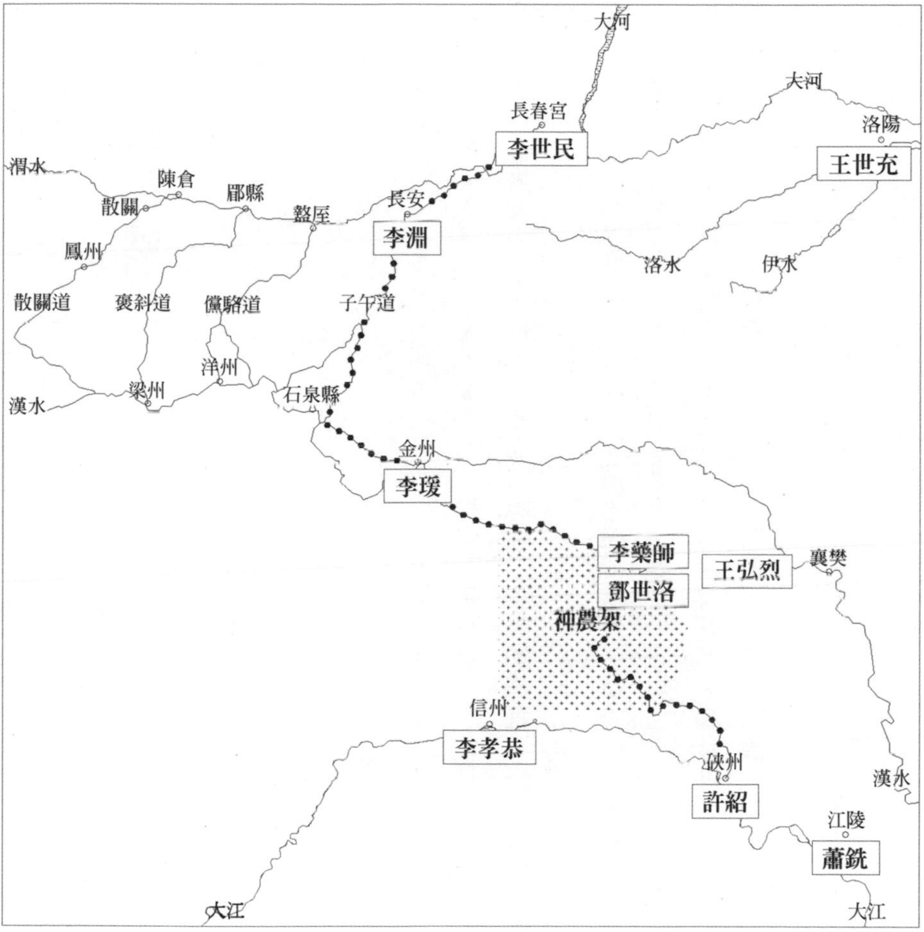

神農架位置圖

0 50 100 200km

第卅一回　輾轉硤州

由神農架往東，襄樊、南陽、鄭州一帶，曾是朱粲的勢力範圍。隋唐之際各路兵馬中，聲名最為狼藉之輩，非朱粲莫屬。此人嗜食人肉，到處破壞城牆、掠奪資財，導致人民苦不堪言。隋室馬元規、呂子臧曾大敗朱粲，可惜馬元規未聽取呂子臧的建議，沒有乘勝追擊，而讓朱粲得有喘息之機。

武德二年閏二月，李孝恭甫到山南，便遣人說降朱粲。當時朱粲手下將領多人背叛，部屬紛紛響應，聯手圍攻。朱粲不敵，順勢降附李孝恭。此時馬元規已入李唐，他有前車之鑑，勸李孝恭不可輕縱朱粲。可惜李孝恭也未聽取，而向李淵呈奏捷報。這年四月，李淵派段確前去慰勞朱粲。段確嗜飲成性，酒後口不擇言，與朱粲當席齟齬。朱粲竟將段確以及數十名隨從全部斬殺烹煮，隨後投奔王世充。

李藥師與李孝恭原有懷柔招安的共識，但對朱粲這等人品，仍採懷柔之策是否得當？李藥師

也曾踟躕。不過當時朱粲近在神農架山區之東，李孝恭將之招安，李藥師便可專意應對蠻族。然他尚未抵達金州，便得到朱粲烹殺段確、投奔王世充的消息。於是他在招安神農架的同時，終究仍須應對王世充。

李藥師撫平神農架北緣數個部落之後，李瑗一再中謝，隆重歡送他們一行離開金州。李藥師、出塵率同八百元從，開始深入大山，朝東南行去。通信之責先前已交予和璧，此時逐漸接近王世充的勢力範圍，須要隨時探查動靜。這一路上張寶相數度表現不凡，李藥師便將偵蒐之任交付予他。

薛孤吳仍是少年心性，他見李藥師與白猿對舞，懾服群猴，甚是歆羨。其後也不知他使了哪般手段，竟與小猴漸熟，相互鬥鬧起來。此時行入深山，李藥師見薛孤吳不時與群猴結伴，緣枝攀藤，縱躍嬉戲，讓張寶相等人莞爾，戲稱他為「猴兒」，他也不以為忤。

不過入山之後，遇到的蠻族不再友善，迅即遭遇前此與金州官兵屢有衝突的鄧世洛。他有漢族血緣，通曉漢語，與蕭銑交通日久，不復原始生民心態，而有更大的野心。李藥師先前邂逅的蠻族，每族不過數百人，至多上千人。而這鄧世洛，由蕭銑處得到武裝支援，已兼併許多部落，手下竟達數萬之眾！

李藥師非常清楚，面對鄧世洛，懷柔之策無法繼續奏效。另一方面，王世充於武德二年四月稱帝之後，以其侄王弘烈坐鎮襄樊。張寶相偵知，王弘烈為防備李藥師，已遣兵逼近神農架。

於是此時，靠近神農架東緣，李藥師在西北、鄧世洛在西南、王弘烈在東方，三股勢力鼎立。其中任何一方若有所動，必然同時遭到其餘兩方合擊。而三方之中，李藥師兵力最弱。因此他雖急於趕往硤州，卻不得不暫時緩兵，與鄧世洛、王弘烈對峙。

此地為鄧世洛所據，而李藥師必須穿越才能前赴硤州，因此雙方都不可能退卻。王弘烈則不同，對他而言神農架已在西境之外。只要李藥師不圖東進，他並不想將大軍久駐於此。

這段對峙期間，李藥師心中其實相當焦急，因為影響整個江淮地區的梅雨隨時可能到來，對於用兵、行軍都會造成莫大困擾。他遣張寶相放出風聲，誘王弘烈偵知，唐軍的目標並非王鄭。又因梅雨隨時會來，王弘烈便將大軍調回襄樊，僅留少數守軍防備。

王弘烈退卻的次日一早，李藥師即在張寶相、薛孤吳等人陪同之下，登高遠眺鄧世洛的盤據之處。但見一望無際的群山茫茫、煙樹蒼蒼之間，鄧世洛所部占據頗大一片山谷。

李藥師回首問張寶相：「如若由你統兵，打算如何制勝？」

張寶相細觀地勢，說道：「鄧世洛選在此處駐軍，乃因其地易守難攻。他號稱轄有數萬之眾，然觀其駐紮之勢，可戰之兵估計不過一萬。這些蠻族馬匹雖少，但精熟叢林戰技。我軍縱有良馬，在這大山之中卻無法盡情施展。然我軍訓練精良，若有與其相應的一萬精兵，足可取勝。」

李藥師含笑頷首：「的是。可我軍只有八百精兵，卻當如何？」

張寶相尋思半晌，愧然搖頭謝道：「屬下實無良策。」

李藥師微微一笑：「寶相，為將之道，在評估兵馬之外，更要明晰天時地利。神農架林木蓊鬱，因其氣候潮濕。你看林木生長方向，當知全年大都吹東南風。你再看鄧世洛這塊谷地，顏色略黃，不若大山濃綠。想來他們砍伐林木，搭建棚屋，已使該處較為乾燥。加以山谷出口，一在東南一在西北，因此谷中四季有風。鄧世洛駐軍於此，大有眼光啊！」

張寶相聽得頻頻點頭，但他並不知道這與用兵有何干係。

李藥師心中暗自喟嘆，這張寶相，終究並非大將之才啊。不過他只微笑說道：「這帶山中氣候雖然潮濕，但是冬季雨少，要待夏季才有梅雨，刻下正是全年最為乾燥的時節。而鄧世洛寨中，則比他處更為乾燥。因這山中大都潮濕，只怕亙古以來，鮮少有人想到在此使用火攻啊。」

「火攻！」張寶相聽到「火攻」二字，登時大夢初醒，興奮溢於言表：「府君，高啊！我軍若遣人繞到東南放火，大火燒向寨中，他們必往西北竄逃。西北谷道甚狹，我軍雖少，但只消堵住出口，必能生擒全寨！」此時李藥師是開府，部屬均稱他為「府君」。

「生擒！」李藥師欣慰地看了張寶相一眼：「為將而能有好生之德，甚好！甚好！」

張寶相躬身謝道：「府君教誨，屬下不敢或忘。」

李藥師繼續微笑說道：「我軍若遣二百人去東南放火，則西北谷口只有六百人。鄧世洛所部少說也有萬人，如何生擒？」

張寶相愣了半晌，問道：「可否向金州借調人馬？」想想又道：「此戰軍功若是盡歸我等，只怕廬江王未必願意借調。」

李藥師點頭道：「不錯。」他取出隨身紙筆匆匆修書，交予張寶相：「你將此信送往金州，向廬江王借調人馬，助你守住西北谷口。信中已說此戰乃是我等奉廬江王之命行事，軍功盡歸金州。此外，先前數個部落大都不滿鄧世洛強勢兼併，你也去向他們借些人馬。畢竟他們言語相通，可以安撫被擒的人眾。」

張寶相應諾，即刻去了。薛孤吳在旁邊卻顯得有些不悅：「府君只派差事給寶相叔叔，那我呢？」

李藥師看看他，笑問道：「阿吳，你與那些猿猴有多熟悉？」張寶相等人戲稱薛孤吳為「猴兒」，李藥師卻不便如此稱呼。若依北人習慣稱他「吳兒」，又似「吾兒」，也不恰當。出塵則依南人習慣稱他「阿吳」，倒是合用，李藥師便也稱他「阿吳」。

只聽薛孤吳低聲短嘯，嘯聲既不高也不長。但見十數猿猴迅即便從周遭林中竄出，卻也並不前進，只停在樹叢之間。薛孤吳道：「府君，阿吳可以嘯聲召喚猴群。嘯聲若再高些、長些，便能有更多猿猴到來。」

李藥師點頭道：「甚好。」他轉朝向身邊另一名軍官說道：「君買，你著人取布帛，縫成長寬三丈的大方，並準備火油、車弩，去東南谷口待命。我讓阿吳隨你過去，他召群猴喧鬧，鄧世洛必以為大軍來攻，便不敢衝向火勢。」

那軍官名喚席君買，與薛孤吳一同應諾。

及至午後，先前各部蠻族派出的支援已陸續抵達，席君買也將諸般物事準備停當。張寶相送出的信鴿也已到來，報知金州人馬由李大亮率領，隨他奔赴西北谷口，估計酉時便可就位。

李藥師精算時程，待日暮後放起孔明燈，通知席君買、薛孤吳進行火攻。席君買命人以火油浸潤布帛，由兩組弩手將前邊兩角繫在車弩上，向兩旁抻開。席君買一揮手，兩架車弩同時發射。那三丈見方的浸油布帛立時隨著弩勢，飄向鄧世洛寨中。

李藥師在山巔遙觀，他只道得多次嘗試，弩手才能調整力道、方位，將浸油布帛射到鄧世洛的糧倉上。未料這第一發，那布帛便平平穩穩落在最為理想的位置。李藥師大是好奇，趁弩手再發之時極目而望，當下大驚！原來弩箭竟被飛鳥銜住，將浸油布帛帶往糧倉上方！定睛細看，卻見那些飛鳥竟是野鶴！李藥師原本度知，薛孤吳在短短時日之間即能與猴群溝通，必是猿公暗助；此時見到野鶴銜箭，知是鶴公所遣，一時大為感動。

連發數方浸油布帛之後，席君買即命射出繫有艾火的羽箭。霎時火種點燃布帛火油，瞬即熊熊燃起，藉著風力迅速蔓延。只因神農架山區內難以使用火攻，鄧世洛所部沒有相應的訓練，全軍亂了手腳。而鄧世洛的消息不若李藥師詳實，尚未偵知王弘烈已將兵馬撤回。加以薛孤吳引猿猴嘯鬧山林，使鄧世洛無法釐清在東南谷口放火的究竟是哪路敵軍？人數若干？果如李藥師所料，鄧世洛不敢衝向東南，全軍慌亂朝西北竄逃。唐軍守在西北谷口，擒獲大批蠻兵。

中唐杜佑編撰《通典》，〈兵十三〉討論火攻諸法，其中也包括「火禽」。杜佑極為尊崇李靖，《通典》引述頗多衛公兵法，惜然未將此役載入，或許因為後人難以仿效？北宋路振《九國志·卷二》則記載「發機飛火」的火攻方式，原理即與此戰略同。

且說眼前。鄧世洛駐軍之處雖然較為乾燥，可行火攻，但神農架山區縱已多月少雨，仍比山外潮濕。因此火勢並未大肆擴散，不久即成悶燒的濃煙。對有防禦火攻經驗的軍隊來說，此時已可整軍反擊，不過鄧世洛並沒有此等能耐。也因為火勢並未大肆擴散，這次火攻造成的傷亡並不嚴重。然而看在李藥師眼中，已是大為不忍。暗想若非敵我兵力過於懸殊，委實再無他策，否則絕不至於使用此法。

此役擒獲的蠻兵許多來自遭鄧世洛強勢兼併的部落，無家可歸，李藥師便請李大亮妥為安頓。如此數千蠻兵全歸金州，成為李瑗、李大亮的功績，他們自然樂意。

至於李藥師，只帶八百元從繼續朝向東南，趕往硤州。不料方才行得兩日，竟已大雨滂沱。原來這年當地梅雨來得特別遲，李藥師不禁大呼「僥倖」！設若梅雨早來兩日，或王弘烈晚退兩日，就無法使用火攻。如此，想要擊潰鄧世洛，將極為困難。

李藥師先採懷柔之策，招安數個蠻族部落，讓蠻族將他視為能與神獸、神禽溝通的師尊；後以火攻擊潰鄧世洛，更在部落之間形成傳言，認為這位師尊能夠駕馭火神，對他更加敬畏。因此他率八百元從繼續前行，縱使遇到少數與鄧世洛交通聲息的部落，此時也不敢稍有蠢動。

梅雨既來，連日霪雨，山區隨時隨處都有崩土落石，漫山遍野混成泥流，不時沖刷改道，致使寸步難行。出塵原本擔心，這般景象或許會讓夫婿想起阿姊、想起龍子祠①，不免格外留意。卻見李藥師並未受到影響，偶爾還與張寶相等人討論兵法，比如……

李藥師問身邊眾人：「日前我軍火攻，若你等是鄧世洛，當如何因應？」竟無人能回答。

李藥師嘆道：「兵學、兵法都在兵書上，你等若想知兵，便應多讀兵書啊！《六韜．虎韜》中有〈火戰〉，討論遭遇火攻之時，該當如何行止。」他隨口復誦〈火戰〉文字，可惜眾將並無興奮期待的眼神，他也只能默嘆。

神農架山區面積太大，原始密林太多，李藥師前後費時月餘，方才大抵招安。擊潰鄧世洛後，他又收降數千蠻兵。蠻族嘯據山林，原本無意介入中原各家的逐鹿問鼎。只是重山野嶺之間生存不易，些許布帛器物，往往就能招徠歸附。當初蕭銑即用此法攏絡蠻族，現在李藥師不過故計重施而已。然而得到蠻族依附卻有極大好處，如今行在這煙瘴密林之間，非但不再須要探路，甚至還可得到援引。因此縱使在這飽受梅雨蹂躪的山間，李藥師一行仍然順利行出神農架，趕往硤州增援許紹。

許紹，安州人，祖父、父親在北周、楊隋時期曾任楚州刺史。李淵之父李昞任安州總管時期，李淵隨父遊宦，曾與許紹同窗，成為好友。許紹在大業年間任夷陵郡通守，楊廣被弒之後，他奉楊侗為主。李孝恭來到山南，遊說許紹投效老同學李淵。此時恰逢王世充罷黜楊侗稱帝自立，許紹便歸附李唐，得授為硤州刺史②。

李藥師抵達硤州之時，已是武德二年七月。三個月前許紹歸唐以來，硤州時時遭到多方夾攻，捉襟見肘，處境艱難。李淵早就告訴這位兒時同學，已遣李藥師馳援。可是許紹一等再等，卻遲遲未見援軍到來。他已再度上書，得到李淵密函敕令，命他將這「遲留」的李藥師問斬。

因此李藥師一行來到硤州，遠遠就已望見，府城之外等著他的，完全不似兩個月前去到金州，李瑗初見他時那般歡欣喜悅，而是……一隊斧鉞。李藥師方才抵達，當即被縛。出塵跟在身邊，但她對外是親兵身分，夫婿又示意少安勿躁，她便沒有出聲。

李藥師朗聲問道：「許大人，不知下官身犯何罪？」

許紹的神色倒頗平和，說道：「李開府，下官五月間接獲聖詔，得知你來『馳援』，如今卻已經是七月。陛下震怒，責你『遲留』，命我將你問斬。不過……」

許紹語音稍頓，身後走出一個人來。此人青袍皂帶，羽扇綸巾，李藥師、出塵卻並不陌生，竟是袁天綱。

許紹接著說道：「過去三數月間，硤州屢遭夾攻，頗為侷促，幸得袁真人前來相助，方才稍得緩解。袁真人甚是謙抑，對足下極為推崇，認為足下在神農架招撫蠻族，乃是替硤州阻住西方、西北之危。且說硤州存亡，必須仰賴足下。因此……」

許紹邊說邊走上前來，親解李藥師之縛：「因此下官已上表奏，拜請陛下三思。只是……只是刻下尚未接獲聖諭，怕是得請李開府暫時委屈幾日了。」

這可真是無妄之災啊！然而眼下，李藥師也只有深深向許紹、袁天綱致謝，並隨許紹進入牢中。

在長安大牢、岐州大牢之後，這已是二十多個月來，李藥師第三度進入牢房。不過這次的牢房和前兩次可不一般。山南氣候潮濕，時值七月處暑，正是最為溽熱的節令。許紹顯然挑了一間較為舒爽通風的囚室，清理得一塵不染。室中几案燈燭、筆墨紙硯俱全，被褥雖是粗布，卻頗輕軟整潔。

許紹在囚室中設宴，迎接李藥師到來，袁天綱作陪。李淵進入長安之後，曾遣詹俊、李仲袞徇地巴蜀，招撫諸郡，改設州縣。袁天綱是益州成都人氏，他精擅六壬五行、風鑒相術，在當地頗具聲名，遂成為首任火井縣令。「火井」現代稱為天然氣田，當地因有火井，故名，這裡是全世界最早將天然氣用為燃料的地方。

袁天綱來到硤州之後，戰勢雖然略為好轉，卻仍互有勝負。席間許紹、袁天綱綜述戰情，李藥師聽後說道：「蕭梁陵園、宗廟都在江陵，因此蕭銑必以其地為都城。硤州扼守三峽出口，由此直至江陵，無險可守。所以蕭銑必欲攻取硤州，縱使屢敗，必仍屢戰。」

許紹、袁天綱均表同意，並問取勝之道。李藥師道：「所謂『上兵伐謀』，二位戰略策劃甚佳，只是官兵基礎訓練不夠精嚴。因此往往遇到關鍵時刻，無法突破戰況。」於是他命席君買輔佐許紹，改善基礎訓練的科目與方法。

筵宴之後，席君買隨許紹離去，袁天綱則留下敘談。此時沒有外人，出塵便也入座。然這裡畢竟是硤州大牢，袁天綱又是客卿，不宜久留，於是話題很快便切入重點。

此時裴寂已出潼關，正沿汾水北上，而李世民、劉文靜卻仍滯留長安。袁天綱告知，據他得到的消息，劉文靜已經下獄，即將問斬。李藥師雖然心驚，倒也並不意外。

李藥師最大的疑問依然是，河汾戰情如此窘迫，現在增援為何竟派裴寂，而李世民卻如如不動？

袁天綱淡淡一笑：「府君啊，你深得秦王倚重，最知殿下心思。此事如果連你也不清楚，他人又如何知曉？」

袁天綱這話，表面上是不清楚，實際上卻已給了明確答覆：增援派遣的是裴寂而不是李世民，原因在李世民而不在李淵。

袁天綱離開之後，李藥師、出塵對坐，心中各有想法，只是不便侃侃而談，彼此竟然無語。還是隨珠提醒，獄卒已經開始視察牢房。出塵便與隨珠一同離去，只留和璧照看李藥師。

未幾，袁天綱返回益州，席君買輔佐許紹訓練官兵，也已漸有成效。於是李藥師建議，由張寶相協助許紹放出消息，讓蕭銑偵知，硤州既不再有袁天綱，李藥師又已下獄。蕭銑大喜，下令由陸路、水路同時出兵。

陸路方面，蕭梁西界以荊門鎮與硤州的當陽城相望，三國時期著名的長坂坡之戰，就在當陽城。蕭銑派步騎由此進攻，張寶相協助許紹將之擊退。水路方面，西陵峽的東端，北岸南津關由硤州扼守，南岸安蜀城則為蕭梁所據。蕭銑遣舟師由此泝江而上，意圖入侵巴蜀。席君買輔佐許紹之子許智仁，率水軍追入西陵峽，大破梁師。蕭銑兩敗之下，只得退守己陣，暫時不敢再行蠢動。

硤州捷報傳入長安，李淵心底明白，若非李藥師相助，許紹不可能全勝。於是便算是賞許紹這位老同學的顏面，諭令赦免李藥師。

第卅二回　奏捷開州

武德二年年初，李世民、李藥師長春宮論兵，將《圖蕭銑十策》快遞給李孝恭，再進呈李淵，得到採納。李孝恭得授為信州總管，整裝南下。他來到信州，當即開始執行《十策》，準備討伐蕭銑。

《十策》的第一策是經略夷陵。李孝恭一到山南，首先說降夷陵通守許紹。李孝恭得李淵授予「承制拜假」之權，有權任命歸附的官員維持原有的職位，行使原有的權責。於是李孝恭將夷陵郡改置為硤州，以許紹為硤州刺史。

所謂「三峽」，上游西起信州奉節的白帝城，下游東至硤州夷陵的南津關，包括瞿塘峽、巫峽、西陵峽等三段峽谷。如今上游有李孝恭，下游有許紹，扼守三峽險要，這圖蕭銑的第一策，便順利完成。

《十策》的第二策是勸產厚積。大業年間暴虐離亂，相對於受創最深的徐、兗一帶，巴、蜀

所遭兵禍並不特別嚴重。李孝恭來此之後整頓政風，安撫百姓。當李藥師在神農架教蠻族耒耜之時，山南已在李孝恭的督理之下，四野禾苗離離。

然而勤產厚積，所積並不僅是產殖，更是士氣民心。許紹接納李藥師的建議，已方軍士若為對方俘虜，雖然俱遭殺害；但己方若擒獲對方兵卒，卻給予物資放還。硤州邊境蕭銑、王世充的將士有感於許紹寬仁，不願入侵。此後一兩年間，硤州境內竟得暫時平靜。

《十策》的第三策是賄間梁臣。大業十三年，也就是後來的義寧元年，董景珍推蕭銑為主，在羅川自建旗號。不久，在潁川起事的沈柳生來攻羅川。蕭銑與之對戰失利，便以恢復蕭梁國祚為號召，招徠沈柳生。沈柳生率部眾歸附，奉蕭銑上位，是為梁王。董景珍在巴陵得到消息，即遣徐德基前赴羅川迎謁梁王。但還沒有見到蕭銑，便先遭遇沈柳生。

沈柳生認為自己率先奉蕭銑為梁王，功勳應居第一。可是董景珍等更早義附，位分只怕仍在自己之上。於是他誅殺徐德基，意欲挾持蕭銑。

蕭銑手下兵眾，大都原在董景珍帳下。此時他招徠沈柳生，頗有制衡董景珍之意。豈料沈柳生竟誅殺董景珍的部將，試圖挾持自己。他大為意外，對沈柳生說道：「楊隋政令不行，我原指望撥亂反正。可現在竟先自相殘殺，教我如何能夠為你之主？」說罷便拂袖而去，將要步出營轅。沈柳生大懼請罪。蕭銑雖將他斥責一番，但對於殺害徐德基一事，竟然不再聞問。

待蕭銑回到巴陵，董景珍進言：「徐德基丹誠奉主，而沈柳生凶悖成性，擅自殺害忠良。現在如果不誅沈柳生，今後何以為政？」董景珍勢大，蕭銑不得不同意。於是董景珍將沈柳生問斬，致使隨沈柳生歸降的兵將全數潰散。當初李藥師綜論天下，已經由此看出，蕭銑部眾各分派系，未必全聽號令。

次年，也就是大業十四年、義寧二年、後來的武德元年，蕭銑稱帝。隋室派張鎮周、王仁壽討伐，無法奏效。

楊廣被弒之後，張鎮周、王仁壽降於蕭銑，在寧越郡起事的甯長真也來歸附。蕭銑遷都江陵，修復園廟。他以岑文本為中書侍郎，劉洎為黃門侍郎，規劃軍機國務，大舉擴張勢力。當時在豫章起事的林士弘部眾內鬨，自相誅滅。林士弘避走，其所據地也降於蕭銑。

蕭銑又向南拓展，得到多處歸附。當時嶺南，除南越馮盎所據的番禺、蒼梧、珠崖之外，皆為蕭梁取下。一時東自九江、西至三峽，南盡交趾，北拒漢川，從長江中游直至嶺南，包括今日越南的中部以北，盡皆括入蕭銑麾下。

蕭銑的下一步就是西進三峽。李淵見狀，在武德二年二月遣李孝恭至信州取代李瑗，並將李瑗調往金州。李孝恭到任之後，當即展開「賄間梁臣」的工作。

《十策》的第四策是招慰土家。蕭銑趁李唐在北方戰場左支右絀之際，鼓動蠻獠騷擾李唐所屬的山南諸地，一時金州的李瑗、硤州的許紹、梁州的龐玉、甚至信州的李孝恭，都備受其害。

然而李藥師南下之後，蕭銑的好日子很快就要成為過眼雲煙了。他先在金州，助李瑗招安神農架的蠻族；又在硤州，助許紹擊退蕭銑水、陸兩路的進攻。隨後李藥師邊在硤州襄助許紹，邊將日常進度上報信州的李孝恭。畢竟他在硤州只是客卿，李孝恭才是他的主帥。

硤州的情況讓李藥師清楚認知，軍國大事無論智略謀策如何詳盡嚴謹，最終仍必須倚賴第一線的精銳士卒，將之確實執行，才能達成致勝的目標。如此說來，倘若能夠嚴選人才，加以特殊訓練，豈不就能成就一般認為不可能的任務，完善一般認為不可能的奇襲？

李藥師將這番大膽構想向李孝恭報告，李孝恭不但接受，更頗為讚賞。只待李藥師去到信州，就可以著手落實。這時李孝恭在信州，將《十策》的第二策、第三策、第四策逐一按部進行，第五策修造船艦、第六策教習水戰也已開始運作。但是嚴選人才，將這支前無古人的精銳部隊加以特殊訓練，並為這支部隊配備性能卓越的特殊戰艦，還是得等李藥師親自過去執行。

公事之餘，李藥師與出塵相對，兩人心中最惦記的，仍是秦王李世民。

這段期間，裴寂在雀鼠谷遭宋金剛突襲，全軍覆沒，隻身退至河東。李元吉逃回長安，致使太原以及廣大的河汾地區失守。李淵再度派人增援裴寂，可就還是沒有李世民的動靜。

其實若說完全沒有李世民的動靜，也並不確切。太原起事以來，唐軍中以劉文靜與李世民最為親厚。但如今，劉文靜與其弟劉文起，竟一同被處決了。

兩《唐書》均記載，劉文靜被告謀反之事，李世民曾一再為他請命，李綱、蕭瑀也認為這是一樁誣告。李綱是禮部尚書兼太子詹事，深受李建成禮遇，此時卻為劉文靜進言。蕭瑀則是李淵指定偵訊此案的兩位重臣之一，另一位是裴寂。蕭瑀性格孤傲，行事高亢，幾乎和所有同僚都有齟齬，此時竟也為劉文靜申辯。

然而裴寂卻說劉文靜「多權詭而性猜險」，又說「今若赦之，必貽後患」。直等到李淵決定將劉文靜兄弟問斬，他才領兵離開長安。劉文靜臨刑撫膺長嘆：「高鳥盡，良弓藏，古人之言，誠不我欺！」

李淵登基之後，因李世民、裴寂、劉文靜三人元謀立功，敕令特恕二死，也就是可以特赦兩次死刑。然這次劉文靜事件，莫說特赦，連情節都是冤枉。因此後世頗有史家認為，殺劉文靜是初唐最嚴重的「失刑」。

至於李世民，自從唐軍進入長安，李淵實質掌控政權之後，他就非常清楚，在自己和兄長李建成之間，他必須爭的不只是成敗，更是生死。因此他一直默默延攬天下人才，穩穩培植自己勢力。如今劉文靜受誅，讓李世民失去中央政府之內最為有力的翼助，對他形成莫大的打擊。何況李淵不聽李綱、蕭瑀的進言，卻採納裴寂的建議，實際是在兩個兒子相爭之間，做出相當嚴厲的表態。這，對李世民則是更大的衝擊。

他，要如何反擊呢？

李藥師審時度勢，尋思及此，不免想到袁天綱那句「你深得秦王倚重，最知殿下心思。此事如果連你也不清楚，他人又如何知曉？」此乃話中有話。話題原本是，李淵派兵增援，為何是裴寂而不是李世民？這問的是李淵的心思，可袁天綱答的卻是李世民的心思。難道……難道竟是皇帝無法調動這位強勢的二皇子？

如果從這方向尋思，就可以理解，為何裴寂六月接到任命，卻遲遲沒有動身。直到李淵決定誅殺劉文靜，他才提兵東出，遲至八月，方才抵達介休城外。若再細品裴寂當時的進言：

「文靜才略，實冠時人，性復粗險，忿不思難，醜言悖逆，其狀已彰。當今天下未定，外有勍敵，今若赦之，必貽後患。」

難道……難道這「後患」，指的竟是李世民？為翦除秦王羽翼，所以誅殺「才略冠時」的劉文靜？甚至將李藥師調離長春宮，也含有這層考量？若朝這方向想去，也就可以明瞭，河汾情勢如此嚴峻，朝廷前後三次增援，何以卻都沒有見到秦王兵馬。

難道……難道數月前離開長春宮時，李世民似乎心裡有事，卻欲言又止，為的竟是此事？

李藥師與李淵之間素有芥蒂，此事雖然並非廣為人知，但聽聞者也不在少數。可是他將李世民視為「虬鬚龍子」之事，世上除他自己之外，只有出塵、徐洪客、袁天綱三人知曉。在李淵與李世民之間，李藥師私心裡的情感所繫，是毋庸置疑的。

然若撇開與「李迪波大哥」之間的私怨，李藥師卻不得不承認，李淵不但在當世群雄中最為傑出英明，就是與古代賢王相較，這位皇帝也未必遜色。至於他的皇太子李建成……

唉，這是李藥師最最不願觸碰的問題。縱使面對出塵，夫妻間也不肯多談。只是彼此意念相通，時或隻字片語，便能心有靈犀。

這年八月，裴寂全軍覆沒；九月，李元吉逃回長安，太原陷落；十月，唐軍增援潰敗；十一月，竇建德擄獲李神通，脅降李世勣。

這樣的戰局讓李淵深為震駭，他寫了一道手敕給李世民：「賊勢如此，難與爭鋒，宜棄河東之地，謹守關西而已。」對李世民來說，這道手敕的意思就是：「如果你不肯領兵征討劉武周，我們李唐就只能放棄河東，僅守關中了。」這等於是父皇向自己表示讓步。

於是李世民寫了一份表奏給父皇：「太原王業所基，國之根本，河東殷實，京邑所資。若舉而棄之，臣竊憤恨。願假精兵三萬，必能平殄武周，克復汾、晉。」這等於是對李淵說：「現在你也不得不承認，想要收復河汾，必須得靠在下不才小可敝人吧？」

此時他父子之間的默契，已逐漸朝向讓李世民「居於洛陽，自陝已東，悉宜主之。仍令汝建天子旌旗，如梁孝王故事」①的方向發展。李世民願意出師，李淵大喜，親自將他送出長春宮，回程還上華山禮祀西嶽神廟。

秦王麾師出征，河汾戰局即刻改觀。這年十一月，太尉、尚書令李世民東進，還特別到龍門「看望」了他的尚書右僕射裴寂一回。裴寂原本希望自己能夠立下戰功，向皇帝證明，戡平天下並不必須仰賴李世民，但他顯然沒有這樣的能耐。

出龍門後，李世民率軍踏過冰封的黃河，來到絳州西南的柏壁，與宋金剛對峙。李世民知道對方軍無積儲，只能虜掠為資，於是屯兵閉營，養精蓄銳，靜待敵軍糧盡。

然而一國之君在意的是國家財務、軍資糧餉。數月之前李淵不能容許李藥師在神農架中「遲留」，此時他也無法接受李世民在柏壁戰場屯兵。他想李世民既在一方牽制宋金剛，恰可派人從另一方進軍。這年十二月，李淵遣軍出師，遭尉遲敬德、尋相掩襲，唐軍大敗。尉遲敬德、尋相繼續進攻，李世民親率勁旅截擊，方才擋下。

劉武周、宋金剛的戰略是劉在北、宋在南，夾擊唐軍，宋金剛的糧草須由劉武周向南輸運。

時序進入武德三年，這年四月，李世民派人截斷糧道，迫使宋金剛退師。李世民率兵追擊，先後在高壁嶺、雀鼠谷、介休城三戰皆捷，大獲全勝。尉遲敬德、尋相歸降李唐，劉武周、宋金剛則逃往突厥。李世民於是將整個河汾地區，北至并州，全部收復。

然而當年二月，唐軍在北方陷於多面苦戰之時，蕭銑卻趁機鼓動開州蠻冉肇則出兵，攻陷通州。不數日，又進攻信州。李孝恭接戰失利，李淵詔命李藥師前往增援。於是李藥師率領從長春宮一路跟隨他的八百元從，與出塵、薛孤吳、和璧、隨珠等，一同趕赴信州。

開州、通州都在信州之西，硤州則在信州之東。由硤州之信州，可行陸路亦可行水路。當時李唐的勢力僅在大江之北，大江之南仍是與蕭梁相爭的地界，雙方平日已然戒備森嚴。如今蕭銑既鼓動冉肇則出擊，江中必定也有布防，若行水路，無法避免與梁軍衝突。然若行陸路，當時李唐在山南，惟一令蕭梁忌憚的人物便是李藥師。對方必定在硤州、信州之間埋伏，設法截擊援軍。

於是李藥師決定，既不援大江水路，也不採沿江陸路，而出硤州先往北行，取道山間。這帶山區位於神農架南緣，他們一行早有穿越大山的經驗。道途雖然崎嶇，他們竟能日行百里，五日便即抵達信州城北的山間。

疾行之後，全軍休整一夜。這一路來山間猴群頗眾，銜枚疾走途中，薛孤吳雖無法如往日那般同猴群戲耍嬉遊，卻也偶以嘯聲與之呼應。此時李藥師命他嘗試召喚猴群，倒也多有響應。

次日未旦，全軍整備。李藥師檢閱將士，發號施令：

「全軍分為四隊，每隊二百。」

「張寶相，著你領右軍二百。」

「諾！」

「席君買，著你領左軍二百。」

「諾！」

「薛孤吳，著你輔佐和璧，領後衛二百。」

「諾！」「諾！」

「估計天明之後，冉賊便會再攻信州。一鼓，中軍二百隨我擊其後營。二鼓，左軍亦出；三鼓，右軍再出。每軍出時，著薛孤吳呼喚猴群鼓譟，擾亂賊方視聽。」

「諾！」「諾！」「諾！」

各軍方才準備停當，便見冉肇則率數千蠻兵進攻信州。李孝恭已避戰多日，這日得斥候報知，李藥師率軍抵達。可他只有八百人馬，李孝恭實不知能發揮何許功效。但李藥師希望他領兵出戰，李孝恭雖半信半疑，仍大排陣勢迎敵。

只見冉肇則一揮手，便聞一鼓響起，一隊蠻兵向前殺出。然而與之同時，冉肇則卻聽得後方一陣騷亂，不知多少兵馬如同來自雲間，出於山中，直撲後營。李藥師一馬當先，二百元從追隨其後。又有山間群猴鼓譟，惹起漫天塵沙，竟似數千軍馬！

冉肇則一時尚不及反應，下意識一揮手，二鼓響起，又一隊蠻兵向前殺出。同時席君買率二百人馬衝出山中，同樣在群猴鼓譟之下，竟似數千軍馬，直搗冉肇則後營。蠻獠生長於大山之間，深知猴群習性。可他們沒有料到，李藥師軍中竟也有人能夠召喚猴群。

冉肇則方寸大亂，飭令轉向，殺回後營。他這第三鼓響起，張寶相也率二百人馬衝出山中，同樣在群猴鼓譟之下，竟似數千軍馬，衝向回師的蠻兵。

李藥師攻向慌亂回轉的冉肇則，不過數個回合，便將賊酋正法。他曉諭蠻兵：「逃出免死！棄刀免死！」②迅即得到五千餘人降附。他率軍乘勝往西追擊，收復開州、通州。

當初蕭銑派遣東平郡王蕭闍提埋伏沿江陸路，準備截擊李藥師。日久未見援軍，已自生疑，率兵由東方攻向信州。李孝恭得知李藥師大捷，全軍士氣大振，昂揚迎戰之下，亦將蕭闍提斬殺。

李淵接到捷報，大喜，將李孝恭由趙郡公進爵為趙郡王。

這回李淵當真龍心大悅，在朝堂上對眾多公卿說道：「朕聞使功不如使過，李藥師果展其效。」於是詔發璽書，嘉勉李藥師：「卿竭誠盡力，功效特彰。遠覽至誠，極以嘉賞，勿憂富貴也。」還下了一道手敕：「既往不咎，舊事吾久忘之矣。」又任李藥師為信州總管府長史，兼攝行軍總管。這時在李孝恭之下，李藥師已是山南的第二號人物了。

李淵深知在軍事方面，宗室諸郡王中雖以李孝恭最為傑出，但若與李藥師相較，還是差了許多。於是下了一道手敕給李孝恭：「卿未更戎旅，可將三軍之任，一以委諸長史。」這是明白諭示李孝恭，軍事方面聽由李藥師指揮。幸好李孝恭先前已因著李世民，對李藥師深為欽敬，否則此時，或許竟會生出嫌隙呢。

且說出塵，她來到信州之後，得李孝恭夫人安排住處，終於不必再以親兵身分隨在李藥師身邊。此時見到一道璽書、一道手敕、一道冊封，只是淡淡冷笑一聲。

李藥師笑問：「怎地，不歡喜麼？」

出塵嗔道：「長史大人明知故問！」

李藥師在愛妻面前，也可以像個孩子。此時涎臉笑道：「好吧，就算長史明知故問，還是要請夫人賜知原委。」

出塵不禁失笑：「『舊事』如若當真忘了，卻又怎會念茲在茲，下道手敕？」

李藥師仍涎著臉：「或許人家擔心，咱們不肯忘哪！」

出塵忍住笑意，斂容說道：「可不是！如今秦王殿下功高，『人家』可就想著攏絡總管府啦。」這裡「總管府」是信州總管府，所指自然是總管李孝恭，以及他的長史，行軍總管李藥師。

李藥師也收起笑顏，肅容點頭：「說得甚是！所謂『使功』、『使過』，秦王未出師前，咱們擊退蠻族，戡平神農架，那是『過』；如今殿下功高，無人能與匹儔，咱們收服蠻族，可就是『功』啦。」

出塵此時卻又笑吟吟地望著夫婿。

李藥師便也笑了：「怎麼，莫非夫人擔心，妳家夫君竟會受到攏絡？」

出塵「哼」了一聲，嗔道：「『虬鬚龍子』又不是我的！」她一甩頭，烏黑柔亮的髮辮隨之揚起，轉身作勢離去。

李藥師一把摟住愛妻，輕撫伊人亮麗蟬鬢，柔聲輕嘆：「夫人紅顏如昔，然而妳家夫君……」出塵早已摀住夫婿雙唇，止住他的感慨，同時倚上他那寬厚雄渾的胸膛……

當時李瑗的金州、許紹的硤州，在軍事上都歸信州總管府節度。他們得到李孝恭「招慰土家」[3]的指示，均將擄獲的蠻族編入治下，論功授職。如此寬宏的待遇，隨即得到更多土著投效。

李孝恭、李藥師擊潰冉肇則之後，同樣以寬宏的待遇，收編所俘的蠻兵，也同樣得到更多土著投效。李孝恭的位分在山南為最高，所能授予的官職，在山南自然也就最高。

此時李孝恭依李藥師之策，以高位厚祿，吸引當地土著首領子弟歸附，對他們授以官職，卻不賦予實權。李孝恭日常將這些子弟帶在左右，對外宣示廣為援引、寬於拔擢之意，實際上卻是將他們當成質子。如此諸族首領各有顧忌，蕭銑再也無從鼓動騷擾。這圖蕭銑的第四策，便也完成。

第卅三回　白浪淘沙

一泊沙來一泊去．一重浪滅一重生
相攪相淘無歇日．會交山海一時平
白浪茫茫與海連．平沙浩浩四無邊
暮去朝來淘不住．遂令東海變桑田

白居易這闋〈浪淘沙〉的前四聯，生動傳神地描繪了大江浪濤的永恆旋律。在此詩出世之前兩百年，如今，李藥師與出塵的雙騎，正並轡徐行在這白浪淘沙的大江岸邊。

《圖蕭銑十策》的第五策是修造船艦、第六策是教習水戰，這兩項戰備任務在長江沿岸諸州，原本長期都在進行。李孝恭來到信州之後，只是更加勤督船艦工事、嚴核水戰教習。當時他所督造的船艦，仍以隋代「五牙」戰船為基礎。

「五牙」是楊素負責建造的戰船。楊素之妻鄭氏性情悍戾，楊素曾譏評她說：「縱使我成為天子，妳也不堪母儀天下。」鄭氏竟將此事向獨孤皇后奏聞，楊素因而遭到隋文帝罷黜，謫居信州。然而楊堅也是十分懼內之人，他是中國歷史上惟一「唯皇后正位，傍無私寵」的皇帝，心中對楊素其實甚為同情。

當時楊隋正圖進取南陳。楊素來到信州，見江中船艦多是六朝以降的三層樓船，每船可容戰士不過三百人。他當即禮聘人才，設計五層樓船，上表獻予皇帝。楊堅大悅，拜楊素為信州總管，督造大艦，名曰「五牙」。船上起樓五層，高百餘尺，左右前後有六拍竿，並高五十尺，可容戰士八百人。這五牙戰船造成之後，不但在平陳之戰中立下大功，而且其後隋煬帝開運河、下江都、取琉球、征高麗，在在皆以之為主力戰艦。尤其楊廣第一次親征高麗，曾令水軍乘五牙戰船從萊州出海，進入遼東接應陸軍。當時戰船首尾相接達數百里，出師盛況亙古未有。

但是三十餘年以來，蕭梁對於五牙戰船早已嫻熟。

李藥師在硤州時，因鑒於許紹戰況，激盪出嶄新思維。他向李孝恭建議，組建一支能夠執行特殊任務的特種部隊。舊式戰艦難以支援特種部隊的嶄新思維，如今必須另闢蹊徑，以創新概念修造船艦。這造船話題，三李初會之日就已觸及；他將《十策》進呈李世民之時，又曾討論。

當年楊素建造五牙戰船，他的諸子，包括楊玄慶，都隨在身邊。楊玄慶與李藥師同年，彼時只是十五、六歲的少年。對於造船精奧雖然無法深入，但與高手匠人，尤其他們的孩子，卻頗熟稔。一年多前李藥王過世，李藥師前往昆明池奔喪期間，曾與楊玄慶談及造艦匠人等事。

楊玄慶告知，他印象最為深刻的造艦匠人，是一位陸先生。此人既懂設計，又能建造。陸先生的兒輩與他是少年玩伴，楊素舉家遷回長安之後，陸氏一家留在信州，聽說仍以造船為業，不過只造漁船，不造戰艦。然而三十年來離亂滄桑，也不知道是否能再尋到他家。

其後李藥師、楊玄慶多方打探，得知巴東有位造船巧手陸澤生。他是陸先生之子，也是楊玄慶少年時期最為親暱的玩伴之一。李藥師與出塵這日微服來到江邊，正為尋訪陸澤生。

江邊造船人家不多，他二人沿戶詢問，倒也探得陸澤生的住處。來至他家，無人應門。雖能望見小院後方臨水，卻不便擅自進入，只是遠觀。但見岸邊泊有幾艘漁船，卻並未能看出，與其他匠人所造有甚相異之處。然則諮詢鄰里，倒是人人競誇陸氏漁船造得絕妙。不過異口同聲，都說陸澤生脾性古怪，若非興味相投，否則輕易不肯替人造船。

李藥師與出塵這次尋訪，雖然未能得遇陸澤生，倒也不虛此行。只因《十策》的第七策是善用地勢，來到信州之前雖已熟讀地理，但是抵達之後，仍要實地勘查。

首要勘查之處，便是魚復浦「八陣圖」。廣為後人熟悉的諸葛孔明「八陣圖」是「水八陣」，另有「旱八陣」，也是武侯訓練水師戰陣的地方。而這兩地，都與陸澤生的住處不遠。

三峽第一峽瞿塘峽就在信州，此峽上游西端入口最狹隘處寬僅百尺，極為險要，世稱「夔門」，素有「夔門天下雄」、「夔門天下壯」之譽。夔門南有白鹽山、北有赤甲山，相對並立，形如刀削斧劈，絕是壯觀。百餘年後杜甫卜居於此，他在〈夔州歌十絕句〉詩中，也詠這赤白兩山：

赤甲白鹽俱刺天
閭閻繚繞接山巔
楓林橘樹丹青合
復道重樓錦繡懸

緊鄰夔門的上游，有西瀼水由北匯入大江。西瀼水即今日的梅溪河，水口的河床磧壩與魚復浦後方赤甲山的山體相連，「水八陣」的故址即在此處。宋代范成大有〈魚復浦泊舟．望月出赤甲山．山形斷缺如鼉龍〉詩，描述此處的雄闊氣象：

月出赤甲如金盆．蹲龍呀口吐復吞
長風浩浩挾之出．影落半江沉復翻
天高夜靜四山寂．惟有灘聲喧水門
高齋詩翁不可作．我亦不眠終夕看

李藥師與出塵來到此處，但見水口磧壩全由卵石砂礫覆蓋，地勢牢固，平曠開闊，長逾四百丈，寬約百五十丈。除夏季三個月湮於水中之外，一年有九個月露出水面。李藥師不禁讚歎：「大哉武侯！馳騁衝殺，演練布陣，於此峽江地帶，真捨此處而難覓也！」①

兩人策馬行入磧壩，但見中有一陣，周迴四百一十八丈，其內即是「水八陣」，壘石班班，依稀仍復當年陣仗。李藥師的「八陣圖」承襲自師父玄中子，又有舅父韓擒虎授予臨陣經驗；出塵則是自習書卷而得。因此出塵所知不若李藥師深厚，但她往往突發奇想，能夠激盪思維。如今這對儷人邊傍行邊計議，如何善用地勢演練水師。

「水八陣」往東北約莫三十里處，有石馬河匯入東漢河，東漢河即今日的草堂河。石馬河口不比西瀼水口寬闊，但在夏季依然水淺。武侯當年移石至此，作「旱八陣」。如今雖已不全，然要復原卻並不難。夏季「水八陣」湮沒之時，便可在此練兵。

東漢河匯入大江之處，便是白帝城。這裡原名子陽城，新莽末年為公孫述所據。當地一口井中常有白霧升騰，形似白龍。於是公孫述自稱白帝，在此建都，更其名曰白帝城。三國時期劉備伐吳，兵敗夷陵，退守白帝城，憂傷成疾，臨終在永安宮內託孤予諸葛亮。

白帝城是欣賞瞿塘雄景的最佳位置。宋代陸游有〈入瞿唐登白帝廟〉詩：

> 兩山對崔嵬，勢如塞乾坤
> 峭壁空仰視，欲上不可捫

此時日已西斜，夫妻二人登高遠眺，夔門壯闊盡收眼底。正讚歎間，卻有微風輕拂，飄來異香撲鼻。兩人策馬尋去，原來香氛來自林間樹上的小小白花。

李藥師細審枝葉，但見其樹並不高大，柯枝重出，葉片濃綠，滑亮如革，一時想到屈原〈橘頌〉：

綠葉素榮．紛其可喜兮
曾枝剡棘．圓果摶兮

當下說道：「《漢志》有言：『蜀漢江陵千樹橘。』莫非這就是橘？」這裡「漢志」指《漢書．食貨志》。李藥師生於北地，沒有見過橘樹。

出塵雖然生於南朝，但不過三、四歲時，陳國敗亡，她被隋軍縛絏北上，其後便不曾再回到南方。此時雖然覺得這小小白花的香氣依稀似曾相識，卻對橘樹已無印象。聽夫婿提到橘樹，不禁大喜，笑吟曹子建〈植橘賦〉：

有朱橘之珍樹．于鶉火之遐鄉
稟太陽之烈氣．嘉杲日之休光
體天然之素分．不遷徙于殊方

回到府中之後，出塵對隨珠說起見到橘樹等事，嘆道：「年節時在硤州，曾有柑橘盈筐。現在卻須等到入冬，才能再嘗其味了。」

隨珠只管抿著嘴笑，不一會兒，竟捧了一盤柑橘進來。

出塵驚道：「如今暮春時節，橘樹方才著花，怎地竟有果實？」

隨珠笑道：「柑橘能耐久藏，從開年放到現在，依然甘潤可口。只是陳舊品物，廚下怎敢奉於堂上？」

李藥師聽愛妻提及「暮春時節」，心下一懍：「暮春？今日恰是三月初三，不是？」「暮春」即是三月。

出塵亦是一怔，笑道：「是唷！今日正是『上巳』②。咱倆雖往水邊，卻未秉蕑③；雖臨曲水，卻未流觴④。」

「上巳」是周代已有的古風，在暮春時節往水邊嬉遊⑤，以祓除不祥。「秉蕑」出於《詩經．鄭風．溱洧》，「流觴曲水」則出於〈蘭亭集序〉，所敘俱是上巳情景。

此時李藥師剝開一只柑橘，咀嚼起來。今日無意之間，竟恰在上巳之辰，與愛妻並轡出行，臨水祓禊。一時但覺人世間的美好，恐亦不出於此。他們先在金州耽了三月，戎馬倥傯；又在硤州留了七月，入出囚牢。直至來到信州，才有「家」的感覺。尤其是出塵與隨珠，已有將近一年未著女裝，來到此地之後，終於恢復往常。

這段期間蕣華誕下一子，他是李世民的次子李寬。李藥師、出塵賀喜之餘，出塵不免想到德謇、德獎，問道：「如今作息已定，便將兩個孩兒接來，可好？」

李藥師深深看了愛妻一眼：「咱們在此，善用土家首領子弟以為質子。兩個孩兒留在京師，豈不也讓人家放心？何況趙郡王的王子，也沒有前來山南啊！」

出塵微微一怔，心知夫婿所言在理，原本歡愉的笑顏，登時黯淡下來。李藥師不忍，同意出塵修書寄予無雙，傳達心意。

次日一早，李藥師便向李孝恭匯報，尋訪陸澤生未果，但已勘查「水八陣」、「旱八陣」地勢，準備在此訓練水師，云云。

李孝恭卻含笑說道：「原來先生執行『策七』，勘查地勢去了。我還以為將軍偕同夫人，當此上巳良辰，臨水祓禊呢。」

李藥師躬身笑道：「純屬巧合。若是上巳祓禊，怎敢不請殿下一同前往？」李孝恭也笑了。

李藥師又道：「年前在長春宮將《十策》呈予秦王殿下，秦王見第八策『順擇天候』選在金秋陳兵，還曾戲言，以為僕欲平滅蕭銑之後，便與殿下一道順江而下，直入吳郡，去品嘗鱸魚膾哩。」

李孝恭也不禁失笑，順勢說道：「我也是這麼想哩！難道先生之意，竟非如此？」

李藥師躬身笑道：「殿下取笑了！」於是將當日在長春宮中對李世民解說，陳兵之期選在金秋，乃是因為大江潦漲，此時潮汛最旺，有利我軍運行等事，在在說與李孝恭知道。

李孝恭邊聽，邊不停讚歎。

李藥師彙整告一段落之後，又道：「不過年前上陳《十策》，還沒有籌建特種部隊的構想。

現在則要訓練一支精銳，能在潦漲洶湧，敵方避之惟恐不及的天候之下，依舊執行任務。同時亦須建造特殊船艦，可在風浪漲天，敵船無法運行的水相之中，仍然無有傾側。此二案若能達成，則出師便無不勝之理。」

李孝恭聽畢，站起身來，對李藥師長揖說道：「先生明徹天道，通達地理，實令孝恭佩服！便請先生總領訓練精銳、修造船艦諸事。孝恭來到山南，已歷寒暑春秋，執行『勤產厚積』之策，可謂略有小成。但請先生放手而行，資財庶務，孝恭自當配合。」

李藥師連忙謙謝還禮，同時領命。

隨後李藥師再度與出塵並轡，前赴江邊尋訪陸澤生。這天陸澤生不但在家，而且親自應門，劈頭便道：「見過長史、夫人！」邊說邊只微微欠身。

對於陸澤生一眼便能認出自己二人，李藥師並不訝異。畢竟一位大匠，眼力過人也不在意料之外。但見他只微微躬身見禮，李藥師與出塵便也微微欠身，說道：「有擾先生了。」

這陸家前院停放搬運重物的推車，堆置龍骨板材等木料，與一般造船人家並無二致。然而進入室內，李藥師卻大為驚詫。這哪像是造船人家？竟比寺院更為精嚴整潔！

入座之後，侍僮奉上飲品。一嘗之下，竟是白水。然這白水極盡甘美，絕非凡品。李藥師方自回味，卻見那陸澤生似笑非笑地望著自己，並不言語。他突然驚覺，此人是在考校自己品水的功力。可他於品水之道並不精擅，只能讚道：「清淳甘冽啊！此水絕非凡品。」

陸澤生對於如此點評顯然並不滿意，仍似笑非笑地望著李藥師。

只聽出塵說道：「天水輕靈，山水甘冽，俱優於江水、井水。先生此水，莫非出於山泉？」

「天水」指天降之雨露，「山水」指山間之湧泉。出塵話中有意引述夫婿適才說的「甘冽」二字，以示李藥師雖不知此水出於山泉，卻能嘗出山泉之質味。

陸澤生顯然識得出塵話中精微，先是讚道：「『淄、澠之合，易牙嘗而知之』，夫人實乃今之易牙！」隨後捧起自己的水杯，向李藥師、出塵躬身致意：「不才狂簡，失禮之至！」

他二人趕緊回禮。李藥師謝道：「拙荊冒昧，先生莫怪！」陸澤生考校自己二人品水的功力，雖說狂簡；而出塵試探他解語的能耐，也自冒昧。不過李藥師此刻還真慶幸愛妻有此冒昧的本事，否則自己不能識水，或許陸澤生竟要避席逐客哩。

陸澤生回禮之後，李藥師才有機會取出攜來的信物，說道：「在下曾與前隋楊太師的四公子相識，聽聞先生與四公子乃束髮之交，故攜此物前來請見。」一邊說邊拆開所攜信物的包覆，取出一件珮飾，交予陸澤生。

陸澤生接過，但見這件珮飾非金非玉，只是小小一塊卵石。然他一見此石，便知其出於左近水邊，乃是少年時期，常與楊玄慶一同把玩的物事。他一時大為動容，慨然嘆道：「果是玄慶之物啊！」

此話卻讓李藥師也大為動容：「『玄慶』！原以為天下之大，再無一人如此稱呼！」出塵自幼便稱楊玄慶為「四爺」，李客師則稱他一聲「四兄」。如今乍聽「玄慶」二字，若非初識，陸澤生又頗為自矜，李藥師真想刻下便與他四掌相握。

陸澤生望向李藥師的眼神，則是一派泠然：「足下與玄慶之事，在下倒也略有所聞。幸而日前得到玄慶音信，否則豈有今日之會？」

李藥師於楊玄慶實有救命之恩，然傳諸於外者卻恰得其反。聽陸澤生此言，他也只有俯首謝道：「慚愧啊！」

陸澤生道：「如今雖知玄慶在昆明池頤養，然當年之事卻尚未聽他提及。故爾縱使明白足下來此之意，但在未得玄慶回覆之前，在下實難有所定奪。」

李藥師道：「不敢相強。」

陸澤生瞻望外間天色，說道：「估計回音明日便可到來，恐要勞煩長史大人再行枉駕了。」

辭出陸氏水岸小院，李藥師與出塵回程途中一路默然。兩人都沒有料到，一位造船匠人，言行竟爾如此高亢狷介。

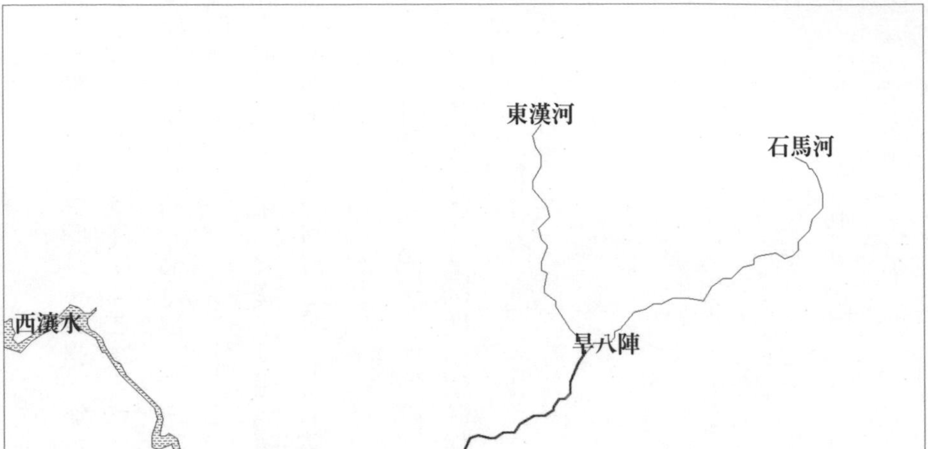

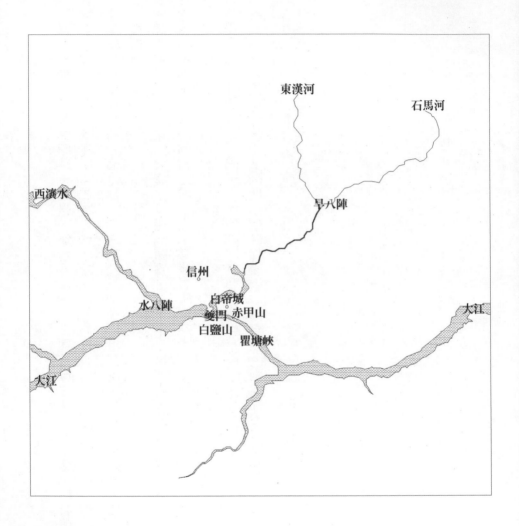

魚復浦八陣位置圖

第卅四回　碧海飛鶻

再次日，李藥師單人一騎，三度前往陸氏水岸小院。陸澤生開門相迎，卻未邀他進入室內，只帶他在院中，邊檢視堆置迆邐的木料，邊說道：「造船之材，一須富含油脂，二須隱有彈性。此地山中多生松、柏之屬，大可就地取材。船桅須用直木，此地山中杉木端直，甚為合用。而龍骨則須大材，以楠木為最佳，此地亦有，益州尤多。」

此中所言乃是造船基礎，李藥師早已知曉。但見陸澤生言談之際心有旁騖，時而仰望天邊，似有所待。李藥師看在眼中，並不多問，只是隨他行止，亦步亦趨。

只聽陸澤生繼續說道：「木料採伐之後，須經寒暑燥濕、陰晴雨霽之炮煉，材質方得穩定，不易變形。這些木料堆置於此，已經蓋有年矣。」

李藥師心道：「州府船塢中積存的木料，堆置數十年者也所在多有啊。」但他也不說破，依然順著陸澤生，邊逛邊聊。

約莫半個時辰之後，陸澤生仰望天邊的眼神突然定住。李藥師隨他望去，只見北方天際，浮現一抹信鴿輕影。雖仍遙遠，但他一望即知，那是經過和璧訓練的信鴿。

陸澤生喜道：「來了！來了！」語音中卻難掩緊張。

李藥師還不及思索他為何緊張，便聽見東方天際隱有翽羽聲息。極目望去，但見朝陽熠爍之餘，一尾鶻鷹劃空而來。

四百餘年之後，司馬光有〈和聖俞詠昌言五物．白鶻圖〉詩：

白鶻日邊來．一息萬里遙
橫飛碧海晴．六翮寒蕭蕭

李藥師眼前所見，正是詩中意境。然他當下可沒有詠物的情懷，只暗叫一聲：「不好！」陸澤生就不如李藥師那般鎮定了，他顯然倉皇失措，大叫一聲：「不好！」

鶻鷹是世上飛行最速的鳥類①。但見這尾白鶻先是直上雲霄，再以俯衝之姿，瞬息撲向信鴿。那信鴿飛行速度雖遠遜於白鶻，然迴翔翾翻甚為靈巧，閃身疾轉之際，堪堪躲過白鶻襲擊。白鶻一時無法止住撲衝之勢，直至渺遠方才回轉。然牠顯然不肯輕縱，再度俯衝撲向信鴿。

此時信鴿已來至小院不遠之處，理當減速降落。然牠若是放慢，更難躲過白鶻利爪，是以只在小院上方盤旋，竟是不敢停歇。

此時白鶻撲擊信鴿，已在小院空中不過數仞高處。李藥師長身縱躍，輕巧上了樹梢；再由樹梢橫起，將那白鶻擋下。信鴿十分機靈，趁此瞬息餘裕，已駐落在小院房舍的窗櫺之間。陸澤生解下繫在信鴿跗跖骨上的小竹筒，取出箋函，自去展讀。

這邊白鶻遭李藥師擋下，顯然甚為不甘，竟向窗櫺上的信鴿撲衝過去。李藥師自幼慣於蒐狩，於禽鳥習性知之甚詳。適才一搏之下，便知此鶻勇猛異常。這時見牠不懈，更起了一番愛惜之心。於是只飛身輕手攔截，不肯傷牠。那信鴿也自優遊，竟爾停在窗櫺之間，不驚不噪，似是篤定李藥師必會替牠攔下白鶻。瞥見信鴿這般樣貌，李藥師也只有莞爾自嘲。

那白鶻一擊，被信鴿躲過；再擊、三擊，都遭李藥師攔下。牠與生俱來的猛禽烈性，已然勃發。尤其信鴿那副鳥樣，看在鶻鷹眼中，是可忍孰不可忍？此時牠竟不再襲擊信鴿，卻直朝李藥師攻來。李藥師動了收服此鶻之念，心中將牠當成可敬的對手，或踞或躍、或翾或翻，與那白鶻搏擊起來。

猛禽如同猛獸，雖然可在短時間內疾飛、疾馳，可以一次性地猛烈攻擊，但是耐力不足。這白鶻一擊信鴿不中，竟然回轉，已令李藥師刮目；待牠再擊，依然猛烈，更讓李藥師瞠然；及至三擊，實則已是強弩之末。李藥師既然將牠當成可敬對手，自然不肯乘牠之危，於是面對白鶻，只是防禦，並不進攻。

那白鶻甚有靈性，此時並不猛攻，而施展出諸般巧妙，似乎也在試探李藥師的能耐。陸澤生早已讀畢楊玄慶的來函，此時立在信鴿停駐的窗櫺之側，一人一鴿一同旁觀李藥師與白鶻互動。

未幾，那白鶻已然力竭。但牠並不遠去，只在低空巡弋。李藥師知牠有意相交，但恐利爪傷人，於是從馬背上取出護臂，戴上左手。那白鶻果然翩翩而下，駐落在李藥師左腕之上。李藥師好生撫觸牠渾身的潔白翎翮，與牠溝通。又知牠須進食，而身邊並無長物，於是再行撫觸一回，便放牠離去。那白鶻臨去，冷然傲視信鴿一眼，倏忽搏扶搖而上九霄。

李藥師目送白鶻。陸澤生走近過來，歎道：「一尾禽鳥，足下竟也用心若是！」

李藥師解下護臂，邊收回馬鞍旁的革袋中，邊說道：「萬物莫非天生，本無貴賤之別，況此白鶻甚有靈性。」

陸澤生領李藥師進入室內，侍僮奉上白水。陸澤生說道：「適才讀過玄慶書信，方才得知足下義行。」他捧起水杯，向李藥師躬身：「在下魯鈍，尚請諒鑒！」言畢將水一飲而盡。

李藥師也舉杯將水一飲而盡：「為所當為，何敢言義！」

陸澤生正襟危坐，直視李藥師，莊容說道：「既是玄慶故人，請容在下無狀。當今天下紛亂，豪傑競起。足下如此才具，難道並無四方之志？」

李藥師也正襟危坐，直視陸澤生，莊容說道：「三國迄今，垂四百年矣。天下分崩，宇內離析，戰亂無日無之。今我若助大唐戡平天下，廓清宇內，則可出士庶於水火，解生靈於倒懸。若是僅為一己之私，則置我華夏社稷、萬民福祉於何地？」

陸澤生歎道：「字字鏗鏘，字字鏗鏘啊！」他站起身來，朝李藥師敬謹躬身：「『其自任以天下之重』，請受在下一禮！」

李藥師趕緊起身還禮，忙道：「不敢！」

陸澤生並不歸座，只微笑道：「日前賢伉儷往『水八陣』祓禊，曾來小院瞻顧，可有所見？」

李藥師微有一絲赧然，原來自己二人前日行止，全都看在陸澤生眼中。然他乃豁達之人，也微笑道：「讓先生見笑了。愚夫婦眼拙，並無所見。」

陸澤生笑道：「如此，則請隨我來。」

李藥師隨陸澤生行入內院，三彎五轉之後，來到一處門前。陸澤生取鑰解鎖，將門推開。倏地，李藥師本能地倒抽一口氣！此屋滿室生香，竟爾來自眼前金絲楠木巨材，堆積不知凡幾！另有南海柚木、東瀛花柏、蓬萊紅檜……俱是珍罕的造船木材。李藥師莫說識得，有些甚至未曾聽聞。他忍不住上前，伸手撫觸金絲楠木之溫潤。

只聽陸澤生微笑道：「若是沾染汗漬，其香益盛。」他不待李藥師多留，逕自進入前方一室。

李藥師依依不捨，離開噏香珍木。然他進入第二室，又自眼前一亮！凡船板合縫所需，如桐油、石灰；篷索所需，如火麻、縚絞；錨纜所需，如青篾、火杖……諸般物事琳瑯滿目，而羅列齊整。

李藥師不及細覽，已被陸澤生領入第三室。此室略形凌亂，與一路所見的精嚴整潔頗有異同。室中一艘尚未完成的舫船……不，不是舫船。李藥師稍微留意，當即看出，這並非舫船，而是一艘具體而微的巨艦！他趨前細觀，但見此船龍骨，竟以榫卯接合。

榫卯工藝雖是華夏製作家具的傳統精粹，但在唐代之前，這種奇巧的接合方式並未用於造船。李藥師細翫這模型船體的榫卯，其精妙不知比用於家具者高出凡幾。又設想放大之後的實體，其雄偉勁健，更不知何其令人浩歎！

陸澤生見李藥師一眼便看出此船之精微奧妙，慨然說道：「此乃家兄畢生心血。他二人若在，見有今日，不知竟會如何歡喜！」語音中竟微微顫抖。

李藥師道：「尊府一脈家傳，令兄自也是此中達人。」

陸澤生道：「長兄海生、次兄湖生，他二人之修為，豈是澤生可以望其項背！」

陸氏兄弟俱精造船之術，李藥師毫不意外。然對他兄弟之名，倒是有些好奇，問道：「府上陸氏，卻以海、湖、澤為名？」

陸澤生道：「伯言未必放言，士衡豈能權衡？舍下祖籍吳郡，先人隱居荊楚。我輩兄弟因生於海、湖之域，故名。」

李藥師見陸澤生說此話時，隱隱然有傲色，突然想到，「伯言」是陸遜之字，「士衡」是陸機之字，而他祖孫，正是吳郡人士。他當下朝陸澤生躬身施禮：「不知先生乃是昭侯、平原哲嗣，失禮了！」陸遜追諡昭侯；陸機曾任平原內史，世稱「陸平原」。

豈料陸澤生並非躬身還禮，而是朝李藥師拜倒，敬謹說道：「陸氏闔族，願聽明公差遣！」這一聲「明公」，便是奉李藥師為主公之意。李藥師趕緊拜倒還禮，說道：「藥師此身奉獻大唐，自主尚且不能啊！」

陸澤生仍俯伏在地，說道：「澤生但隨明公之所之！」陸機死於西晉八王之亂，遭夷三族。

陸澤生這一支乃是經人援手，方得存活。是以他對李藥師不計毀譽搭救楊玄慶之舉，感受特別深切。加以這兩日接觸，李藥師的器度、人品、才具、修為在在令他心折，所以願意從此追隨。

李藥師再拜之後，扶起陸澤生。他來此的目的，原本希望能將陸澤生援為信州之用。此時陸澤生只願追隨自己，倘若峻拒，只怕讓他拂袖而去。既然無法迴避，不妨順其自然。

陸澤生領李藥師行出屋外，但見陸氏子弟已齊聚中庭，各依長幼排列有序。見他二人出來，同聲拜倒。陸澤生隨之拜倒，恭聲說道：「陸氏闔族拜見明公！」

李藥師拜倒還禮，軒聲說道：「諸位高義，藥師銘感！」隨即將陸澤生扶起。陸氏子弟再拜而起，循序退下。

陸澤生請李藥師回到初時聊談的外間。此時內院再無聲息，也不知那許多陸氏子弟都去了何處。陸澤生道：「史君請坐。」李藥師為開府時，部屬稱他「府君」。如今他成為信州總管府長史，部屬改稱「史君」。陸澤生這一聲「史君」，便是表明在外人面前，他二人一是信州長史，一是造船部屬。

侍僮再度奉上白水。李藥師一嘗之下，此水質味輕盈靈澹，與前不同。想起昨日愛妻曾說：「天水輕靈，山水甘冽，俱優於江水、井水。」於是說道：「此水輕靈，莫非乃是天水？」

陸澤生躬身道：「奉予史君，自當擇取天水。」

李藥師還禮道：「不敢！先生於水，可謂深知其奧。」

陸澤生笑道：「不知水，焉知舟？漕運、湖泊、峽江之水大有所別，行於其間之船，怎能相同？」

李藥師道：「先生斯言大矣哉！」他略為沉吟，說道：「由漢之樓船，至隋之五牙，戰艦形體日益高大。然我如今圖取蕭銑，將訓練精銳，能在潦漲洶湧之下執行任務；同時得有船艦，可在風浪漲天之中無有傾側。這船不須高大，但求穩健快捷，不知先生可有想法？」

陸澤生尋思片刻，說道：「應無不成之理，請容在下籌劃。」

李藥師謝道：「有勞先生了！」

李藥師告辭，陸澤生送出。李藥師方才上馬，東方天際又有翩羽聲息，正是那尾白鶻。牠遙遙追隨李藥師直回府中，方才遠去。

次日微明，李藥師便取禽獸之肉陳於庭中，那尾白鶻果然前來就食。隨後他往見李孝恭，稟報與陸澤生聊談等事。至於陸澤生乃陸機後人，以及他以自己為「明公」等事，則略過不提。

李孝恭聽說陸氏非但是世代傳承的造船大家，更藏有珍罕造船木材，大喜而道：「還請先生引見。」

李藥師應了，傳陸澤生進入，彼此見禮。李孝恭極為禮遇，親自帶他檢視信州最大的船塢，途中不免問起珍罕木材等事。陸澤生悄悄望向李藥師，見他微微搖頭，便回道：「此為祖上數代積藏，大人若有所用，當以成本出售。」李孝恭喜出望外。

再次日，陸澤生又來請見。當時李藥師正在甄選堪予特戰訓練的人才，便命他在書房等候。李藥師進來時，見陸澤生已取用書房中的筆墨，伏在地上繪圖。

李藥師忙道：「先生若須繪圖，不妨便用此間書案。」

陸澤生起身謝道：「不敢！」隨即拿起圖紙：「史君請看。」

李藥師看時，但見一幅接著一幅，全是白鶻飛行的英姿，當下大為不解。

陸澤生道：「『水可載舟，亦可覆舟。』同理，風可載鶻，亦可覆鶻啊！」

李藥師登時領悟，拊掌讚道：「高啊！」他拿起圖紙，一幅接著一幅細觀，指著其中一幅說道：「俯衝之時，收翅最為快捷，然卻易於傾側。」又取另外幾幅邊看邊道：「如此肩翅略張而腕翅緊收，形成前寬後窄之勢，則既可乘風疾飛，又可調節平衡。」他放下圖紙，仰天而歎：「所謂『列子御風』，『御』之一字，方是精髓啊！」

陸澤生則歎道：「聞一而知十，史君實乃天縱奇才！」

此時那白鶻竟也來至中庭上空。他二人出來看視，但見白鶻或直上、或俯衝、或巡弋，竟似演予他們校閱。他二人細觀肢勢，詳論精微，大有所獲。

李藥師戴上護臂，召那白鶻下來，愛撫牠渾身的潔白翎翮。卻突然發現，此鳥甚至指爪，亦且潔白如玉！一時歎道：「如玉！如玉！就稱你為『玉爪』②，可好？」這年李藥師年屆知命，雖因備戰而未能做壽，然得此珍異猛禽，亦堪慰磊落襟懷。

就在幾日之間，李藥師已嚴選特戰人才，親自加以訓練。其餘水戰教習，則交由張寶相等著手，自己只督導檢閱。一時西瀼水口河床磧壩的「水八陣」上，無論晴雨，日日都見馳騁衝殺，演練布陣。

陸澤生也將戰艦設計完成。李藥師細研圖紙，將自己特戰之需提出討論，陸澤生再行修改細節。這款大唐流傳後世的卓越戰艦，於焉設計完成。

陸澤生請李藥師為戰艦命名。李藥師略為思索，說道：「便稱之為『海鶻』吧。一則其形制源自碧海飛鶻，二則諧音『海湖』，以茲紀念二位尊兄。」陸澤生聞言拜伏，感激涕零。

李藥師將戰艦的籌劃呈予李孝恭，李孝恭甚喜，全盤接納。不但撥出款項，而且依李藥師之議，在江灣隱蔽之處尋一深水港塢，供陸氏家族祕密造船。

不多日，出塵寄予無雙，希望將兩個孩兒接來山南的信函，已有回音。果如所料，無雙不贊成把孩子送到山南，然而她話說得委婉。當時中央所設的官方學府，有國子學、太學、四門學。七品以上官員子弟入四門學，五品以上子弟入太學，貴族及三品以上子弟則入國子學。國子學極為尊貴，生員名額只有三百。不過時當國朝初建，高官人數不多，國子學的名額並未招滿。無雙認為，德謇已經七歲，正是入學年齡。現在他常跟李孝恭的孩子玩在一起，又有彝華關照，可以進入國子學。這樣的機會，委實不宜輕易放棄。

李藥師、出塵卻都明白，以李藥師目前的身分，孩子當入太學。但若得人關照，則可進入國子學。無雙只提李孝恭、彝華，卻未說她自己。她是秦王妃長孫無垢的堂姊，德謇、德獎又住在她那兒，由她關照。這層關係，只怕更為有力。

出塵雖然希望能將孩兒接來身邊，但無雙所說，確實也是不宜放棄的良機。何況李藥師日前還說，孩兒留在京師，也可讓「人家」放心云云，那才是更為緊要的考量。因此她與夫婿一同修書，表示同意無雙之言，同時向她深深致謝。

此時李藥師在信州的工作，主要有三方面。其中「策三・賄間梁臣」由李孝恭主導，他從旁輔佐；「策五・修造船艦」由他主導，陸澤生輔佐。「策六・教習水戰」又分為三項，均由他主導。特戰項目原本由他親自訓練，漸上軌道之後，他調張寶相過來輔佐；傳統水戰項目交由席君買輔佐；另有野戰項目，則交由薛孤吳輔佐。此外「策七・善用地勢」須勘查地勢，「策八・順擇天候」須記錄天候。李藥師在百忙之中只消稍得一絲餘裕，便由和璧等親隨陪同，前往探勘大山曲折，記錄大江水文。

每年開春之後，高山冰雪漸融，涓滴順江而下，冬季的枯水期隨之結束。及至春末夏初，江水開始將西瀼水口的磧壩卵石湮於水中。「水八陣」的疊石陣勢露出水面的部分愈來愈少，終至僅餘頂端，猶如棋盤星點。

武德三年四月，李藥師將日常的水戰教習，由西瀼水口的「水八陣」移至石馬河口的「旱八陣」；而精選的特種部隊教習，則留在江水日益漫漲的「水八陣」。他們的目標，是在一年之後，當江水潦漲洶湧，敵方避之惟恐不及的天候、水相之下，依舊執行任務。

當李孝恭、李藥師在山南將《圖蕭銑十策》逐一實踐，穩步進展之時，李世民在河汾已大獲全勝，回到長安。未幾，党項進寇松州。李淵命李世民建置益州大行臺，以備党項。益州就在信州之西，李世民抽空來訪，三人再度歡敘。李孝恭、李藥師大讚秦王柏壁之戰「靜如處子，動如脫兔」，深得《孫子》兵法要義。

李世民則大讚信州組織特種部隊、建造特種船艦的計劃，當下決定效法。他親選千餘精銳嚴加訓練，並為之特別設計皁衣玄甲。每但出師，李世民必也身披玄甲，親率這支勁旅衝鋒，無堅不摧，所向披靡，一時悍名卓著，讓敵軍聞風喪膽。

此乃後話，且說當時。

李世民雖在河汾大敗劉武周、宋金剛，將他二人逼入突厥；洛陽王世充，卻趁唐軍主力調至北方之時趁機坐大。他聯絡突厥以牽制李唐，得處羅可汗贈送良馬，奪下李唐數州。李淵只得詔李世民回到北方，出討王世充。

這段時日，李藥師無論在總管府內與李孝恭研議、在教習場上與張寶相等切磋、或回到家中與出塵相對，正事之餘，大家總會關心李世民在北方戰場的進展。惟有陸澤生，他只對李藥師交代的任務鞠躬盡瘁，其他一概不聞不問。

這年的下半年，在中原，李世民、王世充只隔一道洛水，相互對峙。隋代六大糧倉已全為李唐所掌控，洛陽缺糧，李世民麾軍進逼。王鄭數名將官降附李唐，其中張公謹後來成為秦府的重要骨幹，也曾是李藥師的得力部將，更躋身圖畫凌煙閣的二十四功臣之一。

在邊塞，突厥配合王世充寇擾并州，并州總管劉世讓將之攘退。洛陽東北是竇建德領域，李唐、王鄭都不希望竇夏支持對方，而竇建德則樂見雙方相爭。此時王世充形勢日益侷促，只得向竇建德求援。竇建德深知王鄭一旦覆滅，竇夏也自難保，於是應允。李淵將劉世讓調至東方戰場，由北面進攻竇夏的都城洺州。

時序進入武德四年。王世充的太子王玄應自武牢關運糧入洛陽，遭唐軍截擊，兵員糧秣皆為唐軍擄獲。李世民遣李世勣夜襲武牢關，擒獲多名王鄭宗室官員，其中長史戴胄，後來成為貞觀名相。

李世民見時機成熟，便向父皇請命，發兵進攻東都。李淵口喻：「征討洛陽，是為止息兵燹。攻克之後，其乘輿法物，圖籍器械，非私家所能使用之物，都由秦王整理接收。其餘子女玉帛，全部分賜將士。」這等於再度確認當初他父子之間，讓李世民「居於洛陽，自陝已東，悉宜主之。仍令汝建天子旌旗，如梁孝王故事」的默契。

李世民深知東都缺糧，於是深溝高壘，圍困王世充。洛陽糧盡，王世充向突厥求援。此時處羅可汗已逝，頡利可汗繼位，率軍進寇汾陰。李淵三個月前才將劉世讓由并州調過來，如今又不得不將他調回去抵禦突厥。劉世讓離開之後，竇建德在北面不再受到牽制，當即發兵往西，直指武牢關；同時水陸並進，將糧食運進洛陽。

李世民讓屈突通輔佐李元吉圍困東都，自己則率玄甲精銳直赴武牢關。竇建德輕敵，遭李世民擊潰擒獲。李世民將竇建德鎖入囚車，帶到洛陽城下向王世充示威。王世充原想突圍，然卻無人追隨，只得請降。此即歷史上著名的「一戰擒二王」。

唐軍取下洛陽，軍紀嚴明，秋毫無犯。李世民進入宮城，查收隋代圖籍制詔，卻發現已被王世充銷毀。只得命人封存府庫，點收金帛頒賜將士。又將王鄭黨中罪行重大之輩，如段達、朱粲、單雄信等，斬於洛水之上。

杜如晦的叔父杜淹也在王鄭朝中，他與杜如晦兄弟一向不睦，曾經誣譖杜如晦之兄致死，又囚禁杜如晦之弟杜楚客，幾乎將他餓死。王鄭既敗，杜淹當誅，杜楚客卻涕泣懇求杜如晦相救。杜如晦不肯。杜楚客說道：「曩者叔已殺兄，如今兄又殺叔，一門之內，自相殘殺而盡，豈不痛哉！」便欲自剄。杜如晦無奈，只得向李世民請求，杜淹方得免於一死。

竇建德敗後，除劉黑闥、徐圓朗尚據有山東小部地區之外，河洛砥定，中華大地的北半皆入李唐版圖。三年半前二李綜論天下，「你我一南一北，戡平大江大河」的豪情壯志，李世民已經大抵完成他的一半工作。另一半，就得倚靠李藥師了。

武德四年七月，太尉、尚書令、秦王李世民在前後鼓吹的壯盛儀仗簇擁之下，率領大軍凱旋。李唐將王世充、竇建德兩國俘君，以及所獲的隋代乘輿等御用寶器，以雍穆莊嚴的隆重典禮，獻於太廟。

李淵原意是將王世充、竇建德問斬，王世充卻說李世民曾經許其不死。李淵只得赦他極刑，流徙蜀地，後在途中為仇人所殺。至於竇建德，則被斬於長安。

竇建德是仁義大度的豪傑，王世充則是嫉忌狹猜的奸佞。此時斬竇建德、流王世充，頗有史家認為，在冤殺劉文靜之後，此事可謂初唐第二度「失刑」。

不過對李世民來說，王世充稱自己曾經許其不死，李淵便赦他極刑。這不啻是父皇又一次確認當初的默契，讓他「建天子旌旗，如梁孝王故事」。然而此時的李世民，已經不再僅以「居於洛陽，自陝已東，悉宜主之」為滿足了。

第卅五回　戡平蕭銑

李世民砥定河洛的消息傳至信州，不，這時已是夔州了，歡聲雷動！一百四十餘年之後，杜甫有〈聞官軍收河南河北〉詩，幾乎恰是此情此景的素描：

劍外忽傳收薊北．初聞涕淚滿衣裳
卻看妻子愁何在．漫卷詩書喜欲狂
白日放歌須縱酒．青春作伴好還鄉
即從巴峽穿巫峽．便下襄陽向洛陽

此詩抒敘唐軍平定安史亂後詩人的心境。詩中所述的外間情景、內心情愫，竟與此時的李藥師如出一轍！

惟一差別只在最後一句。如果改為「便下夷陵向江陵」，就堪堪恰是此時的李藥師。是的，此時李藥師的所思所慮、所繫所念、所盼所望，正是「便下夷陵向江陵」。

過去一年多來，李孝恭、李藥師在夔州，不，當時仍是信州，兢兢業業，日日萬幾，將《圖蕭銑十策》逐一穩定落實。

《十策》的第九策奇正用兵，是戰陣當下的臨機決策。第十策安撫士庶，則是朝廷恩賜。當初李藥師將《十策》上呈李世民時已說，「非臣之所能與也」。

至此，《十策》中屬於戰前工作的前八策，已有七策準備萬全。惟有第三策賄間梁臣，進行卻不如預期。早在三年之前，蕭銑帳下已有沈柳生殺徐德基、董景珍殺沈柳生諸般事件。可是時至今日，何以蕭梁朝中竟無大事？

原來，蕭銑身邊有位中書侍郎岑文本。此人非但才猷粲然，文傾江海，而且潔身自好，賄間無由。更重要的是，他能協調人和。對於這岑文本，李藥師愈來愈是刮目相看。

當時蕭銑擴展聲勢，已有一段順遂的時日，手下諸將漸趨驕橫自專。蕭銑為抑制將帥氣燄，以務實農耕為藉口，下令罷兵。受到影響的將臣原本已有怨言，李孝恭、李藥師順勢離間，事半功倍。

首先反叛的是董景珍之弟董景琦。他不願釋出兵權，策劃起兵。然而機事不密，遭蕭銑誅殺。當時董景珍身在長沙，蕭銑召他返回江陵。董景珍大懼，遣密使來見李孝恭，意欲歸附。蕭銑得知，遣張繡攻長沙。董景珍潰敗，突圍奔逃，為部下所殺。

張繡建功，益發跋扈。蕭銑不滿，亦將他誅殺。先是董氏兄弟，再是張繡，蕭梁主臣之間嫌猜漸深，內部不和浮上檯面。至此，《十策》的第三策賄間梁臣，也已達成關鍵性任務。

於是李藥師以信州總管府的名義，遣硤州刺史許紹進攻蕭銑的荊門鎮，一舉而下。當時王世充在洛陽節節失利，轄下州縣紛紛降附李世民，硤州北面已經少有戰事。這次山南唐軍向東取下素有「荊楚門戶」之稱的荊門鎮，聲勢更是大振。

時序進入武德四年。李藥師又以信州總管府的名義，遣黔州刺史田世康進攻蕭梁西境。此黔州是隋代的黔安郡，位於巴地，唐代改置為黔州。南北朝以降，冉氏、向氏、田氏便是巴地蠻族的大姓。田世康身為土著巨室而為李唐效力，可知《十策》的第四策招慰土家執行有成。田世康出師，取下五州、四鎮。經由此役，李藥師對蕭梁的戰力，已經瞭若指掌。

這段期間，蕭銑亦曾數度發兵試探信州。李藥師僅以傳統部隊禦敵，海鶻精銳的機要分毫不肯顯露，以使蕭銑誤判彼此實力。至此，李藥師認為已是正式出兵的時機，於是請李孝恭上表，向皇帝奏報執行《圖蕭銑十策》的進程。

這年正月底至二月初，不過數日之間，李淵先後得到李孝恭準備攻伐蕭銑、李世民準備進取東都的表奏，龍心大悅之餘，只怕另有一番顧慮。

李淵的三位嫡子分為兩派，相互爭鬥，實非他這為父為君者所樂見。李世民的軍功遠遠凌駕長兄、四弟之上，他不甘居於太子之下的態勢，甚為明朗。當初李淵為削弱李世民氣勢，誅殺劉文靜。可李建成、李元吉只圖打壓李世民，自己並無建樹。

正當聖慮憂煩之時，李孝恭、李世民的兩份表奏先後抵達御前。戰事順利固然令人欣慰，但是李世民的氣勢愈來愈高，卻讓李淵愈來愈感不安。回想一年多前，河汾戰場節節失利。若不是自己對這位二皇子讓步，李唐或許連「王業所基，國之根本」的太原都無法守住，當真只能「棄河東之地，謹守關西而已」。結果李世民一旦出師，便即所向披靡。如果這次他再砥定河洛，那麼不但太子、齊王從此無法與秦王抗衡，只怕連自己這位父皇，都再不能奈這位二皇子如何。

如今兩份表奏並列御前，倒是提醒了李淵，在李世民之外，大唐還有李孝恭、李藥師。尤其那李藥師，他統兵的能力只怕竟與李世民在伯仲之間。李淵與李藥師雖有嫌隙，但身為一國之主，當此用人之際，難道不能施惠拉攏？

尋思及此，李淵便將眼前這份信州表奏再度細讀一回。只見雖是李孝恭具名，卻顯然是李藥師執筆。其中提到《十策》的「策九．奇正用兵」，認為如今蕭銑形勢已虛，建議使用奇襲。李淵當即一切依奏，並將信州改為夔州，以示重視。

不但如此，李淵還將年前給李孝恭的手敕，「卿未更戎旅，可將三軍之任，一以委諸長史」云云，告知隨侍身邊的臣僚。皇帝雖然自許用人有道，但聽者都很清楚，這是萬乘之尊公開宣稱對於李藥師的重視。

此話傳到信州，不，現在已是夔州了，自李孝恭以下，人人額手稱頌，李藥師也只有謙謝。出塵聽說之後，仍如年前一般，只是淡淡冷笑，甩甩髮辮。此時正值柑橘當季，李藥師見愛妻嬌嗔，含笑拿起一只擲予伊人。出塵特意隨著夫婿剝食柑橘的節奏，亦步亦趨。李藥師不禁失笑，知道愛妻示意，彼此心思相通。所謂「功高震主」，並不僅止於外臣，就是貴為皇子，也無法倖免哪！

自此夔州正式進入攻伐蕭銑的用兵狀態。這年六月，李藥師以夔州總管府的名義，遣黃州總管周法明進攻蕭銑的安州，一舉而下。

至七月，李世民砥定河洛的消息傳來，夔州歡騰！這時李藥師已將海鶻特種部隊訓練精熟，也將一般部隊由石馬河口的「旱八陣」遷回西瀼水口的「水八陣」，繼續訓練。至此李藥師來到夔州將近一年有半，經過兩次由春入夏、由夏至秋的實地觀察體驗，他對大江潦漲不但熟悉，預測水文的能力簡直已如神驗。

「神驗！」聽夫婿說出這兩個字，出塵笑出聲來。

李藥師笑問：「有這麼可笑麼？」

出塵強忍住笑，故作正經：「不可笑！當然不可笑！」語畢依舊笑出聲來。

李藥師卻止住玩笑，正色說道：「這當真不是說笑。咱們一年多來日日浸淫『八陣圖』，妳想武侯當年，何以將此八陣名為天、地、風、雲、龍、虎、鳥、蛇？」

出塵略為尋思：「八陣原為一體，分之為八，乃是將分合之道融入其間。如此經過訓練，便可以在戰陣之際或虛或實，或奇或正，靈活運用，變幻無方。然以天、地、風、雲、龍、虎、鳥、蛇為名，卻將這八陣分為不同層次，似乎……似乎……」

李藥師擊掌讚道：「當年舅舅曾對我說：『可以與我談論孫、吳兵法數術之人，除你而外，更有何人？』如今我卻要說，可以與我談論虛實、奇正之人，除妳而外，更有何人！」

出塵得夫婿誇讚，歡喜嬌羞之餘，仍然問道：「既然如此，武侯卻為何仍將此八陣分別命名？」

李藥師道：「天、地之名，本乎旗號；風、雲之名，本乎幡幟；龍、虎、鳥、蛇之名，本乎隊伍之別。如此詭設物象，實則何止於八種？」這段論述，略見於《李衛公問對．卷上．第九》。

出塵想想，又問：「既是『詭設物象』，何不廢之？」

李藥師搖頭道：「不可廢！不可廢！妳可知這龍、虎、鳥、蛇之名，如今又以四音象之？」

出塵點頭道：「這四獸之陣，乃是東方青龍、西方白虎、南方朱雀、北方玄武。而宮、商、角、徵、羽五音，宮音居中。其餘四音，商為西方，象虎；角為東方，象龍；徵為南方，象鳥；羽為北方，象蛇。」她想想又問：「如此，豈非詭而又詭？」

李藥師笑道：「正是。假之以四獸之名，以及天、地、風、雲之號，又加之以商金、角木、徵火、羽水之配，此皆兵家自古之詭道。正因已有諸多詭道，其餘詭道就難有滲入的空間。否則……」

李藥師一語未畢，已聽得愛妻笑如銀鈴：「否則詭道四起。屆時咱們這位詭道祖宗行軍總管師父，要如何更以詭道使貪使愚？」

李藥師大為開懷：「妳這娃兒，當真可教！」他夫妻這段聊談，略見於《李衛公問對．卷中．十二》。

兩人正自言笑，外間卻傳來親兵稟報，有聖旨到。出塵趕緊協助夫婿端整衣冠，讓他出去接旨。未料李藥師離開後，親兵又來稟報，有秦王妃專給長史夫人的賞賜。

因著李藥師得李世民倚重，出塵於秦王府並不陌生。然她自認與正妃無垢並不熟稔，而與側妃舜華最為親近，因此以為是舜華託欽使帶東西過來。不想這次賞賜當真來自無垢，而且並非物事，竟是兩箱錢幣。

雖是小小兩箱，不及百斤之重，但是遠自京師翻越秦嶺而來，意義著實不凡。原來……

隋末動亂以來，群雄稱帝稱王者不知凡幾，各自發行錢幣。李淵建國之後原本沿用隋代的五銖錢，其後疆域愈來愈廣，境內各種錢幣浮濫混亂，民間不勝其弊。於是在武德四年七月廢五銖錢，發行開元通寶。

在此之前，歷代貨幣一兩均為十二錢。開元通寶首創十進位的貨幣制度，對於後世，甚至東亞、東南亞、西亞諸鄰國，均產生深遠的影響。這種錢幣輕重大小適中，遠近攜帶方便，形狀外圓內方，承襲「天圓地方」的哲理。幣上文字、用詞皆出於初唐大書法家歐陽詢手筆，其字含八分書、篆書、隸書三體。其詞先上後下、次右後左，讀為「開元通寶」；若是從上而右、至下而左回環讀之，則為「開通元寶」，其義亦通。

當時不但中央鑄錢，皇帝更賜予秦王、齊王各三爐，裴寂一爐，聽任自行鎔鑄。無垢信上告知，鎔鑄之前進呈蠟樣，她見著實可愛，把玩不忍卒釋，竟不慎掐上指甲痕跡。因此秦王府所鑄的錢幣，與其他錢幣略有異同。①

出塵趕緊細審，果在錢幣側邊見到隱隱掐痕。但見這錢鑄得甚是精美，形狀規矩，厚薄勻稱，輝映大書法家的文詞，讓她愛不忍釋，心想，難怪無垢會掐上指痕。

待李藥師回來，他果然也得到新鑄錢幣。不過那是中央所賜，沒有無垢的掐痕。李藥師把玩秦王府的錢幣，不禁也自神往。出塵則聽說，御賜錢幣人人皆有，大抵隨官階而有差等。但秦王妃的賞賜，卻只給了李孝恭夫人和自己。夫妻二人趕緊上書致謝，秦府這邊，李藥師自然也得多寫一封。

謝表之外，李孝恭又上準備出兵的表奏。李淵詔發巴、蜀之兵，以李孝恭為荊湘道行軍總管，李藥師攝行軍長史，統十二總管，由水路出夔州；以廬江王李瑗為荊郢道行軍元帥，由陸路出襄州。如此水路、陸路齊下，大舉進擊蕭銑。

李藥師曾在金州助李瑗擊退蠻族，非常清楚他的能耐，哪堪勝任行軍元帥？這次表面上以李瑗為陸路主帥，乃是採用第九策「奇正用兵」中的「敵虛用奇」之策。縱有長久疑忌，皇帝在軍事上終究接納了自己的主張。李藥師的嘴角，也不免泛起一絲笑意。

諭旨既下，李藥師當即日占龜筮，夜觀天象，全然一派「神驗」的武侯典範，只祈風起雲湧。大江潦漲，由夔門至荊湘，金秋潮汛最旺，知之者不乏其人。然而哪天潦漲？潮汛多盛？常人卻仍莫測。

李藥師則不同。這一年多來他勤勘地勢、詳錄天候，於他人「莫測」的天候與水文，他已可由天象預知。此時他高調占筮觀星，正是要在己軍、敵軍雙方心中造成印象，他，「善使六壬風角」。

及至九月，竟然當真「風起雲湧」！李藥師知道三峽上游即將降下豪雨，帶起大江潦漲，於是以黔州刺史田世康出辰州道，黃州總管周法明出夏口道。自己則準備隨時與李孝恭自夔州順江東下，全面進擊蕭銑。

及至十月，峽江開始潦漲。即便是夔州諸將，也少有人知道李藥師訓練特種精銳、建造海鶻戰船的目的。此時但見波濤洶湧，聲勢駭人，不免紛紛建請，待水落後再行進軍。

李藥師道：「兵貴神速。我軍今日發兵，蕭銑尚未得知。當趁江水潦漲，倏忽抵其城下，攻其不備，必可一舉而成。如此天賜良機，絕不可失！」

李孝恭則非常清楚李藥師的布局策劃，自然應允。

於是，在風雨中，李藥師檢閱裝備萬全、列隊齊整的海鶻特種部隊。這五千精銳中有巴人、有蜀人、有荊人、有楚人，更多來自附近的原始大山，而甚少來自關隴。一年半來，他們與李藥師、張寶相親愛精誠、休戚與共；而今，滿心企盼前赴即將改變天下大局的戰場。李藥師凝視每一雙沉著堅毅的眼神，給予發自心底的關愛與激勵。

蕭銑這邊果如李藥師所料，以為主帥是金州、襄州的李瑗。又以為江水潦漲，水師無法前進，根本沒有備戰。李藥師率張寶相以及特種精銳登上海鶻戰船，待潦漲最猛的波峰過後，冒著風雨出發。

海鶻不負所託，船身隨滔天巨浪猛烈高低起伏。雖然人人必須緊扣舷桁方不至於傾跌，但畢竟乘風破浪，順江而下。緊隨海鶻之後，席君買輔佐李孝恭率領大隊水師登上五牙戰船，同樣頂著蒼莽浪濤，順江而下。

朝辭白帝彩雲間
千里江陵一日還
兩岸猿聲啼不住
輕舟已過萬重山

百餘年後詩仙這闋〈早發白帝城〉，行經與當天夔州唐師相同的江程。然而青蓮居士所經歷的，不是風雨的天候、激猛的浪濤，沒有二千餘艘戰艦齊發、連貫江面的盛況，更不曾體驗唐師當時嚴肅的軍威、勃發的鬥志。眼前，李藥師率軍浩浩出師。正是因著他們捨命的奮戰，才得以孕育有唐一代的繁榮，滋潤人文藝術的沃土，造就多元鼎盛的社會。後世這傲視寰宇豔絕古今的唐詩，才有機會生發茁壯。

三峽上游西起夔州奉節的白帝城，下游東至硤州夷陵的南津關。其上游入口屬李唐疆域；下游出口，北岸南津關雖由李唐扼守，南岸安蜀城則為蕭梁所據，兩相對峙。這裡是峽江沿岸蕭梁領地的西端。

李藥師率海鶻精銳，乘浪穿越三峽的五百里江程，首先取下安蜀城。他知道李孝恭緊隨其後，可以著手接收，於是率部經過硤州，繼續順江東下。硤州亦即夷陵，由此直指蕭梁都城江陵，堪堪即是「便下夷陵向江陵」。

硤州是峽江沿岸李唐領域的東端，至江陵約莫五百里江程，兩岸已全是蕭梁守軍。李藥師率部順江朝向東南，不出百里便是荊門②。海鶻精銳抵達之時，蕭梁當地兵員還在搶救潦漲造成的災害。完全沒有料到，唐師如同天神降世一般，瞬息來到眼前，慌亂之間已被擊潰。荊門之後便是宜都，在李藥師率海鶻精銳突襲之下，蕭梁兵員同樣迅即潰敗。

荊門、宜都之間，大江之南有清江注入，蕭梁驍將文士弘領數萬精兵屯駐於此。他倉促率軍迎敵，旋即也被李藥師擊敗。潰逃之際，溺死者數以萬計，唐師擄獲梁軍戰艦三百餘艘。

文士弘領殘部且戰且走，李藥師則率海鶻精銳追擊，直下二百里江程，來到百里洲。這裡距江陵僅餘二百里，文士弘勉強整兵再戰，又被李藥師擊敗。

百里洲是萬里大江之間最大的江心洲，江水在此分流，成為南、北二支。荊門、宜都、清江口都在大江南岸，而江陵則在北岸。文士弘原本試圖將李藥師牽制在南岸一方，然此時離自家都城已經太近，於是率水師退入百里州之北的北江。

李藥師擊破荊門、宜都，李孝恭前往接收之時，蕭梁的鄂州、魯山已向唐師請降。此時李藥師續率海鶻精銳追擊文士弘，李孝恭則率十萬水師緊隨其後，途中又接獲蕭梁江州、睦州③等五州請降。

年前為抑制將帥氣燄，蕭銑以務實農耕為藉口，下令罷兵，此時留宿都城的禁衛僅有數千。

他聽說文士弘敗退，唐軍已進至江陵二百里外，大為驚懼，倉猝之際下詔調兵。然李孝恭、李藥師執行賄間梁臣之策有成，蕭銑對握有兵權的將臣深為忌憚，早將大軍遠調，哪能立時召回？行軍途中越嶺渡江，就算疾速強行，最近的駐軍也得多日之後方能抵達。此時的江陵，只得閉門拒戰。

夔州唐師從瞿塘峽順江直下八百里，至此深入蕭梁疆域已有三百里。李孝恭一路接收李藥師的戰果，只覺梁軍不若預期強勁。又見李藥師僅憑五千海鶻便能致勝，自己手握十萬大軍，不免躍躍欲試，於是準備進攻文士弘。

李藥師卻不同意，勸道：「文士弘乃是驍將，他所領的兵士來自荊、楚，素以剽銳著稱。此次只因倉促應戰，方才措手不及。他新敗之後已迅速休整，如今諸軍必會並力死戰，只怕不易取勝。」

李孝恭顯然未被說動。

李藥師只得繼續勸道：「蕭銑在慌亂之際試圖救敗，運兵策略未能審慎規劃，難有長遠考量。我軍不妨泊於南岸，不與梁師爭鋒，暫且緩兵一日，靜待敵軍氣衰。蕭銑部眾連夜研議，估計明日必有部分留守，以抗拒我軍；另有部分出城，往各方抵禦。兵分則勢弱，我軍便可乘機出擊，沒有不勝之理。」

李孝恭顯然還是未被說動。

李藥師心中暗嘆一聲，說道：「《孫子》有言：『善用兵者，避其銳氣，擊其惰歸，此治氣者也。』」此時他深深一揖：「尚望殿下體察。」

只因前此接連數戰，全都疾速獲勝，李孝恭這時不免有些輕敵。他只對李藥師笑笑，留這位李世民欽佩的「天下第一將才」、日後溥天景仰的「戰神」、「軍神」，領海鶻精銳泊於大江南岸壓陣，自己則率大軍巨艦出擊。

果如李藥師所料，蕭銑諸軍奮力死戰。李孝恭不敵，敗退下來。

蕭銑獲勝，諸軍伺機乘舟收掠遺在江中的軍械，人人扛負錙重，絡繹奔忙。李藥師見對方舟楫紛亂，當即一聲令下，麾師進襲，大破散亂於江中的梁軍。

李藥師率海鶻精銳乘勝追討，李孝恭則率大軍緊隨其後。唐師直抵江陵，登陸屯營。休整之後繼續進攻，擊破蕭梁數位驍將，俘獲甲卒四千餘人。接著拿下水城碼頭，擒獲舟艦無數。

李藥師請李孝恭將所獲舟艦全數散入江中。諸將不明所以，紛紛反對：「破敵所獲的軍資，自當為我所用。如今散入江中，豈非又入敵軍之手？」

李藥師耐心解釋：「蕭銑所轄南出嶺表，東據洞庭，地域極其廣袤。我軍遠從夔州而來，懸軍深入，如果不能迅速攻破江陵，一旦對方援兵抵達，便使我軍前後受敵，進退兩難。待得那時，縱擁舟楫又有何用？不如將船艦散棄江中，使其塞江而下，讓蕭銑援兵見到，必以為都城失守，不敢輕進。如此往來覘伺動輒旬月，恰予我軍時機，將待援的江陵取下。」

這類疑兵之計，古今中外用之多矣。然以如此鉅額的軍資誘敵，只怕除這位曠世僅見的李神驗藥師君之外，真可謂前無古人，後無來者。

李孝恭前戰未聽李藥師建言，結果失利。此時決定遵從長者、智者之議，將擒獲的梁軍舟艦，全數散入江中。

果如李藥師所料，蕭梁各路援軍見到江中舟艦散棄，以為江陵失守，不敢貿然前進。

李孝恭、李藥師勒兵包圍江陵。蕭銑內外阻絕，難以決定是戰是降，便與岑文本商議。岑文本認為當以百姓福祉為重，諫請出降。

蕭銑接納其議，對群臣說道：「上天不助蕭梁，國祚不可復持。若必待力屈，則百姓受難。奈何以我一人之故，陷百姓於塗炭乎！」於是設置太牢，告祭太廟，隨後下令開門出降。守城將士、江陵士庶羅列道途，跪拜涕泣。蕭銑率群臣緦縗布幘，來到李孝恭軍門拜詣：「當受死者惟我蕭銑一人，百姓無罪，願莫戕殺。」

於是唐軍進入江陵，諸將準備大肆劫奪。岑文本雖為待罪降臣，只因心存故國生民，悃悃進言：「江南之民，隋末以來便困於虐政。其後群雄爭鬥，今之倖存者皆是鋒鏑之餘，跂踵延頸以望真主。如今蕭氏君臣、江陵父老決議歸附，實乃期盼百姓得以休養生息。唐軍倘若縱兵俘掠，致使士庶失望，只恐自此以南，無復向化之心矣！」

《十策》的第二策「勤產厚積」微言大義，李藥師已論及，「我軍一旦取下蕭梁，今日蕭銑之臣民，即是我大唐之臣民」，李孝恭自然清楚。此時聽岑文本所請，當即說道：「自此而後，已往蕭梁之臣民，即是我大唐之臣民，自當嚴禁劫掠，以安生民。」

岑文本感激涕零。

諸將又進言：「梁之將帥，與官軍拒鬥而死者，罪狀甚深，請籍沒其家，以賞將士。」

李藥師則說道：「王者之師，義存吊伐。梁之將帥為其主君作戰而死者，乃是忠臣，豈可視同叛逆，籍沒其家？我軍新定荊、郢，但宜弘揚寬大，以慰遠近之心。」

李孝恭同意。於是秋毫無犯，城中安然。南方各地州縣聽聞，相繼望風款附。

蕭銑歸降之後數日，當初見到江中舟艦散流，以為江陵失守的援兵，方才陸續到來，先後竟有十餘萬之眾。見到江陵「果然」失守，紛紛釋甲請降。

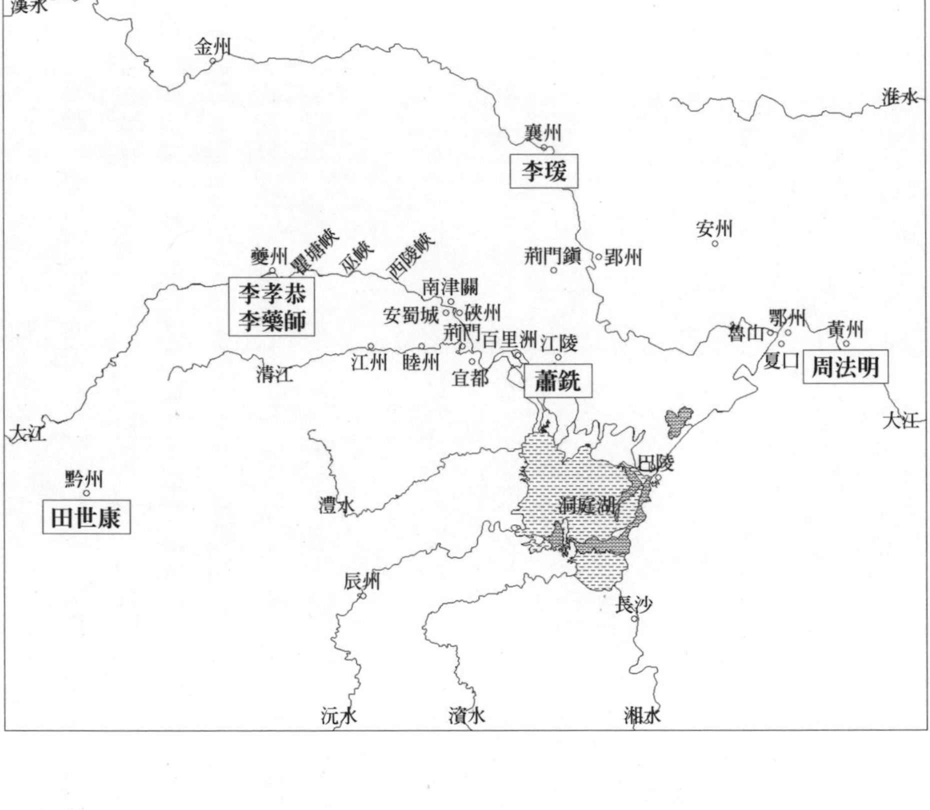
漢水
金州
淮水
襄州
李瑗
安州
荊門鎮
郢州
夔州
瞿塘峽
巫峽
西陵峽
李孝恭
李藥師
南津關
安蜀城
硤州
荊門
百里洲
江陵
鄂州
魯山
黃州
夏口
周法明
清江
江州
睦州
宜都
蕭銑
大江
大江
巴陵
黔州
田世康
灃水
洞庭湖
辰州
長沙
沅水
湞水
湘水

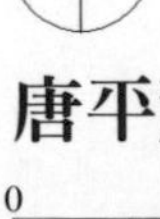
N

唐平蕭銑之戰圖

0
100
200
300km

第卅六回　大衍易數

李孝恭、李藥師戡平蕭銑，將蕭梁君臣解送長安。李淵列數蕭銑罪狀，蕭銑回道：「隋失其鹿，天下共逐之。蕭銑不得天命，以至於斯；若以此為罪，則無所逃死矣！」竟被斬於長安。

皇帝詔授李孝恭為荊州總管。唐代的「州」有上州、中州、下州之分，荊州非但屬上州，而且原是蕭梁的都城江陵，歸唐之後改置為荊州。其政治上的重要性，遠高於山南其他諸州。李孝恭由夔州遷調荊州，自是晉升。

李藥師則得授上柱國，賜爵永康縣公。他的曾祖父李懽是北魏的永康縣公，祖父李崇義是北周的永康縣公，父親李詮是隋代的永康縣公。至此，李藥師終於取得這家傳數代的爵位。

張寶相、席君買得授郎將，薛孤吳、和璧得授督衛。陸澤生無意仕途，但須要官職以便繼續輔助李藥師，此時成為參軍事。

官爵之外，有功將士也獲得豐厚的財物賞賜，李藥師得到二千五百段官絹。「以物易物」是

亙古的交易模式，先秦以至隋唐，始終維持「錢帛兼行」的財經體系。這二千五百段官絹的用途等同貨幣，尤其此時正值貨幣改制的初期，官絹甚至比錢幣更為實用。

此外，李藥師還得到罕見寶物：于闐所獻的金玉蹀躞帶①。「蹀躞帶」原是草原民族的實用腰帶，在皮帶上加鉤環，便於繫物以隨身攜帶。南北朝時期這種腰帶已在北朝廣為風行，及至唐代，更成為官服的配帶。

蹀躞帶由帶鞓、帶胯、帶頭、帶尾組成。帶鞓常是革質，帶胯、帶頭、帶尾則以金屬或玉石製成，固定於革帶上。帶頭、帶尾用以繫帶；帶胯則位於革帶中段，每胯皆有鉤環，用以繫物。蹀躞帶繫在腰上時，帶胯以及所繫的物件，均在兩側以及腰後。

既是官服腰帶，蹀躞帶的形制、材質自有規範。一至三品用金玉胯，共十三枚；四品用金胯，十一枚；五品用金胯，十枚；六至七品用銀胯，九枚；八至九品用鍮石胯，八枚；流外官及庶民用銅鐵胯，不得超過七枚。

此時李藥師得授上柱國，已是正二品勳官，有資格使用十三胯的金玉帶。然則此帶為于闐進獻的三條玉帶之一，于闐自古即是美玉產地，此帶又是皇室貢品，其精美自不是一般金玉蹀躞帶所能比擬。

出塵見到此帶時，這件寶物置於鑲金裝飾的木匣中。單是那只木匣，便已備極精巧。匣內上層有盒，盒中分格，置有各式佩件；下層則是十三胯的金玉帶。

出塵拿起這條金玉帶，只見那十三枚玉胯，玉之粹者若含怡然，澤者若渙釋然。中間七枚為方形，兩側各有三枚，呈如意祥雲形狀，此即「七方六刓」。每枚玉胯均鑲有金，並以金固定於革帶上；又各附金環，以繫掛佩件。出塵成長於楊素府邸，對於蹀躞帶並不陌生。然而如此精美的金玉帶，她也是第一回見到。

她再細審上層分格盒中的佩件。唐初三品以上的職事官佩帶金裝刀、礪石；一品以上則有手巾、算袋、佩刀、礪石。中唐之後五品以上武官又有「蹀躞七事」②，包括佩刀、刀子、礪石、契苾真、噦厥、針筒、火石等七件。礪石是磨刀石；針筒是細長的小筒，可貯紙卷。「契苾真」及「噦厥」均是鮮卑語的音譯，前者是用於雕鑿的鍥子，後者則是用於解繩結的錐子，漢語稱為「觿」。

出塵先助夫婿將此帶繫在腰上，隨後再繫佩件。他夫妻雖沒有使用過十三胯的蹀躞帶，以往畢竟也曾見過。然這盒中的佩件，卻與以往所見大不相同，件件精美可愛，顯然裝飾之意遠甚於實用。何況並不只有十三件，該當如何繫掛？倒是頗費思量。但見其中有二件金線繡製的精美錦囊，兩人知道應佩於方胯兩端的第一枚刓胯上。此外，那大小一對金鞘佩刀應佩於兩側刓胯上，便於順手取用。其餘，比如二只火鑒、大小二鍥、人小二觿，似乎都不宜同時佩戴。

正思量間，外間卻報秦王暨王妃駕到。李藥師一時不及解下佩了一半的腰帶，趕緊偕出塵一同迎出。

李藥師回到長安之後，這是他與李世民第一次私下相見。原來李世民砥定河洛，皇帝詔諭秦王功大，前代官銜皆不足以稱之，特置天策上將，位在王公之上。及至十月，又命秦王開天策府，延攬文武掾屬。至於讓李世民「居於洛陽，自陝已東，悉宜主之。仍令汝建天子旌旗，如梁孝王故事」云云，竟不再提。

於是李世民援引文武掾屬入天策府，李客師也在其中。只是現在李藥師已有正二品的上柱國身分，卻不再適合進入天策府，任職掾屬了。李淵這步棋，下得可真精準！

當然李世民也不會任由父皇擺布，他以海內浸平為端由，開文學館。他所居住的承乾殿位於太極宮西側，此時便在宮城西方建館，延攬四方文學之士。以杜如晦、房玄齡居首，另有于志寧、蘇世長、薛收、褚亮、姚思廉、陸德明、孔穎達、李玄道、李守素、虞世南、蔡允恭、顏相時、許敬宗、薛元敬、蓋文達、蘇勖等，共十八人，也就是後世著名的「秦府十八學士」。又命大畫家閻立本繪製十八學士圖像，褚亮題贊，此即〈十八學士寫真圖〉。

這天李世民終於得空，偕同無垢來訪李藥師與出塵。李藥師在山南的兩三年間，李世民連得數子。蕣華所出的次子李寬，未滿週歲竟然夭折，出塵這次回京，已數度入宮探慰。三子李恪的生母是楊廣之女，前隋的公主。四子李泰則是無垢的次子，此時李藥師、出塵自是連連道賀。

李世民又帶來一箱秦府所鑄、留有無垢指甲掐痕的開元通寶。而且這並非普通錢幣，竟是一箱金幣！莫說當時，就是開元通寶問世多年之後，金幣仍然十分罕見。這些金幣並不做為貨幣使用，而用於餽贈或賞賜。

李藥師與出塵趕緊謝恩。李世民、無垢雙雙將他二人扶起，李世民笑道：「些許薄禮，不成敬意。但想上柱國大人與夫人賞賜下人之時，或許還用得上。」

他二人再度躬身行禮，李藥師謝道：「殿下取笑了！」

李世民卻望著李藥師腰上那佩了一半的金玉蹀躞帶，笑道：「取笑？先生，你這胯帶，才真讓孤想取笑哩！」說著便伸手，要去解那掛在帶上的大小一對金鞘佩刀。

和璧趕緊上前，取下那對佩刀，奉予李世民。出塵早已命人將所餘的蹀躞帶佩件，連同木匣一併取來。李世民將那對佩刀放回匣中，又將各式佩件逐一檢視，取出一枝佩筆。這筆的筆管、筆韜均為奇木所製，木色近黑，隱現金絲；又有金質冠紐，並有金環連結筆管與筆韜，以防脫落。李世民要將這筆繫在右側第二枚刓胯上，和璧趕緊接下，為李藥師繫上。

李世民再檢視佩件，又取出一支小笛。此笛以金絲烏竹為管，金質箍飾，做工極為精巧。和璧依李世民之意，為李藥師繫在左側第二枚刓胯上。

李世民來回細審，顯然甚為滿意。他一邊示意將其餘佩件收起，一邊笑道：「天下可以居馬上得之，焉可以馬上治之乎？如今海內浸平，孤所以開文學館。」他握起李藥師雙手，殷殷說道：「藥師，你可別忘記，要隨孤富國家、強社稷、興教化、安百姓啊！」

盼追隨李世民「富國家、強社稷、興教化、安百姓，以逞平生之願」等語，李藥師曾經說過兩次，卻沒想到李世民竟記得如此清楚。李藥師也不禁動容，與李世民手掌緊緊相握，悃悃說道：「此臣平生之願，豈敢旦夕或忘！」兩人眼神，又一次忱忱地熾熾地對視。

良久，李世民方才說道：「久聞賢伉儷精擅茶道，不知……」

李藥師笑道：「為殿下煎茶，亦是臣之宿願。但請殿下稍待，容臣取下這蹀躞帶。」

李世民擊掌笑道：「若佩蹀躞帶而煎茶，恐是一絕！」

待李藥師取下腰帶，回到廳中時，和璧、隨珠已將茶桌、炭火、水釜、茶碗諸般物事備置停當。看來這次李世民是當真打算品嘗李藥師的茶道，自己茶餅、茶果一樣也沒有帶來。李藥師便也不問，逕自取出茶餅；隨珠隨之奉上茶果。

李藥師剛從山南回來，自然帶了一些荊楚的極品新茶。此時他雖一邊煎茶，一邊解說此茶來歷，但李世民卻顯然心不在茶。他細問戡平蕭銑的細節，聽說李藥師使用諸葛亮的八陣圖練兵，又仿諸葛亮借天候以壯軍心，不禁笑道：「先生著實深得武侯精髓！」

李藥師趕緊謙謝。

李世民又道：「然先生用兵，卻在武侯之上。孔明一生謹慎，不肯逡巡用奇。」他對李藥師的「奇」、「正」之道已甚瞭然，可以琅琅上口，此時問道：「當年魏延『子午谷之計』即是『用奇』，而孔明未予採納。不知先生於此，有何看法？」

李藥師笑道：「武侯〈隆中對〉有言，魏武『擁百萬之眾，挾天子而令諸侯，此誠不可與爭鋒』。必待『天下有變』，方可圖之。然而當時，並未『天下有變』啊！」「魏武」指曹操，曹丕稱帝之後，追尊曹操為魏武帝。

李世民道：「所以先生認為，魏延之計無法奏效？」

李藥師道：「能否奏效？臣不敢臆斷。然魏延之計直指長安，縱使奏效，取得長安之後，又待如何？馬超也曾取下長安，卻無法東出潼關，魏延如何便能超越馬超？」

他見李世民邊聆聽邊點頭，便繼續說道：「設若魏延當真取得長安，屆時四周皆是曹魏兵馬，蜀漢長安之間，如何運送糧秣？如此，則長安焉能久守？」

李世民擊掌道：「的是。蜀漢羸弱，兵員不及曹魏之半，戰馬更遠遜於北方。懸軍深入長安，根本無法久守。」他尋思半晌，又問：「所以司馬懿親陣祁山，因知孔明不會直指長安？」

李藥師道：「是。臣以為，曹魏之世能得暫安，應歸功於晉宣屯田之策。」「晉宣」指司馬懿，司馬炎稱帝之後，追尊司馬懿為晉宣帝。他施行軍事屯田之制，使得「國以充實」。

此時李藥師又煎一鼎新茶，奉予李世民與無垢。李世民只管讚賞好茶，卻未繼續聊談。相識四年以來，李藥師已對李世民瞭解甚深。極品新茶的話題他不接口，代表心不在茶；而司馬懿屯田的話題他不接口，則代表他並未打算此時討論。於是李藥師也不再多言，只繼續煎茶。

李世民細品香茗，狀甚陶醉，朝向無垢歎道：「如此品味意境，世間何處更有！」他轉而凝視李藥師：「藥師，吾兒承乾開年之後便要四歲。先生之子德謇、德獎，這兩年常隨客師夫人進宮，與承乾已相熟稔。孤想他倆若能入住宮中，承乾也可學些品味意境，不知先生意下如何？」

李世民此話雖然說得客氣，但這無疑是道命令。兩年半前出塵離開長安時，薛華已說，秦王希望將兩個孩兒留在宮中。當時出塵覺得不妥，託言未曾問過李藥師，才得以將他倆託給無雙關照。此時李世民親自開口，無垢又說她甚為喜歡德謇、德獎，他夫妻自然不便再度婉拒。③

這次他夫妻回到京師，才將兩個孩兒接回來沒有幾日，竟然又要送入宮中，出塵自是萬分不捨。幸好李世民應允，旬日便讓他倆回家小住，並非常在宮中，出塵方才放下心來。

不數日，宮中已遣車駕來接。依依送走愛子，出塵陡然發現，夫婿似乎竟比自己更加心事重重。她默默隨他走回內院，進入書齋。李藥師從書架上取下放置蓍策的木櫝。出塵見狀，知道夫婿準備占演易卦，當即焚起一爐沉香。隨珠則將筆、墨、紙、硯備妥。

李藥師望向隨珠，笑道：「妳不是想學占卦嗎？來……」他命隨珠取過《易傳・繫辭》，說道：「翻到〈上傳・第九〉。」隨珠依命而行。

李藥師道：「妳讀，我演……」他望向出塵，將文房四寶推到愛妻身前，笑道：「夫人寫。」出塵微微一笑，接下紙筆。

隨珠則躬身應了一聲「是」，讀道：「『大衍之數五十。』」

李藥師從木櫝中取出一只帛囊，從帛囊中每五支一數，取出五十支長約一尺的細桿，說道：「這是蓍策。」出塵在紙上寫下「蓍策」二字。

李藥師道：「『蓍』④者，言草之耆也。百年而一本生百莖，一莖百節，極致之象也，故占易者必以之計算。」出塵將他所言，一一記在「蓍策」二字之下。

隨珠又應一聲「是」，繼續讀道：「『其用四十有九。』」

李藥師將一支蓍策放回櫝中，只留四十九支。

隨珠接著讀道：「『分而為二以象兩，掛一以象三。』」

李藥師將蓍策隨意分為二組，說道：「以象兩，兩儀者，陰、陽也。」又從左手蓍策中取一支夾在小指與無名指之間，說道：「這是『掛一』。如此共成三組，以象三。三才者，天、地、人也。」

此時隨珠望著書本，卻讀不下去了。李藥師與出塵相視一笑，出塵寫下「揲」字。李藥師道：「此字在此讀作『舌』。《說文》曰：『揲，閱持也。』邊閱數、邊持取也。比如方才我取蓍策，每五支一數，便是『揲』。」《說文》是《說文解字》的簡稱。

隨珠再應一聲「是」，讀道：「『揲之以四以象四時。』」

李藥師道：「四時者，春、夏、秋、冬也。」他從左手蓍策中每四支一數，取出放到案上，最後手中僅餘三支。

出塵知道隨珠又要讀不下去了，不待她遲疑，已寫下「扐」字。李藥師道：「此字讀作『勒』。」

隨珠仍應一聲「是」，繼續讀道：「『歸奇於扐以象閏。』」

李藥師道：「『奇』者，餘也。」他將所餘的三支蓍策夾在無名指與中指之間，說道：「這便是『扐』。」

隨珠同樣應了，繼續讀道：「『五歲再閏，故再扐而後掛。』」

李藥師笑道：「這裡斷句，是『五歲再閏，故再扐。』」他取右手蓍策，再度每四支一數，取出放到案上，最後手中僅餘一支。他將這一支夾在中指與食指之間，說道：「這是『再扐』。『五歲再閏』意謂每五年中有二閏年。」

此時李藥師左手中，前後所夾總共五支。他將這五支蓍策放回櫝中，說道：「這是『而後掛』。」

隨珠正要往下讀，李藥師將她止住，說道：「至此為『一變』。一變中有『四營』，是為『兩儀』、『三才』、『四時』、『五歲再閏』。這二、三、四、五之數，只為容易摘記諷誦。實則十九年七閏，未必『五歲再閏』。」

至此案上僅餘四十四支蓍策，李藥師以這些蓍策重演「四營」，即為「二變」。其後案上僅餘三十二策，他再以此重演「四營」，即為「三變」。最後案上僅餘二十八策，他再將之「揲之以四」，得到七組，說道：「七數為奇為陽，此乃『少陽』。」

他另取紙筆，在紙箋中央靠下記上一橫，說道：「『四營』、『三變』而成一爻，這第一爻，『初爻』，因是陽爻，稱為『初九』。」出塵在她那張紙上寫下「爻」⑤字。

他重將五十支蓍策全部取出，再演「四營」、「三變」。這次最後餘下三十二策，「揲之以四」得到八組。他一邊說道：「八數為偶為陰，此乃『少陰』。」一邊在初九上方記下中斷的一橫：「這是第二爻，因是陰爻，稱為『六二』。」《易》以九稱奇數、陽數，以六稱偶數、陰數。

隨後三度「四營」、「三變」，將所餘「揲之以四」，又得七組，「少陽」。他在六二之上又記下不斷的一橫，說道：「這是第三爻，因是陽爻，稱為『九三』。」

李藥師道：「爻數由下而上，象徵萬物由地向天生長，人事由低向高擢升。」他看看自己所寫的紙箋，頗為滿意：「如此已成三爻。一陰居兩陽之中，是為火。」他邊寫下「火」字，邊繼續說道：「此三爻或陰或陽，共有八種排列，即為『八卦』。八卦上下相疊，共有六十四種排列，即為『易卦』。」

「八卦一卦三爻，易卦一卦六爻。每爻四營、三變，六爻共十有八變。」他指著《易傳・繫辭》上的文字說道：「這裡所說，『是故四營而成《易》，十有八變而成卦』，就是這演卦的儀式。」

他邊將蓍策收回帛囊中，置入木櫝內，邊說道：「這演卦儀式稱為『筮儀』。《禮記・曲禮》有言：『龜為卜，策為筮。』『卜』是以龜甲占凶吉，『筮』是以蓍策占亨否。」出塵則在她那張紙上寫下「卜」、「筮」⑤等字。

李藥師先將自己所寫的紙箋、出塵所寫的筆記、以及《易傳・繫辭》交給隨珠。轉頭又對一直隨侍在側，未曾發言的和璧笑道：「和璧，你先給隨珠備上蓍策，讓她試演吧。」

和璧、隨珠雙雙以師禮拜謝李藥師與出塵，正要離去時，卻被出塵叫住。只見她從書架上取下三部《周易》，拿給李藥師。李藥師失笑道：「瞧瞧，我竟忘了。」他從三部書中選了一部交給和璧：「既知演卦之法，其餘不須我教，你二人自行讀書便可。」他二人再度拜謝，歡歡喜喜地轉身出去。

和璧、隨珠十分解事，心知主公、主母有事相商，將侍從、侍女全數帶離。此時書齋裡只他夫妻二人，出塵笑道：「師父，這『大衍之數』，何以竟是五十？」

李藥師深深看了愛妻一眼，笑道：「妳這娃兒，真想問這？」

李藥師演易之初，出塵已知他是試圖經由占卦的過程沉澱心神。此時見他三爻即止，不往下占，便知他已臻於定靜，於是笑道：「那麼……這『娃兒』……卻該問些甚麼？」她移坐至李藥師身後，邊為夫婿推拿，邊問道：「所謂『卜以決疑』，無疑，何須占卜？」

李藥師長長吁了一口氣：「是啊，無疑……」他遙望玄遠：「既將此身許國，確實再沒有一步，可以由我作主。」他輕聲嘆道：「疑，又有何用？只是……」他轉過身來，與愛妻相對：「如今德謇、德獎入宮，將來，他們還能是咱家的孩兒嗎？」

出塵握住夫婿雙手：「何以有此一嘆？連那『虬鬚龍子』都是咱家孩兒，何況德謇、德獎？」

李藥師明知愛妻是在安慰自己，搖頭苦笑道：「『虬鬚龍子』！趙郡⑥之事，莫說虬鬚龍子，如今只怕連德謇、德獎，都不好說了。」「趙郡之事」乃指趙郡有李淵祖墳之事。

出塵哂然一笑：「虬鬚龍子與他那家爹爹……呵呵……咱家德謇、德獎可不一樣。」

李藥師聞言開懷：「極是！」然他神色又轉凝重：「可如今，妳家夫婿卻夾在虬鬚龍子與他那家爹爹之間哪。」

一聽此言，出塵瞬時也凝重了，說道：「當初不接兩個孩兒前去山南，為的是讓人家放心。如今德謇、德獎雖說『入宮』，實際卻在天策府中啊。」

李藥師點頭苦笑：「是啊，我不入天策府，就讓德謇、德獎入天策府吧。」

出塵輕嘆一聲，問道：「那麼……」

李藥師仍是苦笑，搖頭慨嘆：「放心吧，陛下是不會讓我留在京裡的。如今秦王殿下又是天策府、又是文學館，陛下哪能放心？已將幾位秦府掾屬外放。原本克明也要外遷陝州，是玄齡力諫，才將他留住。」「克明」是杜如晦的字。李藥師再嘆一聲：「這般情況之下，陛下卻怎會讓我留在京裡？」

出塵聽夫婿此話，也只有默然。

第卅七回　雲夢瀟湘

果如李藥師所料，不數日聖旨已下，詔命他檢校荊州刺史，招慰嶺南，得承制拜授。他回京休沐不及一月，如今卻又風塵僕僕，啟程南下。

初唐建制，總管掌軍務，並非每州皆設，常以一位總管執掌多州軍務。刺史則掌政務，每州皆有。一般慣例，設有總管的州，總管兼攝本州刺史，以掌政軍實權；或任命一位相對弱勢的刺史，行使官僚職責。此前在夔州時，李孝恭為總管，兼攝刺史。李藥師則為總管府長史，兼攝行軍總管。只因李淵敕命李孝恭「將三軍之任，一以委諸長史」，所以在實務上，李孝恭掌政務，李藥師掌軍務。

先前皇帝已授李孝恭為荊州總管，此時卻不再以李藥師為總管府長史，而檢校荊州刺史。出塵那晶亮深邃的雙眸中，不免又出現萬點疑惑。

李藥師微微一笑，問道：「妳當知道何謂『檢校』？」

出塵輕盈一笑：「怎會不知？這是兩晉、南北朝時期開始出現的官銜，原為勾稽查核。如今則意為階段性的兼任，並非正式官職。」當時皆以較高職位檢校較低職位。及至武德八年，才開始以較低職位檢校較高職位。

聽聞此言，李藥師只微笑注視愛妻。出塵當即穎悟：「所以，你將這檢校刺史，就當是個虛銜？」

李藥師笑道：「孺子可教矣！」

出塵嫣然一笑：「所以這次，你打算只管招慰嶺南？」

李藥師點頭道：「不錯。」他凝視愛妻：「此行將會經過湘君的洞庭、帝女的三湘，這個季節，途中估計不會遇上江水潦漲，夫人是否有意同行？」

李藥師原本知道這會是個沉重的話題，是以他盡量說得輕鬆、說得溫柔。然而，出塵那輕盈嫣然的笑顏，仍剎那間凝重下來，只是默默搖頭。當時文武官員各處遷調，家眷無法同行乃是常態。是以他夫妻所思所念，並非自己二人的聚散離合，而是……兩個孩兒。

李藥師也只能在心中默嘆，溫顏將愛妻摟入懷中：「夫人留在京裡，兩個孩兒出宮之時，到底有家可回。」

出塵則面現堅毅神色：「藥師，你盡可寬心。我必會讓德謇、德獎清楚，他們是誰家孩兒！」

當初由長春宮隨李藥師出山南的八百元從，在破冉肇則的戰役中僅少數受傷，在平蕭梁的戰爭中則略有折損。他們來自關中，戰後隨李藥師由山南將同袍遺體帶回家鄉，親眼見到這位長官如何重視部屬的後事。他們原已對李藥師的智識、魄力無比景仰，此時更加由衷愛戴。這次他們原可歸建至關中諸軍，卻全都執意繼續追隨這位難得的好長官。於是李藥師在和璧陪同之下，率薛孤吳以及七百多位元從南下。出塵、隨珠則留在長安。

這次走的依然是子午道，他們一行翻越秦嶺，出大巴山，便到硤州。許紹已經去世，他的長子早逝，次子許智仁繼任硤州刺史，此時偕幼弟許圉師，以侄輩之禮接待李藥師。許圉師在唐高宗時期曾經拜相，他的孫女是李白的第一位夫人。

離開硤州再往東南，便到荊州。李藥師抵達之後的首要大事，乃是前往總管府，拜謁李孝恭。

自古帝王權術，往往使用「制衡」，讓手下兩股勢力相制相衡。一則彼此爭相立功，讓在上位者容易取得成效；二則雙方互相較勁，均難撼動在上位者的權柄。比如眼前這位皇帝，非但在太子、秦王之間制衡，在北路、南路兩軍之間制衡，而且戡平蕭銑之戰，以李瑗為元帥，卻以李孝恭出奇兵，更在這對堂兄弟之間制衡。

如今皇帝以李孝恭為荊州總管，又以李藥師檢校荊州刺史。如果加上當年「卿未更戎旅，可將三軍之任，一以委諸長史」的敕令，則此時荊州總管、檢校刺史的權責，可說完全重疊。李孝恭會怎麼想？李藥師無意揣測。只是他與李淵的嫌隙由來久矣，能有這位相處頗為相得的趙郡王，在自己與皇帝之間形成緩衝，他是求之不得啊。

於是李藥師來到總管府，依最隆重的禮儀拜謁李孝恭。李孝恭也依最隆重的禮儀還禮，隨後將李藥師延入書房。這裡曾是蕭梁都城，殿宇氣勢較諸夔州總管府，不知高出凡幾。他二人在這略感陌生的環境裡對坐，氣氛卻很快便回到既往。

簡單問候之後，李孝恭便切入主題：「海鶻部隊、戰船均已調來荊州，可隨先生招慰嶺南。於此之外，不知先生尚須多少人馬？」

李藥師對荊楚郢襄的軍備瞭若指掌，知道李孝恭負責山南半壁大局，手中人馬並不寬裕，於是說道：「當初蕭銑試圖救敗，曾由江表調來十餘萬援軍，如今尚有部分留在荊州。倘若能從其中調出五千步騎、五千水軍，加上五千海鶻，交我帶往嶺南，便足矣。」

李孝恭問道：「嶺南廣袤，先生僅須一萬五千人馬？」

李藥師謝道：「多承殿下垂注。嶺南雖稱廣袤，然土著酋領各部所屬，彼此非但不能聯手，甚且相互抵制。是以此次南徇，懷柔多可奏效，不須多帶人馬。不過……」他語音一頓，站起身來，朝李孝恭深深一揖：「不過尚有一事，懇請殿下允准。」

李孝恭笑道：「先生此言，未免見外。」

李藥師仍然長揖：「懇請殿下調李大亮為南徇副手。」

李藥師這一「請」，雖讓李孝恭意外，卻也「請」到李孝恭心坎裡。當初在金州時，李大亮便是李瑗的司馬，目前仍隨李瑗在襄州。如今李孝恭、李瑗互有較勁之意，若能將李大亮調離李瑗左右，實則正中李孝恭下懷。

李孝恭深深看了李藥師一眼，這位「先生」竟將正中自己下懷之事，說得似是他所懇請，當下說道：「先生欲以李大亮為副手，實得其人。但想調用襄州將官，仍須聖詔，待我上表便是。」①

李藥師躬身長揖：「多謝殿下。」李孝恭並不知道，兩年半前李藥師在金州初遇李大亮，便已惺惺相惜。李瑗為人怯懦，跟著那樣一位郡王，李大亮難顯身手。現在既有機會，李藥師就設法將李大亮從李瑗身邊調離。

但聽李孝恭笑道：「如今南徇已有副手，然先生離開之後，荊州卻當如何？」

戡平蕭銑的過程中，李藥師對岑文本印象深刻。其後兩人曾經深談，得知彼此胸懷所繫，全是烝民福祉。此時李孝恭既然動問，李藥師便回道：「前梁中書侍郎岑文本，既有治世之才，又有高潔之德，且對荊楚郢襄極為熟悉，實乃可用之人。」

於是李孝恭以岑文本為荊州別駕，將一應庶務交由他負責。

表奏詔書往來費時，李藥師不待李大亮到來，便先率水、陸、特戰諸軍，出發前赴嶺南。

月餘之前戡平蕭銑，當時來降的州縣僅限於蕭梁北部，與李唐相鄰的山南、江漢一帶。至於蕭梁南部，嶺南直至交趾的廣大地區，則尚未歸附。李藥師南徇的任務，便是接收這片江山。

《十策》的第十策是安撫士庶，李藥師曾表示此策「乃是朝廷恩賜，非臣之所能與也」。如今皇帝卻將這中央等級的職責交由他來執行，還賦予他「承制拜授」之權，對於拉攏李藥師，李淵著實展現了極大誠意。

「嶺南」意指五嶺之南，五座山嶺由西至東，包括越城嶺、都龐嶺、萌渚嶺、騎田嶺、大庾嶺。五嶺界分長江流域與珠江流域，在氣候、地質、物產、習俗上造成明顯差別。《淮南子・齊俗訓》比較胡人、越人習俗，有云：「故不通於物者，難與言化。」嶺南與中原文化之迴異，可見一斑。

由長安之荊州，取道陸路；由荊州出嶺南，則行水路。李藥師仍以張寶相統領海鶻精銳，以席君買統領水師。李大亮尚未到來，他暫時自領步騎，由薛孤吳輔佐。陸澤生也率陸氏家族隨軍南下，畢竟海鶻戰船惟他們有能力維修保養。相處一年半來，李藥師深知陸氏之能絕不僅止於造船，此時便將各種工事均交由陸澤生負責。其餘後勤，包括廄養、樵汲、炊事之屬，則與通信一併交由和璧負責。

兩個月前大軍由夔州下夷陵、入江陵，乃是征戰；這次同樣乘船浮大江順流而下，情景卻全然不同。特戰、水師、後勤由張寶相、席君買、和璧統領，先後登上船艦。薛孤吳也學著獨當一面，在李藥師監督、張寶相等指導之下，號令步騎、馬匹循序上船。一時數百船艫弘舸連舳，貫江而下，猶如長鯨吞航，修鯢吐浪。

惟有陸澤生，李藥師留他同乘旗艦。陸澤生學富五車，他雖視李藥師為主，李藥師卻視他為可相與語之友。何況此時，李藥師還有要事與他相商。

這日他二人同立船尾，扶舷東望，但見湖泊沼澤星羅棋布。李藥師遠眺江漢，說道：「『楚王游於雲夢，結駟千乘，旌旗蔽日。』這雲夢澤之浩瀚，猶如先生腹笥之便便，可謂人同其名啊。」這裡所引出於《戰國策．楚策一》。

陸澤生躬身謝道：「不敢承史君謬讚！」他接著說道：「『王車駕千乘，選徒萬騎，畋於海濱。』以『海』稱之，則尤見其大。」這裡所引出於司馬相如〈子虛賦〉。陸澤生此言再度表明，自己遠不如二位兄長海生、湖生。

李藥師點頭道：「先生祖上，能人輩出啊。昔大司馬領荊州牧，屯江津戍與羊祜相對，大宏信義，談者以為華元、子反復見矣。」這裡所引節自北魏酈道元《水經注．江水》，「大司馬」指陸抗，他是陸遜之子、陸機之父。

陸澤生謝道：「史君過譽了！」他正要繼續，卻發現李藥師正自極目西顧。他隨之望去，但見青天白雲之間，一尾鶻鷹以迅雷不及掩耳之速，由天際劃空而來。陸澤生又驚又喜：「玉爪來了！」

卻見李藥師已取護臂戴上，就在這轉圜之間，九霄之遙的玉爪白鶻，已瞬然駐落在李藥師左腕之上。這猛禽眼神雖仍滿是兀傲，但李藥師悉心撫觸牠的潔白翎翮，牠也安之若素。

此時大江前方出現山丘。《水經注．江水》：「大江右逕石首山北。」這裡是艦隊停靠的第一處。由荊州出發，大江流向大抵南奔，時或東顧，兩岸皆是平野。來至石首山，江水始折而向東。清代顧祖禹《讀史方輿紀要》記載：「自竟陵南至大江，並無崗陵之阻，渡江至石首，始有淺山。石首者，石自此而首也。」

李藥師、陸澤生方才下船，就見薛孤吳飛奔而來。原來玉爪白鶻甚是孤傲，除李藥師外，莫說旁人，甚至陸澤生牠都不肯搭理。惟有薛孤吳，牠倒偶爾一顧。稍早薛孤吳遠遠望見白鶻飛到李藥師船上，早已迫不及待。此時上岸，他自是片刻也不肯再等。

李藥師知道張寶相自會顧及薛孤吳暫領的步騎，便讓他隨自己和陸澤生登山。邊行邊問：「第一次帶兵，可有心得？」因著薛孤氏對李藥王不離不棄，李藥師看待薛孤吳便多了一份子侄之情。

薛孤吳仍是少年心性，一邊眼角不肯離開玉爪白鶻，一邊說道：「那些兵士怯怯生生，一口南音，無趣得緊。」

李藥師與陸澤生含笑對望一眼，轉向薛孤吳說道：「他們國破，降於我軍，如何能夠不怯不生？你可要好生訓練，讓他們將來與你一般勇健，切不可無端責罵啊。」

薛孤吳咋舌道：「阿吳哪敢無端責罵？寶相叔叔要打我的！」他說得甚是真切，李藥師、陸澤生都不禁失笑。

陸澤生微笑道：「哈疼暖咯！」

「哈疼暖」是湘語寶氣逗趣之意，「咯」則是湘語常用的句尾助語，薛孤吳聽兵士們說過。此時從陸澤生口中說出，不覺一驚：「澤生伯伯，怎麼您也……」邊說邊望向李藥師。

李藥師道：「阿吳，你若同你澤生伯伯一般，多學幾句南音，或許兵士們更願意聽你話呢。」

薛孤吳若有所悟。

此時山勢逐漸陡峭，陸澤生並非武人體魄，攀行須人攙扶。薛孤吳不讓隨行軍士代勞，親自上前服侍。李藥師看在眼中，含笑頷首。

這帶山間筆架山、馬鞍山、龍蓋山連綿挺立，隔開大江與洞庭。登臨而望，但見上凌霄漢，下接平壤，左帶荊江，右襟洞庭。其中龍蓋山，山中有石湫，相傳為龍窟，常有霧靄籠罩，故名。其側有山底湖，水色湛藍如天，倒映青山英姿，相傳漢代便有羽士居此潛修。一行人來到山中，觸目青松蒼勁，翠柏蓊鬱，風物融洽，景色怡然。偶遇一二樵子，雖未必是修真高士，然皆有擊壤而歌之態，著實可掬。

李藥師卻不知道，後世為紀念他的遺澤，在此建有李衛公祠。

下山之後再度上船，順江東行。此時已是用餐時分，陸澤生多所忌口，便與陸氏家族一同乘船，調換和璧過來陪侍。

出石首山不過數十里，便是調弦口。李藥師對和璧說道：「據傳伯牙自郢都浮江東下，因避風雨而在此處停泊，偶遇子期。伯牙隨心鼓琴，意在高山，子期便曰：『善哉！峨峨兮若泰山！』意在流水，子期便曰：『善哉！洋洋兮若江河！』這『調弦口』之名，便是由此而來。」

和璧點頭道：「自古知音難遇啊！」想想又道：「二爺與夫人，便是千古難遇的知音。」

李藥師望向和璧，他可不喜歡帶有任何一絲阿諛的語意。和璧趕緊改口：「聽聞那龍蓋山、山底湖，倒像是高山、流水。」

李藥師收回眼神，卻聽和璧似是自言自語，可又故意讓他聽見：「龍蓋山青翠如英雄，山底湖湛藍似……」

這回李藥師是當真轉身，盯向和璧了。只見和璧隱含竊笑，匆匆退下。不一會兒，卻又笑吟吟地捧了一碗羹湯過來……

前行數十里，便是華容縣。李藥師對和璧說道：「世傳范蠡墓有三處，一在曹州定陶，一在亳州蒙城，另一就在這裡。王隱《晉書．地道記》曰：『陶朱冢在華容縣，樹碑云是越之范蠡。』」唐代官修《晉書》之前有「十八家晉史」，東晉王隱《晉書》便是其中之一。

和璧聽李藥師之言，並不言語，只抿著嘴，明著做出一副有話想說卻強忍不說的表情。李藥師知他由范蠡想到西施，想到方才說的英雄，以及沒說出口的佳人，還故意要讓自己知道……一時又是無奈，又是好笑。如今出門在外，出塵不在身邊。陸澤生高亢，薛孤吳少年。惟有和璧插科打諢，卻帶給李藥師些許「家」的慰藉。於是此時，他索性便與和璧相視大笑起來。

午後來到君山。此山古稱湘山，因著屈原《九歌．湘君》，後世改稱君山。繞過此山轉折向南，便離開大江進入洞庭，抵達岳州。這裡是今日的岳陽，亦即蕭梁的巴陵，戡平蕭銑之後改置岳州。《水經注．湘水》記載：「凡此四水，同注洞庭，北會大江，名之五渚。」「四水」指湘、資、沅、澧，在岳州「同注洞庭，北會大江」。

三國時期劉備、孫權爭奪荊州。東吳大將魯肅駐守岳州，當時稱為「巴丘」。他在洞庭湖操練水軍，在湖濱修建閱軍樓，是為「巴陵城樓」。六朝以降，這裡雖仍是軍事重地，但其風光之壯闊綺麗，已為詩人青睞吟詠。

當時洞庭湖的水域遠大於今日。李藥師率艦隊由大江進入大湖，井然有序地泊入港灣。岳州刺史楊思禮親率所屬前來恭迎，他已聽說李藥師軍容嚴整，不喜宴樂，於是見禮之後，便請李藥師登上城樓。

登樓遠眺，李藥師但見夕陽餘暉映照洞庭，銜遠山，吞大江，浩浩湯湯，橫無際涯，有感而道：「『經途延舊軌，登闉訪川陸。水國周地險，河山信重複。』正是此情此景啊！」這裡所引出於東晉、南朝之際顏延之的〈始安郡還都與張湘州登巴陵城樓作〉。歷來多有詩家吟詠洞庭，這是其中最早的一闋。

楊思禮身為岳州刺史，自然熟知此詩，接道：「『萬古陳往還，百代勞起伏。存沒竟何人？炯介在明淑。』斯人也，而有斯言矣！」

兩人相互推許謙謝一番。當然他們並不知道，後世稱此樓為「岳陽樓」，有「洞庭天下水，岳陽天下樓」之譽。遷客騷人常會於此，唐宋大家風邀雲集，留下諸多名篇佳作。范仲淹的〈岳陽樓記〉，更為千古所稱頌。

此時已近黃昏，李藥師不肯勞煩當地，數度辭讓之後，自回船上歇息。次日一早，楊思禮將李藥師迎往岳州府衙，當地仕紳耆老已在恭候。岳州原是董景珍起事之地，其後奉蕭銑為主，所屬盡歸蕭梁。然而不過數年，蕭銑竟將董景珍誅殺，當地士庶自是難以釋懷。因此李唐取代蕭梁，百姓並無怨尤。此時李藥師徵詢風俗，問民疾苦，善盡招慰之責。

岳州在洞庭湖東端，艦隊離開之後往南行去。李藥師、陸澤生一同乘船，但見朝暉自東昇明，一時興起，相與擊舷而詠，吟《九歌．東皇太一》之曲：

吉日兮辰良．穆將愉兮上皇
撫長劍兮玉珥．璆鏘鳴兮琳琅

瑤席兮玉瑱．盍將把兮瓊芳
蕙餚蒸兮蘭藉．奠桂酒兮椒漿

午後來到洞庭湖南端的溈港，這裡是潭州城北惟一能容大型艦隊的港灣，當晚即停泊於此。後世因為李靖南徇，曾率艦隊停泊，善撫士庶，深得百姓愛戴，遂將此港改稱「靖港」。②

潭州即今日的長沙，蕭梁亦稱長沙，歸唐之後改置潭州。如同岳州，潭州刺史姚懿也親率所屬前來恭迎，他是開元名相姚崇的父親。次日李藥師同樣會見仕紳耆老，當地與董景珍也素有淵源，對於李唐取代蕭梁並無怨念，李藥師同樣問詢撫慰。此後直至桂州，每到一處大抵如此，不再贅述。

其後艦隊離開洞庭，轉入湘水，溯流向南，進入嶽麓山。這裡後世以「嶽麓書院」聞名，當時尚無書院，然有南朝道士徐靈期的《南嶽記》：「南嶽周圍八百里，回雁為首，嶽麓為足。」嶽麓山是南嶽七十二峰之一，因位於衡山北麓山腳，地勢最低，故曰「為足」。

繼續溯水而上，便到株洲。艦隊在此由湘水轉入淥水，上溯來到醴陵，炎帝陵便在左近。李藥師命張寶相等率艦隊泊於醴陵，自己輕車簡從，前往炎帝陵。原來李大亮傳來音信，皇帝以他為安州刺史，隨李藥師南徇。他得張善安告知有意歸唐，要求先與李藥師會面。

張善安，兗州人，大業末年在淮南起事。他攻下廬江郡後，前往豫章依附林士弘。林士弘對他並不信任，不允許他進入城內，只讓他在南塘紮營。張善安不滿，攻打林士弘，燒毀豫章城牆。蕭銑趁雙方爭鬥，進攻豫章，取得其北直至九江的地區。

林士弘，饒州人，大業末年起事，攻占豫章郡城。曾大敗隋軍於鄱陽湖，攻占南康，自稱楚帝。當時北至九江，南至番禺，皆為他所領有。其後敗於蕭銑，退保南郡，僅餘豫章、南康、循州、潮州等數地。李孝恭、李藥師戡平蕭銑之後，頗有蕭梁餘眾投靠林士弘。他得以重振聲勢，括有部眾數萬，領地跨越五嶺南北。

此時李藥師南徇，而張善安與林士弘有隙，若能得他歸唐，對於「招慰」林士弘必有大用，因此李藥師應允會見。來到炎帝陵，張善安表示願意支援唐軍，但有條件：歸唐之後得授總管之位。張善安部眾既少，領地又狹，任為刺史都頗勉強。他的要求超出承制拜授的權限，李藥師必須向李孝恭請示。

後世醴陵有「靖興寺」，相傳為李靖所建；又有「李衛公祠」，為當地百姓感念李靖之德澤所建。

離開醴陵，艦隊轉回湘水，繼續溯流而上，右手一帶已全是南嶽大山。這日來到衡州，此地即是今日的衡陽。

《南嶽記》曰「回雁為首」，回雁峰就在衡州，據傳因「北雁南飛，至此歇翅停回」而得名。另有雲密峰，亦為南嶽七十二峰之一，俗稱禹王碑的「岣嶁碑」就在這裡。《南嶽記》記載：「雲密峰有禹治水碑，皆蝌蚪文字。碑下有石壇，流水縈之，最為勝絕。」當地勝景雖多，李藥師卻無暇逐一臨觀。

離開衡州，繼續溯湘水上行，即到永州，瀟水在此匯入湘水。莫說當時，就是中唐以至兩宋，永州之地依然是「草中狸鼠足為患，一夕十顛驚且傷」，屬於偏遠邊陲。因此獲罪的大臣，比如寇準、范純仁、蔡京等宰輔，柳宗元、蘇軾、蘇轍等文豪，都曾被貶永州。柳宗元的〈永州八記〉便是謫居永州時的山水遊記，然這八篇吐屬優美的鴻文成就於兩百年後，李藥師並未能夠讀到。

這天李大亮趕到永州，追上艦隊，來見李藥師。他明白李藥師調他輔佐南徇的美意，忱辭致謝，彼此盡歡。

次日艦隊轉入瀟水，溯水而上。因有李大亮統率步騎，李藥師便將薛孤吳留在身邊。瀟水之東是九疑山，但見山青水綠，明澈靈秀，好不可人！李藥師、陸澤生一面遊觀，一面引郭璞《山海經》、酈道元《水經注》等典籍交談，又是「羅巖九舉，各導一溪」，又是「岫壑負阻，異嶺同勢」，又是「遊者疑焉，故曰九疑」……薛孤吳聽得不耐，去尋白鶻，可玉爪也不甚搭理他。

正自百無聊賴之際，卻聽到「洞庭之山……帝之二女居之」、「大舜之陟方也，二妃從征」等語，薛孤吳不禁問道：「『帝之二女』、『二妃』，可是帝堯之二女、帝舜之二妃？」

李藥師點頭道：「正是。帝舜陟南巡狩，崩於蒼梧之野，葬於江南九疑，是為零陵。」

薛孤吳對蒼梧之野、九疑零陵沒大興趣，只問道：「聽說二妃啼泣，淚灑竹上而成斑竹，可是就在這裡？」

李藥師點頭笑道：「士庶相傳，確實有此一說。」

薛孤吳喜道：「咱們回程可得取些斑竹，帶給夫人。」出塵待他如子，他也時時念著這位和煦的長輩。

陸澤生微笑道：「哈疼暖咯！」薛孤吳白了陸澤生一眼，李藥師則與陸澤生相顧莞爾。

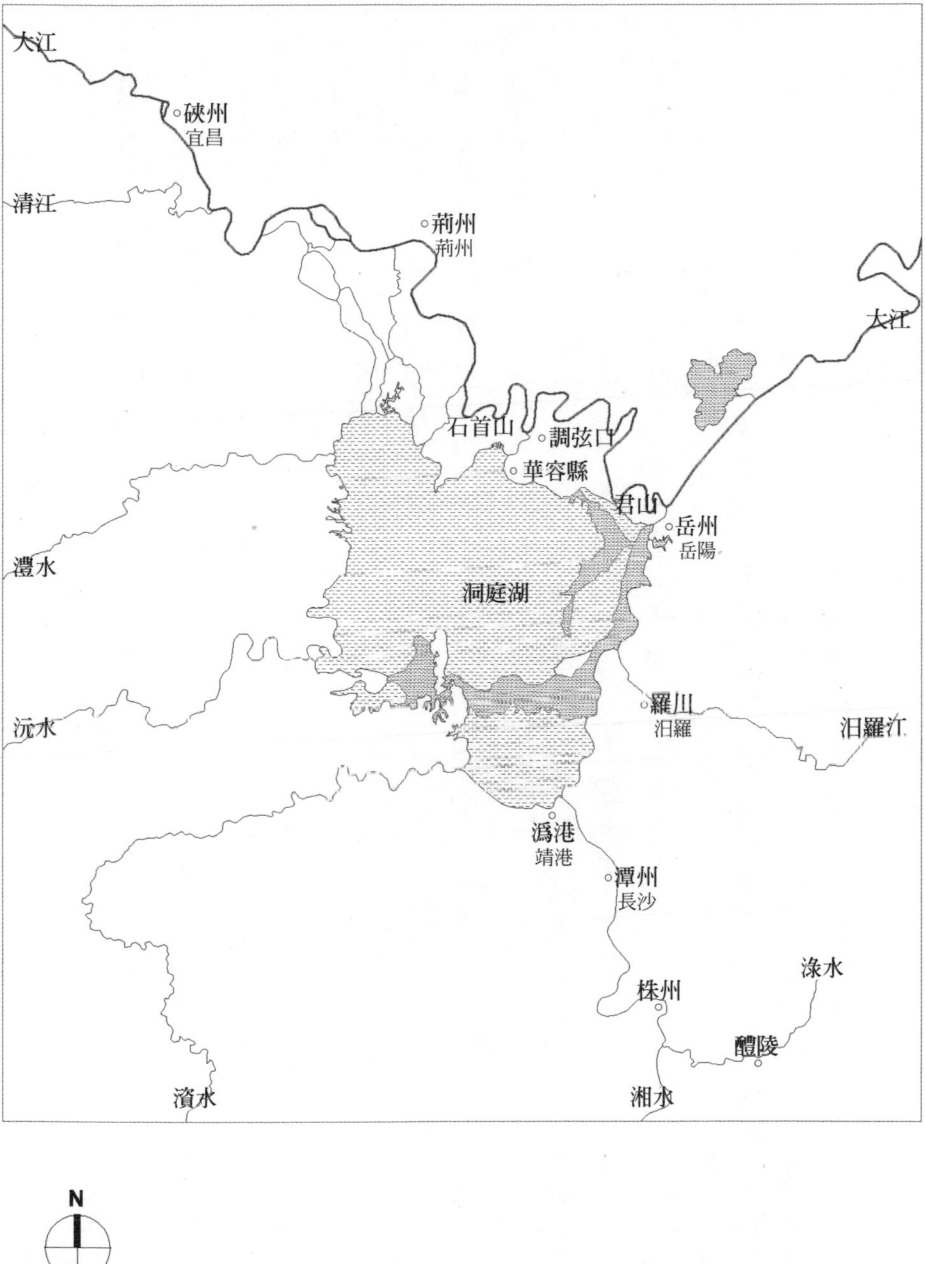

雲夢瀟湘行跡圖

0 10 50 100km

第卅八回　招慰嶺南

李藥師率艦隊由湘水轉入瀟水，溯水上行，不久已到荊州總管府轄域的南界。由此再往西南，便進入交州總管府；若再往東南，則進入廣州總管府。這帶地區自秦代括入華夏版圖以來，曾先後隸屬於交州、廣州、荊州。

莫說當時，就是現代，這裡仍是少數民族聚居之處。李藥師早有與蠻獠交流的經驗，便隨當地土著登上九疑大山。但見巨木蔥蘢，林海蒼莽，遍眼皆是濃密的石樅、香杉，當然更有猗猗斑竹。

「大舜窆其陽，商均葬其陰」，帝舜之陵稱為零陵，其廟在九疑山南。李藥師由陸澤生、薛孤吳等陪同，越過重重密林，來到山陽拜謁舜廟。隨後行至崖邊，舉目遠眺南國。他背倚九疑山，東河就在腳下。隔河與萌渚嶺相望，彼岸已是「五嶺」之一，地屬嶺南了。眼前這帶地勢非但位於荊、交、廣三州之界，更有東河、西河匯流，無論陸路、水路，都當交通樞紐。

李藥師在此新建縣治，是為江華縣。土著仍多以漁獵採集維生，他便配合天候地貌，傳授耕牧技術，帶領原民進入農業社會。後世感念他撫民之澤、教化之恩，許多地方建有李王廟、李衛公祠。①

在九疑山停留期間，陸澤生注意到一件瓌寶：漢代蔡邕〈九疑山銘〉的碑拓。南徇之後李藥師將之攜回朝中，歐陽詢、令狐德棻等編修《藝文類聚》時，將此帖收錄。不過當年的碑銘、碑拓早已無存，今日所見的玉琯岩〈九疑山銘〉碑，乃是南宋修葺舜廟時所立。

且說當時。李藥師一行順瀟水回到永州，繼續溯湘水南進，前往桂州，此地即是今日的桂林。桂州乃是「嶺南門戶」，湘水的源頭就在這裡。從洞庭前往嶺南，船隻須在此地由長江水系的湘水，進入珠江水系的灕水。兩者之間，有秦代所築的渠道相通。

秦始皇平滅六國之後，開始經略嶺南。為運送南征的兵馬軍需，在越城嶺間開鑿渠道，溝通湘水與灕水，是為「秦鑿渠」。灕水上游鄰近零陵的一段，當地稱為零水，故此渠又稱「零渠」。零渠是世上最古老的運河之一，更是目前所知最古老的盤山渠道。建成之後直至清代，一直是嶺南與中原之間的交通要衝。

離開永州不過一日，便到零渠東端。此渠雖是溝通南北的重要渠道，但有數段水位甚淺。由荊襄前來的大型船艦，只怕難以通行。此前李藥師常將陸澤生留在身邊，就是與他商討航運工事。他們早已遣人在湘水進入零渠之處建設城廓，以便軍馬船艦暫駐。這處城廓鄰近湘水、灕水源頭，李藥師名之曰「臨源」，此即今日的興安縣。

一到臨源，李藥師、陸澤生便巡視渠道。零渠堪稱曠世的偉大建設，與都江堰、鄭國渠合稱秦代三大水利工程。他們瞻仰先賢傑作，但見湘水中建有人字形的分水壩，東側為「大天平」，西側為「小天平」。兩者間有「鏵嘴」，前銳後鈍，狀似犁鏵，故名。鏵嘴將上游水流分為二支，七分經大天平流入北渠，再匯入湘水；三分經小天平流入南渠，再匯入灕水。此即所謂「湘七灕三」。

「天平」的主要功能是調節水量，以松木為樁，取長條大石直插疊砌，層層相扣，狀似魚鱗，稱為「魚鱗石」。其上又平鋪巨石，鑿穴灌鐵漿以錠固。

陸澤生一時歎為觀止，讚道：「此渠分水之巧妙，若有靈犀！」

李藥師拊掌讚道：「好個『若有靈犀』！斯可稱『靈渠』矣。」「靈渠」之稱，於此伊始。

他二人又沿南渠前行，但見這段渠道遠較北渠為長，也較狹窄，在山谷之間盤旋蜿蜒。陸澤生早已構思解決較大船艦通行之策，備有腹案。這日視察之後回到臨源，便與李藥師徹夜研討，繪成草圖。次日將圖示予所屬，命人在水淺處砌築「陡門」，用以抬高水位，以利船艦通行。由此開始終唐之世，南渠共設陡門十八處，使得通行更加便捷。後世繼續增設，總計三十餘處。

此乃後話。且說……

嶺南自古即是「百越」之域，這裡族群雖眾，然都使用「戉」，因此中原概稱之為「越」。「戉」是「鉞」的古字，意為長柄大斧。《周禮．大司馬》注：「戉，所以為將威也。」

「鉞」在百越是普及的工具、武器，然在北人心中，卻長期象徵君主、大將的威權。為免南來軍士見到「鉞」時受這象徵意義影響，李藥師請李大亮過來商議。

李大亮道：「夏商之際，『湯自把鉞以伐昆吾，遂伐桀』，當時仍以鉞為武器。商周之際，『武王左杖黃鉞，右秉白旄』，則已將鉞視為威儀。蓋因鉞之形制沉重，靈活不足，故不再用為武器。」這兩段皆引自《史記》，前者出於〈殷本紀〉，後者來自〈周本紀〉。李大亮出身關隴世家，綽有文武才幹，他與李藥師一般深諳書史。

李藥師點頭道：「的是。然則百越，何以至今仍使用這『形制沉重，靈活不足』的器物？」

李大亮道：「鉞者，大斧也。若以之為武器，多視執斧者的身形而定斧頭的重量、斧柄的長度。若以之為工具，則斧頭輕而斧柄短。百越土家的身形本不若北人高大，且既以之為武器，又以之為工具，必使其鉞輕短，便沒有『形制沉重，靈活不足』的問題。」

李大亮的是人才！李藥師笑道：「與君聊談，何其快哉！」

李大亮躬身笑道：「不敢！」他不待李藥師動問，便繼續說道：「如今可取百越之鉞，用於柴樵釜爨，使軍士習以為常。」

李藥師讚道：「高見啊！」

這段期間，臨源城外，陸澤生率陸氏子弟督建陡門，工事嚴謹；臨源城內，和璧則率後勤部隊使用斧鉞劈柴砍瓜，狀頗戇鈍，還有意讓兵眾見到。陸澤生嗜潔，偶爾路過這顢頇之肆，總是轉而他顧。

不日陡門建成，李藥師率艦隊從臨源由湘水經南渠進入灕水，直下桂州。武德四年十月之後因有閏月，是以他們離開荊州雖已兩月，此時方才十一月。

蕭銑的桂州總管李襲志祖籍隴西，其祖父在北周曾任信州總管，其子李玄嗣一直留在當地。李孝恭初到信州，便命李玄嗣帶書信至桂州勸李襲志歸附。李襲志之弟李襲譽已入李唐，他便聯絡永平郡守李光度，相約一同投唐。

李藥師來到桂州，李襲志即率所部諸州來歸，得授為桂州總管。李淵則將李襲志召回長安。桂州位於五嶺最西的越城嶺間，湘水、灕水源頭都在這帶山中。此地位於嶺南北部，已不屬荊州總管府所轄。皇帝授李藥師為嶺南道安撫大使，檢校桂州總管。

在此之前，李藥師雖已是南徇地區政軍事務的實際負責人，但名義上仍在李孝恭麾下。此時成為嶺南道安撫大使，便在名義上、實務上都成為節度一方的大員。當然，初唐嶺南乃是天涯海角的邊陲，絕不是炙手可熱的中央權貴，比如裴寂，有意垂涎之地。莫說當時，就是兩百年後，韓愈因諫迎佛骨入宮，遭貶為潮州刺史，來到嶺南。他在〈潮州刺史謝上表〉中如此形容：

「臣所領州，在廣府極東界上，去廣府雖云纔二千里，然來往動皆經月。過海口，下惡水，濤瀧壯猛，難計程期，颶風鱷魚，患禍不測。州南近界，漲海連天，毒霧瘴氛，日夕發作……居蠻夷之地，與魑魅為群。」

然較韓愈的表奏更早兩百年，在更加原始的天候、地理、人文環境之下，也難不了李藥師。他雖沒有讀過昌黎先生的大作，但身為浸潤兵學的曠世奇才，對於「毒霧瘴氛，日夕發作」的風土，卻相當明瞭。此時他與李大亮商討。

李大亮道：「嬴秦、兩漢、楊隋先後進軍嶺南，每次戰略均遠勝於百越，戰事也常告捷，可卻傷亡慘重，大抵均是天候地氣所致。」

李藥師嘆道：「的是。伏波將軍何等人物，竟也病逝壺頭山。」「伏波將軍」指東漢馬援，李靖對他甚為敬佩，《李衛公問對》中多次提及。

李大亮也嘆道：「如此人物，竟受薏苡明珠之謗！」馬援第一次南征百越，得知交趾土產薏苡可以「輕身省欲，以勝瘴氣」，在班師還朝時載回一車。他去世後遭人誹謗，將薏苡訛為南土珍珠，竟被定罪！此事史稱「薏苡明珠」、「薏苡之謗」。

李藥師點頭道：「然其德澤，留惠予我輩後人啊。」

薏苡之外，赤小豆也能消水腫、解熱毒，兩者皆是嶺南土產。李藥師命和璧在當地採購，加入官兵的膳食中。

李藥師、李大亮也研議嶺南形勢。百餘年後杜甫有〈寄楊五桂州譚〉詩：

五嶺皆炎熱．宜人獨桂林
梅花萬里外．雪片一冬深

兩人決定以氣候相對宜人的桂州作為指揮中心。桂州雖然地當中原與嶺南之間的交通要衝，但舊有城邑狹小簡陋，無法容納由荊襄南來的大隊人馬。於是新建城廓，在此處理政軍事務，此即後世所稱的「桂林衙城」。

三個月前，約與李孝恭、李藥師兵發夔州、突襲蕭銑的同時，蕭梁交州總管丘和，率長史高士廉北上覲見蕭銑。適逢蕭梁敗亡，丘和便以交趾、日南歸附。丘和有子十五人，其中丘行恭因牽颯露紫，成為「昭陵六駿」石刻上惟一的人物，因而名留千古。高士廉則是長孫無忌、無垢兄妹的舅父兼養父。丘和年事已高，盼能回歸中土。皇帝應允，讓他與高士廉一同北返。

又有劉洎，他原是蕭梁的黃門侍郎，蕭銑遣他經略嶺南，已得五十餘城。然他尚未回報，蕭梁已被戡平。此時李藥師南徇，劉洎以所獲州郡來歸，得授為康州總管府行軍總管。②

早先便與李襲志相約投唐的永平郡守李光度也來歸附，李藥師承制拜授，改永平郡為藤州，以李光度為刺史。

時序進入武德五年，俚族首領楊世略來歸。楊世略出身粵東潮州大姓，世為當地土著首領，向以本族福祉為先。他原向林士弘稱臣，但見林士弘於蕭銑尚不能敵，何況於李藥師？這年二月，他以循州、潮州來降，得李藥師授為循州刺史。與此同時，李藥師派出的欽使王義童說降泉州、睦州、建州等三州，得授為泉州刺史。

藤州、循州、泉州等六州降唐，對林士弘造成極大打擊。他傾盡兵力，遣其弟由南康南下，圍攻循州。四個月前李藥師曾在炎帝陵與張善安會面，張善安表示願意支援唐軍進攻林士弘，條件是總管的位分。李藥師向李孝恭請示，得到允准。此時張善安便由豫章南下，攻取廬陵、南康，前來降附。李藥師承制拜授，改南康為虔州、豫章為洪州、廬陵為吉州，以張善安為洪州總管。

林士弘的都城南康被張善安占領，士氣頓時潰散，迅即便遭楊世略擊敗。林士弘率餘眾躲入山洞，不久病死，其殘部為張善安剿滅。

此時已是四月，林士弘既滅，李藥師即率艦隊離開桂州，順灕水南下。由桂州至陽朔的這段灕水屬石灰岩溶蝕地形，有大面積的岩溶峰林地貌，山峰奇特蒼翠，石壁嶙峋峭拔，洞穴殊姿異態，江水清澈紆迴。韓愈〈送桂州嚴大夫〉詩描述此地勝景：

蒼蒼森八桂，茲地在湘南。
江作青羅帶，山如碧玉篸。
戶多輸翠羽，家自種黃甘。
遠勝登仙去，飛鸞不暇驂。

宋代王正功的名句「桂林山水甲天下，玉碧羅青意可參」，其中「玉碧羅青」即是檃栝韓愈詩句。如今李藥師正行在這玉碧羅青的絕色山水之間，他雖銜命南佝，這段行程卻十足陶冶性情。尤其時值孟夏，風光絕是旖旎。

一路順流而下，船行甚速，傍晚已入蒼梧。李藥師承制，改蒼梧郡為梧州。此地是灕水、鬱水、西江三江交會之處，往東南順西江而下，可抵番禺，也就是今日的廣州；往西南溯鬱水而上，可抵鬱林，也就是今日的玉林；誠可謂制霸南國山河的節點。

李藥師來到梧州，甯長真與其叔父甯宣以寧越、鬱林、合浦之地請降。《舊唐書》稱甯氏為「西原蠻」，世居廣容之南、邕桂之西，家族雄踞一方。此時降附李唐，李藥師承制拜授，改寧越為欽州，以甯長真為欽州刺史。甯宣歸降後旋即去世，李藥師新設姜州，以甯宣之子甯純為姜州刺史。

得到甯氏家族效忠之後，李藥師已掌控嶺南的絕大部分。惟一尚未歸附的地方勢力，只有馮盎。

馮盎，十六國時期北燕國主馮弘的後人。當時北魏強盛，馮弘無法力敵，遂率大部族人撤至高句麗；另有族人馮業，率三百人渡海歸降南朝劉宋。馮弘之後，馮業率族人定居番禺。這支馮氏與南朝、南越保持均勢的親善，子孫不但曾在南朝數代為官，馮業的曾孫馮寶，更娶南越大姓冼氏之女為妻。

冼夫人是俚人首領，她輔佐馮寶調停南越與南朝之間的衝突，促進雙方交流，並引硃崖各部族歸附南梁，是為崖州。

馮盎是馮寶、冼夫人之孫，曾在隋代為官。隋亡之後奔回嶺南，成為南越各支的首領。當時自九江至交趾，包括番禺，多為林士弘所掌控。林士弘誅殺地方官員，進據州府，馮盎起兵討伐。在當地土著之間，馮盎聲勢極大。兩軍交兵，雙方士卒大抵皆為土著。馮盎只須除下盔甲，大呼：「爾等識得我乎？」往往便讓對方棄械而拜，於是取下番禺、蒼梧、珠崖等地。

其後林士弘與張善安反目，蕭銑趁機進攻，林士弘敗走，其所據地皆降於蕭銑。當時馮盎已統轄十二州，領有數千里土地，頗有人勸他自立，他未予採納。然馮盎雖無意逐鹿問鼎，卻不願歸附中原。因此先前林士弘、蕭銑前來遊說，都遭他回絕。

如今李藥師所面對的，就是這樣一位南天霸主，於是再度與李大亮商議。

李大亮道：「冼夫人以降，馮氏皆以本族福祉為先，所以先後歸附蕭梁、南陳、楊隋。三者之於馮氏，皆採懷柔之策。林世弘、蕭銑則對馮盎用兵，如此馮氏豈肯降服？」

李藥師道：「的是。然蕭梁、南陳、楊隋之於馮氏，也並非一味懷柔，而是恩威並施。」

李大亮躬身道：「大亮受教！」

李藥師含笑還禮，問道：「如若由你統帥，當從何處著手？」

「『恩威並施』！」李大亮尋思半晌，說道：「『恩』者，或可減免其地稅賦？」

李藥師仍是含笑：「甚是。然我並無減免稅賦之權。」

李大亮略顯踧踖。李藥師拍拍他背膀，說道：「大亮啊，『恩』者，『因心』也，當因馮氏之心而行啊！」

李大亮登時穎悟，眼神大亮：「是啊！馮氏敬冼夫人如神，或可從敬祀冼夫人著手？」

李藥師頷首讚道：「甚是！」

李大亮接著說道：「而『威』者……」他轉身指向地圖：「馮盎領地雖廣，然東南臨海。其西隔海與交州、愛州相望，陸地則與甯氏的欽州、姜州相接。其北是李光度的藤州、劉洎的康州；往東則是楊氏的循州、潮州。他的領地，已全為我方包抄。」

他見李藥師含笑頷首，便繼續說道：「馮氏既以本族福祉為先，我若陳兵於其邊境，示以威儀，使其士庶日惟惶恐，夜難安枕，則馮盎必難久持。」

李藥師道：「此計甚佳。然馮氏領地邊境長逾千里，我當陳兵於何處？」

李大亮略為尋思：「嶺南酋領首推馮氏，其次即是甯氏。兩族相互接壤，戰事不絕。如今甯氏已歸我朝，想來若在甯氏與馮氏接壤之處陳兵，效益最佳。況且其地就在左近，往來甚為便捷。」

李藥師拊掌讚道：「足下的是將才！」

李大亮謝道：「不敢！每得與史君接談，必定大為受益，大亮無任感佩！」

梧州與馮盎領地，只隔一水相望。次日李藥師命張寶相、席君買率艦隊停駐於此，每隔數日便在江水中盛大操演，以示威儀。自己則與李大亮率步騎登上陸路，往南直入鬱林、合浦，在雷公嶺③上駐軍，逼臨馮盎領地的西境。他並不進攻，卻也不撤離。只是居高臨下，壯盛軍容，遙對馮盎施以壓力。

及至五月初一，李藥師由陸澤生、薛孤吳陪同，只帶數名親隨，前往馮盎領地。當時兩軍並未交戰，雙方也都有意維持友好，因此一行人順利進入博白縣城。他們雖著微服，但馮盎治軍何等嚴謹，自然知曉身分，卻也未予攔阻。

在嶺南，尤其在馮盎的領地中，冼夫人被尊為「聖母」，各處都有祀奉的廟宇。李藥師來到當地的冼夫人廟，誠敬禮拜，隨即離去。

五月十五，他們再去。六月初一、十五亦去。七月初一，他們又去。這次禮拜之後，方才起身，便有一位王者威儀的壯碩人物，盛服冠冕而來，對李藥師拱手見禮：「李將軍！」

南人大多短小精悍，此人則幾乎與李藥師一般偉岸，何況如此氣派！李藥師一見即知，此人必是馮盎。他既以「將軍」相稱，李藥師便也拱手還禮：「馮將軍！」

馮盎道：「將軍數度枉駕，竟未知會在下，豈不見外？」

李藥師笑道：「只是前來禮拜聖母，不敢驚擾！」

馮盎拱手道：「馮盎代先祖母謝過。」又道：「此處閒人絡繹，敢請將軍移駕。」

李藥師數度來此，原希望能與馮盎晤談，自然應允。馮盎備有車駕，他請李藥師上車，陸澤生、薛孤吳則騎馬相隨。行不遠處便見一座莊園，馮盎請李藥師進入。行過三進院落，來到中堂正廳，馮盎肅客。李藥師僅由陸澤生陪侍進入廳內，薛孤吳等俱在廳外伺候。

李藥師、馮盎分賓主坐下，陸澤生則與馮盎的親隨一般，侍立在側。侍者奉上茗飲茶果，兩人相互客套之後，馮盎說道：「在下曾入長安，有幸謁見越國公。聽聞賢伉儷也與楊太師有舊？」

馮盎曾在隋文帝時入長安，其才識頗令楊素驚豔，讚歎：「不意蠻夷中乃生是人！」李藥師見他開門見山便提此事，想來希望拉近彼此，用意頗佳，於是說道：「當年楊太師恩威，及於四海！」

馮盎拱手道：「聽聞尊夫人乃南陳帝胄？」

李藥師也拱手道：「不敢！南陳立國，譙國夫人厥功甚偉。」冼夫人曾得隋室冊封譙國夫人。

馮盎道：「不敢！」

李藥師道：「譙國夫人有言：『我事三代主，唯用一好心。』此『好心』乃是將家國安危、子民福祉繫於一心。將軍何不承襲先人之高風？」「三代主」指蕭梁、南陳、楊隋。

馮盎嘆道：「『家國安危、子民福祉』！然此三代，無一能保我三十年平靜，尚不如南越王和輯百越，惠我百年安康。」「南越王」指趙佗，秦末亂起，他在百越稱王，直至漢武帝年間，南越才歸於漢室。趙佗享壽百有四歲，他的時代正值中原紛爭，他卻為嶺南帶來百年平靜。

李藥師微笑道：「難道尊駕意在師法南越王？」他知馮盎如若有意師法趙佗，就不會現身相見了，此話只是為對方開啟暢言之機。

果聽馮盎輕嘆一聲，說道：「師法南越王！早有人勸進啊。然我馮氏居於南越，至今已有五代。本州牧伯，惟我一門；子女玉帛，皆我所有。人生之富貴，少有能如斯者。我今只恐不勝負荷，上墜馮氏祖業，下愧百越子民，何敢有稱王之想？」此時他凝視李藥師：「尊駕來此旨意甚明，然我南越之域，所求乃是百世安康啊！」

李藥師深深一揖：「將軍胸懷所繫，俱是烝民福祉，實令藥師敬佩！」此時他也凝視馮盎，語調軒昂：「然我大唐卻不同於蕭梁、南陳、楊隋。我朝立於中疆，懷顧八荒，必將再造炎漢之皇皇！」

馮盎聞言先是一怔，還禮之後若有所思：「『立於中疆，懷顧八荒，再造炎漢之皇皇』，發聾振瞶，發聾振瞶啊！」他再度凝視李藥師：「如今嶺南八十餘州、五十餘萬戶，皆在吾兄掌握。而在吾兄麾下……」他朝陸澤生望了一眼，繼續凝視李藥師：「請恕在下直言，就以這位陸先生為例，只怕在他心中，無人堪比吾兄。何況尊夫人，更是南陳帝冑。然聽吾兄所言，竟爾並無一分私心？」

李藥師聽他改口稱「吾兄」，問及「私心」，便也凝視馮盎，莊容重複兩年多前曾對陸澤生所道之言：「三國迄今，垂四百年矣。天下分崩，宇內離析，戰亂無日無之。今我若助大唐戡平天下，廓清宇內，則可出士庶於水火，解生靈於倒懸。若是僅為一己之私，則置我華夏社稷、萬民福祉於何地？」

馮盎聞言，緩緩呼一口氣，歎道：「字字鏗鏘，字字鏗鏘啊！」他沉吟須臾：「然大使今日來此，所問茲事體大。尚請略寬時限，馮某旬日之內必有回覆。」

李藥師聽他改口稱「大使」，便是承認自己為大唐南徇的身分，於是說道：「總管若能止戈修文，乃是天下之福，藥師靜候佳音。」

辭別馮盎，回到雷公嶺上，李藥師當即令水、陸諸軍暫停操演。果然不出旬日，馮盎便遣子弟前來謁見，表達歸附之意。

李藥師雖有承制拜授之權，但馮盎是南越諸族的首領。如今以十二州來附，該當授予的官位太高，超出他的權限，於是上表請命。皇帝將馮盎領地劃為高、羅、春、白、崖、儋、林、振等八州，拜馮盎為上柱國、高州總管，其諸子弟均得授官爵。

馮盎來附之後，李藥師已將嶺南各地盡皆收歸，懷輯九十六州，六十餘萬戶。當時全國不到二百五十萬戶，李藥師此次收歸的人口約占四分之一。而所取得的州縣面積，更與李唐原有的領土相當。

李淵連續接獲捷報，十分欣喜，特下優詔，公開宣示對李藥師的嘉勉。李藥師因見嶺海陋遠，久不見德，若非震威武、示禮義，則無以孚民望。因此每下一地，便率兵巡視。所過勤問疾苦，延見長老，宣布天子恩意，於是遠近悅服。

至此，大唐上柱國永康縣公李藥師，不但已將《圖蕭銑十策》圓滿貫徹完善，且將嶺南諸部一併歸入李唐版圖。如此以武力為後盾，兵不血刃便取得廣大疆域，實乃歷史上絕無僅有的偉大功業。

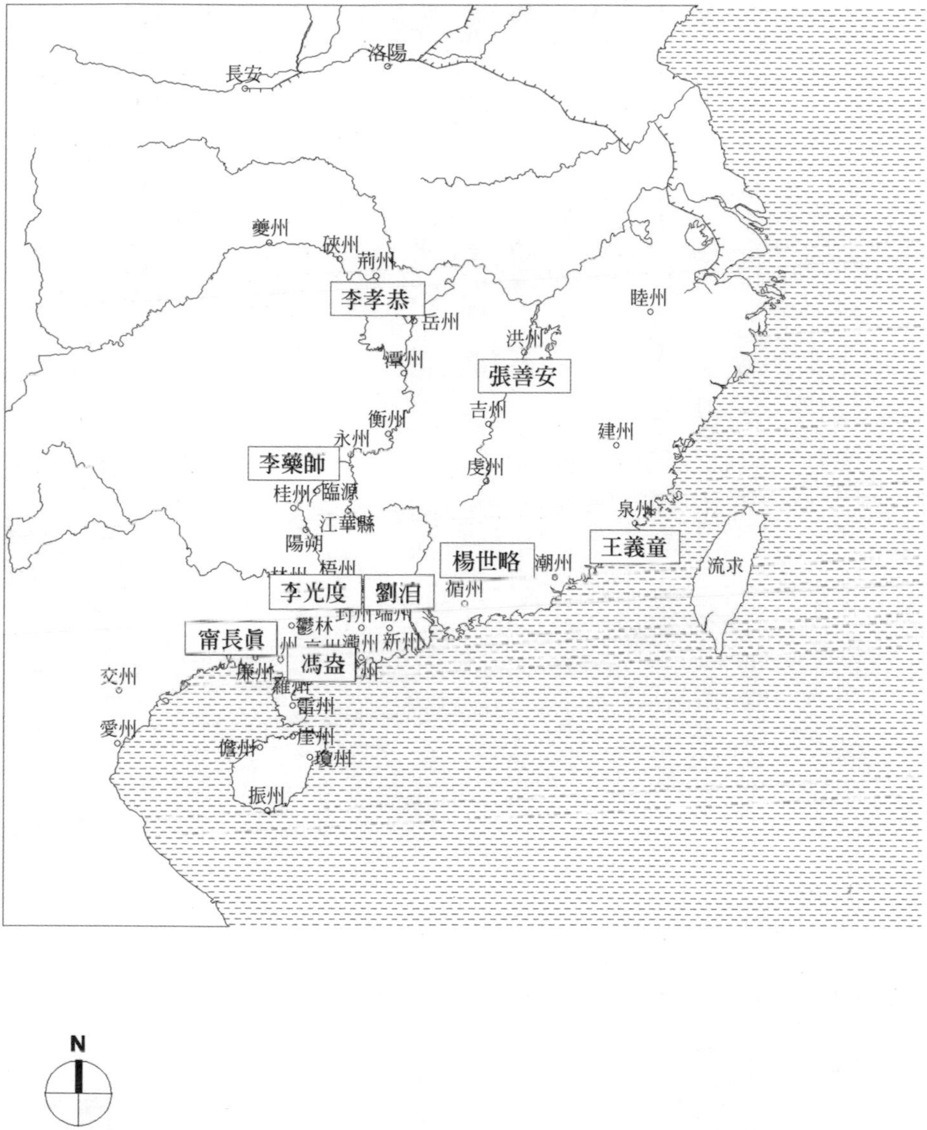

招慰嶺南行跡圖

0 200 400 600km

第卌九回　芙蓉園宴

武德五年七月，李藥師招慰嶺南，功成圓滿，回到長安。這次南徇，他數度得到皇帝褒勉冊封，聖眷甚隆。如今載譽而歸，高官顯貴爭相筵宴。

房玄齡也遣人致上請柬。當時房玄齡是天策府記室，官職品秩雖然不高，但他與杜如晦同為秦府十八學士之首，文名滿天下。三十餘年之前，他曾與李藥師同列玄中子門牆，此時便以故舊之名，邀李藥師通家與宴。

房玄齡夫人出身山東世族范陽盧氏，禮數法度嚴謹，性情剛肅貞烈。房玄齡年輕時身體文弱，有次病重，自覺無法康復，便對盧氏說道：「我今病革，妳尚年少，不可寡居。望我去後妳能擇善而適，讓我能夠放心。」盧氏悲切涕泣，竟將一隻眼睛剔出！以示絕不二嫁。房玄齡從此對她，又敬又畏。

李藥師入唐，至此已有四年八月。最初的一年半，他與房玄齡同在秦府，出塵與盧氏夫人也

見過面。然而出塵性情曠達，與盧氏頗有異同，因此並未成為通家之好。

這次房府邀宴，出塵倒還罷了，最緊張的卻是和璧與隨珠。因為盧氏治家嚴儼，而他二人輔佐出塵持家，雖然規矩端謹，但闔家上下氛圍一向輕鬆。何況這次筵宴不在房府，而在芙蓉園內。家下人等的一言一行，都暴露在眾人眼前。他兩人可不願讓自家執事，成為他人笑柄。因此自從李藥師應允房府邀宴之後，和璧與隨珠就對家人重申規矩，從嚴治下。李藥師看在眼中，也自欣慰。

出塵則另有一番顧慮。這次筵宴既是通家與會，自然包括德謇、德獎。兩個孩兒非但從未見過獨目又嚴厲的房家伯母，而且過去三年之間，先是跟著三嬸長孫無雙，後又住入秦府，行為舉止多少沾染鮮卑貴人之風，只怕盧氏不喜。

出塵將自己的顧慮告知夫婿。李藥師倒不放在意下，笑道：「從何時開始，妳這娃兒竟關心起他人觀感？」

出塵狠狠白了夫婿一眼。李藥師朗笑聲中，將愛妻摟入胸懷，柔聲安慰：「放心吧，這是在芙蓉園裡，又不是在廟堂之上。就是孩兒嬉鬧一些，也不妨事！」

芙蓉園即唐宋詩人鍾愛的「曲江」。這裡原是天然池沼，秦代在此建設離宮「宜春苑」。漢武帝因見其地水岸曲折，改名「曲江」。隋代修建大興城，亦即後世的唐長安城，將此池納入城廓之中。隋文帝以「曲」名不正，詔令改之。當時開鑿黃渠，引義谷水注入，將水域擴大甚多，同時在池中多植蓮花，改名「芙蓉園」。及至唐玄宗時期，再度擴建園林，又將此池改回「曲江」

舊稱。

盛唐的曲江不但多有亭臺勝景，其左近又有大雁塔。科舉進士及第之後「關宴」，雁塔題名、曲江流飲、杏園探花……有一系列的狂歡慶賀。然那是百餘年後的風流，當時才是武德五年，芙蓉園內還沒有許多亭臺，大雁塔也要三十年後方將建成。不過池中的芙蓉，可一點兒也不比後世遜色。

時序雖已進入孟秋，芙蓉池中蓮花卻依然盛放，誠如曹子建〈芙蓉賦〉所讚：

竦芳柯以從風
奮纖枝之璀璨
其始榮也．皦若夜光尋扶桑
其揚暉也．晃若九陽出暘谷

李藥師、出塵來到芙蓉園時，房玄齡、盧氏以及他們的兩個孩兒遺直、遺愛已在等候。李藥師早已遣人去宮裡接德謇、德獎，但遲遲未見到來。他也無可如何，只能致歉。

「芙蓉蹇產，菡萏星屬；絲條垂珠，丹榮吐綠；焜焜韡韡，爛若龍燭。」見到如此美景，出塵自然懷想〈芙蓉賦〉「擢素手於羅袖，接紅葩於中流」的逸趣。無奈盧氏夫人一派肅穆，她也只得端坐，聆聽夫婿與房玄齡對談。

李藥師、房玄齡雖然曾經同在秦府，但當時戎馬倥傯，加以國朝初建，庶務冗雜，並沒有機會閒話私事。如今海內浸平，彼此攜眷相對，終於可以聊談既往。

兩人先從玄中子說到茶道、琴藝……這些出塵都不陌生。此時房玄齡卻將話鋒一轉，問道：「近日杜參軍為《中說》作〈文中子世家〉一篇，吾兄可曾知曉？」

「杜參軍」指杜淹，他是杜如晦的叔父。王鄭敗後，杜淹入唐，原想投效李建成。房玄齡見他善於陰謀，或對李世民不利，於是將他薦入天策府，任兵曹參軍。

杜淹甫入天策府，便作〈文中子世家〉，附於《中說》之後，謂此書為文中子王通所撰。然而《中說》所載，多有玄中子當年授予李藥師、房玄齡的學問。可杜淹〈文中子世家〉卻寫道：「門人自遠而至，河南董常、太山姚義、京兆杜淹、趙郡李藥師、南陽程元、扶風竇威、河東薛收、中山賈瓊、清河房玄齡、鉅鹿魏徵、太原溫大雅、潁川陳叔達等咸稱師，北面受王佐之道焉，如往來受業者不可勝數，蓋千餘人。」①

王通年齡少李藥師十三歲，少房玄齡五歲，李唐建國之前已然去世，得年三十有奇。若說如許之多初唐名臣，由如許之遠盡皆前趨師事，「北面受王佐之道」，如何可信？而其中「趙郡李藥師」一句，更是不知所由何來。②

此時李藥師聽房玄齡提及此事，微微笑道：「玄齡啊，師父封關之後，你才回到齊州，便舉進士。而我，離開趙郡就到長安。咱們何時成為『河汾門下』，前去『北面受王佐之道』啊？」

房玄齡笑道：「照呀，是以殿下一見其文，便命封存。」

李藥師微微頷首，卻又笑道：「然八公詣淮南，容狀由衰老枯槁振衣立成童幼。咱們師父，又豈不能？」八公詣淮南，容狀返老還童之事，見於東晉葛洪《神仙傳》、干寶《搜神記》。

房玄齡聽聞，方與李藥師相與拊掌而笑，卻見侍從疾奔而來，報說秦王殿下駕到。他二人趕緊彈冠振衣，率領家人快步迎出。

但見李世民身後，不但有無垢、舜華，還跟著幾個孩子，德謇、德獎都在其中。為首是一名四歲頑童，出塵並不陌生，那是李世民的嫡長子李承乾。李藥師見德謇、德獎的穿著竟與王子一般，心中暗暗皺眉。

李世民寬袍大袖，昂首闊步，軒然而來。見禮已畢，李藥師、出塵又命德謇、德獎拜見房伯母。然他二人身著王子服飾，倒讓盧氏無法受禮。其後在李世民示意之下，孩子們隨著李承乾，拉著房遺直、房遺愛，在隨從陪侍之下，跑去玩了。

這邊李世民尚未就坐，便說道：「藥師、玄齡，孤聽說你們今日通家歡敘，前來打擾，實因久聞『碧筩杯』③之典，卻未嘗親試其妙。如今雖已出伏，時序仍在處暑。又有二位雅士在座，不如……」他揮手一招，芙蓉池中便搖來一艘畫舫。

「碧筩杯」是曹魏正始年間故事。相傳當時齊州刺史鄭公慤，常在三伏之際，率賓客至歷城之北使君林中，醉把青荷。「三伏」指初伏、中伏、末伏。末伏在立秋之後初庚，十日之後「出伏」。④

此時李世民率先登上畫舫，眾人魚貫相隨。已有內侍就池中摘取帶莖的大片蓮葉，置於放硯臺的格架上，將蓮莖從格架下方伸出。又有內侍捧來醇酒，傾於架在硯格上、形如敞口大杯的蓮葉中。一名宮人將一支銀簪奉予舜華，舜華再奉予無垢。無垢示意舜華上前，舜華便在蓮葉、蓮莖相接之處，以銀簪刺穿。早有內侍將蓮莖尾端轉成彎屈朝上，如象鼻形狀。蓮葉、蓮莖刺通之後，醇酒便順著蓮莖湧出。

內侍捧著這「碧筩杯」，奉予李世民。他就著蓮莖吸酒，讚道：「酒味雜蓮氣，香冷勝於冰，古人誠不我欺！」

內侍又將「碧筩杯」奉予李藥師、房玄齡，兩人相互謙讓，先後吸飲。另有內侍、宮人再備一套「碧筩杯」，奉予二位王妃、二位夫人。又有內侍網取池魚，交由庖人斫膾，奉予席上。

後世蘇東坡〈泛舟城南〉詩之三，形容的正是這番情境：

碧筩時作象鼻彎．白酒微帶荷心苦
運肘風生看斫膾．隨刀雪落驚飛縷

李世民此番前來，當然絕不僅為把酒斫膾。這艘畫舫是一樓船，李世民將李藥師、房玄齡延至樓上之後，很快便將談話帶入主題。他細問李藥師這次南徇的種種，李藥師一一詳稟。說到子虛雲夢、洞庭瀟湘，李世民也不禁神往；說到靈渠分流、陡門閘水，李世民則擊掌讚歎。

隨後李藥師說到招慰嶺表、徇地南越。李世民細細聽畢，問道：「此番一路順遂，未曾遭遇抗拒？」

李藥師道：「大抵順遂。惟有迢遠邊陲，零星數地，未能預聞國朝皇恩。經臣諭知，即欣然悅服。」

李世民笑道：「多虧先生懷輯之功。」李藥師連忙謙謝。

李世民又問：「可有一二傑出之士？」

李藥師道：「前梁岑文本才猷粲然，文傾江海，而且潔身自好，賄間無由。尤其他能協調人和，撫平紛爭。當初蕭銑朝中因有此人，致使『賄間梁臣』之策事倍功半。其後梁軍敗績，亦是岑文本進言，諫請當以百姓福祉為重，才讓蕭銑決定出降。我軍進城之後，又是岑文本諷勸，倘若縱兵俘掠，致使士庶失望，只恐自此以南，無復向化之心矣！諸將從善如流，方才得以順利南進。」

李世民點頭道：「此人胸懷悲憫，思慮透澈，以民為貴，實乃治世之才。他現下身在何處？」

李藥師道：「臣檢校荊州，如今荊州庶務，皆由岑文本處分。」

李世民點頭道：「如此甚好。」他向房玄齡望了一眼，房玄齡躬身應諾。李世民接著問道：「可還有其他人？」

李藥師道：「另有劉洎，性情通達，任事嚴謹，而且敢言。」

李世民點頭，又向房玄齡望了一眼，房玄齡同樣躬身應諾。岑文本、劉洎得李藥師舉薦，後來在貞觀年間俱曾拜相。

此時李世民再問：「馮盎其人，先生如何看待？」

李藥師道：「馮氏居於南越，已歷五代；首領諸族，亦有三世。馮總管在前朝，便以嶺表生民為重；其後據地自持，也是為保士庶。他若欲自立，當在蕭銑之前。」

李世民則笑道：「孤卻聽聞，馮盎歸附，乃是因為出塵夫人？」

李藥師長揖至地，謝道：「臣慚愧。臣婦三歲即入長安，與馮總管並不相識。」

李世民失笑道：「藥師，孤可沒有他意。」

李藥師再度躬身道：「臣不敢。」

李世民又問：「如此說來，南方悉定？」

李藥師略一遲疑，回道：「是。臣以為嶺南悉定。」

李世民笑出聲來：「藥師啊，孤問『南方』，你卻答『嶺南』。當初『你我一南一北，戡平大江大河』之誓願，怎地，你竟沒有放在心上？」

李藥師也笑了，躬身謝道：「殿下取笑了，臣何敢一時或忘？臣奉旨招慰嶺南，然而江東……」說到此處，他語聲稍頓。

李世民右手一擡：「但請先生直言。」

李藥師道：「是。吳王豪放疏闊，安撫江東，只是……」他望了李世民一眼，繼續說道：「只是臣聽聞，吳王此次入京，以輔公祏留守丹陽，卻將兵權交予右將軍王雄誕……」

「吳王」指杜伏威，他與輔公祏都是齊州人，少年時即為刎頸之交。隋末兩人起事，轉戰進入江淮，杜伏威自稱總管，以輔公祏為長史。宇文化及縊弒隋煬帝之後，曾試圖招徠杜伏威。他不接受，而向東都楊侗稱臣。其後王世充鴆弒楊侗，杜伏威當初不願臣事弒君的宇文化及，此時同樣不願臣事弒君的王世充，於是歸附李唐。武德四年李世民征討王世充時，杜伏威曾出兵協助。

因得杜伏威歸降，使王鄭、李唐在江東大局的聲勢易位。於是李淵封他為吳王，賜姓李，班位甚至在齊王李元吉之上。然而皇帝對於這位吳王畢竟不能放心，詔他進京。月前杜伏威離開江東，雖將留守丹陽的重任託付予輔公祏，卻將兵權交給王雄誕。

杜伏威如此安排，顯然對輔公祏有所警惕。李世民早已將局勢看在眼中，此時聽李藥師之言與自己若合符節，登時仰天而歎：「英雄所見，實乃英雄所見啊！」李藥師趕緊謙謝。

李世民握起李藥師雙手，說道：「藥師，如今河北尚有劉黑闥、徐圓朗，孤分不開身。江東之事，仍須仰賴先生！」當時竇建德舊部推劉黑闥為王，與徐圓朗在洺州起事。

如若沒有房玄齡在側，他二人又要四掌相握，忱忱熾熾地對視。然房玄齡對李世民甚是恭謹，李藥師便也不願顯得突兀，於是只躬身應諾。

此時李世民轉身，已準備下樓，卻突然停住，回首問李藥師道：「藥師，你們與遜陳樂昌公主，可還維持聯繫？」

李藥師道：「臣與徐處士偶有書信往來。」樂昌公主是出塵的九姨，她的夫婿徐德言分屬李藥師的長輩。此時李藥師不便稱徐德言為駙馬，便以處士稱之。

李世民點點頭，走到樓梯口，卻又轉身：「藥師，若得空時，同出塵夫人去看看平陽公主吧！」

李藥師陡然一驚，方才想起，這次回到長安，這許多高官顯貴筵宴，卻沒有見到柴紹與平陽公主的請柬。他愣了剎那，但見李世民已步下樓梯，便趕緊跟隨下樓。

樓下眾人聽得李世民下來，無垢早已率薅華、出塵、盧氏起身相迎。畫舫搖回岸邊，李承乾等孩子們已在等候。上岸之後，李世民即率妻妾孩兒回宮。

遺直、遺愛、德謇、德獎顯然都玩得相當盡興，然而此時，除遺直儀容尚稱端整之外，遺愛、德謇、德獎身上都已沾了不少塵土。盧氏見狀，容色不悅。李藥師便趕緊率家人告辭。

第四十回　山雨欲來

李藥師、出塵回到家裡，隨珠帶德謇、德獎進去更衣；李藥師則問愛妻關於平陽公主之事。

出塵道：「藥師，每當柴駙馬出征，妙常必定隨行，這你是知道的。今年正月秦王出討劉黑闥，柴駙馬、妙常也都隨軍東行。」

李藥師點頭道：「這我知道。秦王殿下一出，迅即取下相州，其後又取邢州。燕郡王則取下定州等四州，與秦王會師，二月間已經攻拔洺水。」「燕郡王」指羅藝，他歸唐後得賜姓李氏，冊封燕郡王。

出塵道：「其後兩軍爭奪洺水，互有勝負。殿下與劉黑闥相持六十餘日，至四月中，陛下詔秦王回京。」

李藥師又點頭道：「這我也知道。殿下離開洺水前線，將大軍交予齊王統領。回京後便上陳攻取徐圓朗之策，隨即又往黎陽前線，至七月初，再班師回朝。」

他夫妻這番對話輕描淡寫，因為彼此都很清楚，這段期間，劉黑闥先是擊潰淮安王李神通與羅藝的聯軍，再大敗李世勣，又擒俘薛萬均、薛萬徹兄弟，半年之間基本上已恢復竇建德往昔的領地。

說到此處，出塵臉色卻轉趨凝重，注視夫婿，低聲說道：「殿下回轉，實因妙常受傷。」

李藥師大驚，失聲而道：「有這等事？妳怎不早說！」

出塵道：「此事並未讓外間知曉。你才回來不久，各家府邸筵宴不絕。我原想等略為清靜之後，再告訴你。現在殿下既命咱們前去拜望，必有原因。」

李藥師即喚和璧。他原想命準備拜帖，次日往平陽公主府拜望。未料和璧進來之時，報說方才已經接獲請柬。

次日李藥師、出塵去到平陽公主府。柴紹迎出來時，身形明顯消瘦。進入廳中，妙常竟須侍兒扶持，方能勉強起身。李藥師、出塵看在眼裡，痛在心頭。①

平陽公主李妙常是李淵惟一的嫡女，李世民惟一的胞姊。李淵太原起事之初，她與夫婿柴紹都在長安。得到李淵家書，柴紹即前往太原，妙常則退居司竹。當時天下已亂，山中不乏亡命之徒。妙常變賣家產，招募群眾，在家僕馬三寶輔佐之下，說降多股長安周邊義軍。隋軍雖頻頻討伐，卻都被擊退。

妙常幼年時期即與出塵交好，兩人都習武藝、讀兵書，深明治軍之道。當初妙常領兵據地，攻下周邊郡縣。她申明法令，約束軍士，嚴禁乘勝劫掠，因此遠近悅服，奔赴者甚眾，得兵七萬人，號稱「娘子軍」。李淵、李世民在禹門口渡過大河，進入關中之後，妙常率兵前往會合。從那時起，她與夫婿柴紹便各自開府，出征之時夫妻軍幕往往並陳，一時傳為佳話。

如此一位英勇健朗的奇女子，如今勉強起身，見禮之後，卻只能由侍兒攙扶，倚回軟榻之上。李藥師一時竟不知如何開口，倒是妙常示意，柴紹便引出塵坐上榻沿。侍兒移來兩張胡床，讓柴紹、李藥師都能靠近軟榻而坐。

妙常伸出雙手，一手握住出塵，一手朝李藥師招呼。李藥師趕緊上前，伸手讓她握住。妙常澹然一笑：「賢伉儷可還記得，咱們在楊素府中捉蟈蟈兒②？轉眼三十年矣。」

出塵深知妙常提及此事，必讓夫婿想起出岫阿姊。不過此時也顧不得那許多，只是陪她閒話聊談。侍兒奉上香茗、茶果，柴紹著放在一旁，隨即命左右退下。

此時廳中只餘他們四人。妙常掙扎起身，出塵、柴紹扶她坐起。她卻換過一番神色，對李藥師說道：「李公子，我可以再這樣稱呼你一回嗎？」

李藥師趕緊起身，長揖謝道：「殿下折煞微臣了。」

妙常命他坐下，說道：「李公子，我兒時的玩伴，現下只有出塵還在身邊。我同母的兄弟，也只與世民最為親厚。李公子啊，如今世民有難，我能倚靠的，也只有賢伉儷了。」

李藥師忙道：「殿下何出此言！」

妙常嘆一口氣：「當初太原起事，直至長安，皆是世民之功。太子內不自安，乃與元吉協謀，各樹黨友傾軋世民。加以母后早逝，如今父皇宮中諸妃爭寵，年幼皇子十餘人，他們的母妃也多

檢校總管、刺史。縱使不為世民，妙常也盼公子著意於我大唐基業、生民福祉！」這幾句話深深打動了李藥師。他站起身來，長揖至地：「大唐基業、生民福祉，臣畢生萬死莫辭。」

妙常蒼白的臉上，終於浮現幾絲血色。

李藥師、出塵離開平陽公主府時，兩人心上都不知有多少思緒。然而坐在車中，卻是相對默然。回到家裡，只見隨珠捧來一只木盒。打開盒蓋，霎時滿眼金光燦燦。原來家人已將日前德謇、德獎換下的王子服飾整理妥善。

出塵取出看時，但見兩件錦袍，襟袂促小貼身。戰國時期趙武靈王鑒於中原服飾寬衣博帶，並不適合弓馬，於是推行胡服騎射。胡服袍袴緊窄，便於靈活行動。這兩件錦袍便是胡服形制，而剪裁作工無比細緻。其材質爛熳絢麗，底紋粼波閃閃。面上織有林樹，樹下有人物騎馬馳射；又有狻猊、虎貙、橐駝之屬，絕是精巧。③

隨珠問如何處置？李藥師道：「先收著吧。咱家孩兒穿過，總不能再送回宮裡。」隨珠應了一聲，將兩件錦袍收回木盒中，一併拿出去了。

望著隨珠背影，出塵笑道：「如此，明日我又得入宮謝恩了。」

李藥師笑道：「只怕要妳入宮，不只謝恩這麼簡單。」

出塵聞言，當即斂起笑顏，低喚一聲：「藥師……」欲言又止。

李藥師哂然一笑，握起愛妻雙手，忱忱說道：「出塵，姑且不論『虬鬚龍子』，只說四、五年前，若是沒有秦王與妙常，妳家夫婿如何便能安然踏出長安大牢？此等情義，我又豈會須臾忘懷？」

出塵帶些無奈地微微一笑：「我原知你不會忘懷。然這終究是自家私事，再怎麼說，也不該左右你對大局的考量。」

李藥師眼神中滿是對愛妻的感激，輕喚一聲：「出塵……」

二人相對，沉默片刻之後，李藥師收拾心緒，凝神說道：「若說對大局的考量……」他站起身來，邊負手踱步，邊諄諄說道：「師父曾經訓示：『同心協力，開創我華夏生民的安和樂利，讓千秋萬歲的後世同沾德澤。』這才是我平生之所願哪！」

他語音一頓，邊踱步回身，邊繼續說道：「爹爹也曾教誨：『若是生於桀、紂之世，弔民伐罪本是有節者分所當為；否則，若是只因一己之私，而置天下生靈於兵燹塗炭，縱使成就大業，也無顏見先人於地下。』這則是我必須謹守警惕的。」

出塵點頭道：「當年我從昆明池回來，你便提過師父的訓示、爹爹的教誨。」她也站起身來，握上夫婿厚實的雙手：「藥師，你的所思所慮，所行所為，非但無愧於天地，更是承繼親、師之志啊！」

李藥師再度感激地望向愛妻，良久，方才說道：「『全性保真，不虧其身；遭急迫難，精通於天。』想那『九五之分』、『溥有天下』應該只是手段，並非目的。師父所訓『開創我華夏生民的安和樂利，讓千秋萬歲的後世同沾德澤』，那才應該是目的。」「全性保真」等語，出於《淮南子·覽冥訓》。

此時他略尋思，隨即軒聲說道：「『為道者當先立功德。』爹爹所教，旨在救天下生靈於兵燹塗炭。妳我生於這分崩離亂之世，恰可以為自己立大功德、為世人建大功業。如此機遇，想來竟勝於昇平世道、嘉泰年華哩！」「為道者當先立功德」出於《抱朴子·對俗》。

出塵頷首微笑：「『為道者以救人危，使免禍，護人疾病，令不枉死，為上功也。』」這段話亦出於《抱朴子·對俗》。

李藥師不禁慨歎：「夫人深知吾心！」他略一沉吟，引《老子》之言道：「『道生之，德畜之，物形之，勢成之。』放眼如今，吾當審時度勢，與世推移。既然亂世出世，以平天下、積功德為目的，而其過程必當依附一位明主。」他殷殷凝視愛妻：「吾之所忠，忠於本心而已。吾所忠者，乃天下人，並非一人。因忠於天下人之事，所以擇主而事。擇誰為主？當以生民之安和樂利，為吾之首要考量。」

「『擇主而事』！」出塵一聲讚歎：「能為生民立命，便是天下第一等人。因懷生民福祉，所以『擇主而事』，更是莫大功德啊！」

李藥師緊緊握住愛妻柔荑，心緒澎湃洶湧。

出塵也緊緊握住夫婿手掌，語調中滿是崇敬：「『立於中疆，懷顧八荒，必將再造炎漢之皇皇』，這是何等胸襟，何等視野！」她順勢挽著夫婿，邊相攜歸座，邊感嘆道：「李密、蕭銑若能有此『擇主而事』的胸襟視野，又何至於傾覆？」

李藥師慨嘆一聲：「三國迄今，垂四百年矣。世道人心，早已習於九州幅裂，相互攻伐！對於他們來說，『炎漢之皇皇』不過四百年前一傳說耳！」他懷望玄遠：「遙想三國鼎立，兵燹塗炭將近百年。東漢末期全國人口五千六百餘萬，然至西晉初期，卻僅有一千六百餘萬。想這百年之間，人民……唉……人民……」

出塵聽得明白，夫婿話中雖說「三國」，實際意指當今皇帝、太子、秦王之「鼎立」，於是說道：「相爭既不可免，吾人之所思，當在盡其可能減少對於生民、社稷的損害，可是？」

李藥師無比欣慰，含笑開顏：「正是！」他侃侃言道：「如今天策府中，非但武將班班，又延攬十八學士。這十八人以杜、房為首，克明臨機能斷，玄齡善建嘉謀，最為秦王倚重。」

「其後即是于志寧，他出身西魏八柱國之門閥，胤有鮮卑血脈，甚得胡人推崇。延他入府，旨在宣揚雖為文學開館，亦兼重胡、漢之高望。」于志寧的曾祖父于謹，是八柱國中的領兵六柱國之一。

「李道玄、李守素分別代表關中、關東宗法，引宗長入幕，使四海世族歸心。又有陸德明、孔穎達，他們是學者，有學者入幕，令天下儒生嚮往。而蘇世長、顏相時的言論，往往能為陛下採納，可在朝中發揮影響。姚思廉、虞世南則是陛下所不能用者，而秦王能用，更向世人展現了大度與雄心。」

此時李藥師凝視愛妻：「妳看，延攬這十八學士，是否等同將宇內民心，盡行收攬？」

出塵聽得心驚，嘆道：「是啊！經你一番分析，果然宇內民心，盡入秦王彀中矣！如此……」

只見李藥師環顧周遭，確定再無他人，方才低聲謹慎說道：「出塵，妳可曾想過，陛下斬竇建德、流王世充，天下臣民如何看待？後世史家如何看待？竇夏故地舊部又如何看待？竇建德可是仁義大度的豪傑，而王世充卻是嫉忌狹猜的奸佞啊。」

出塵怔怔望著夫婿，待他繼續。

李藥師的話語更加含蓄謹慎：「太子居於關中，齊王則領襄州。王鄭敗後，河洛可謂盡為秦王所有，如若再得山東……」

出塵聽聞此言，心驚不已，顫聲說道：「藥師……你……你是說……」

李藥師微微搖頭：「我並不知，也無意揣測。」此時他語音氣勢轉為軒昂：「然我卻知，我華夏九州切不可再裂土稱王，鷸蚌相爭，任由突厥坐收漁利！」

出塵神態已轉為歆然心折。

只聽李藥師繼續說道：「秦王現下，在外擁有河洛，在內又有天策府。其聲勢，可謂大勢已成，勢不可當。而我可以做的，則是因勢利導，翼助殿下構思阻力最小的成功之道。如此對於生民、社稷的損害，方能降至最低。」

此時他輕撫愛妻纖指，笑道：「一旦功成，妳我便得連袂攜手，逍遙林泉，優游容與，豈非至樂！」

出塵聽得悠然神往，遙思玄遠。然而此時，大事畢竟尚未功成。她想起明日還要入宮謝恩，當即收拾心神，問道：「那我明日入宮，該當如何應對？」

李藥師道：「妳可說與蕣華，我倆自會配合秦王行事。然而在外則應不露聲色，以安陛下、東宮之心。」

出塵答應了。然她想想又道：「妙常傷勢堪虞。記得你與磬玉山孫真人曾有一面之緣，不知可否向他請教，或許有所助益？」

一語提醒了李藥師。他當即修書一封，命人送往磬玉山，奉予孫思邈。

次日出塵入宮，李藥師則忙於筵宴，至晚方歸。一回到家，出塵便將宮內所聞，告知夫婿。原來短短兩日之間，又生事端。李世民、李藥師、房玄齡浮舟芙蓉園當天，杜如晦外出，經過尹德妃父親住家門前，竟遭家僮圍曳墜馬，群廝毆辱，杜如晦的手指都被折斷。事後尹德妃竟向皇帝哭訴，只說秦王僚屬凌暴其家。

李淵大怒，責李世民：「連朕的妃嬪之家都被你那些僚屬欺凌，何況百姓之家！」

李世民深自辯解，卻讓李淵更為不悅，盛怒而道：「你長久典兵在外，受些書生影響，愈來愈不像朕家的皇子了。」

這話委實讓李藥師一驚。皇帝、太子、齊王皆習於北朝以降的鮮卑胡俗，與他們相較，秦王則明顯喜好華夏風品。比如前日在芙蓉園中醉把青荷，就全然是漢民族崇尚的情懷意境。

出塵又說，秦王原居於承乾殿，皇帝以他功大，賜他嶄新宮室，是為「弘義宮」。此宮位於太極宮北、內苑之西，自成一區，正在大興土木。

「太極宮北、內苑之西！」聽到此處，李藥師一時失驚。

「是唷！那是宮城之外呢！」見到夫婿失驚，出塵立時明白，此舉哪是「皇帝以他功大，賜他嶄新宮室」？而是……將秦王遷出宮外，令他遠離朝堂啊！尋思及此，他夫妻一時面面相覷。

不過當此多事之秋，秦府一時未將德謇、德獎接入宮中，李藥師終於能和兩個孩兒短暫相處。德謇已經九歲，活潑好動，堪堪就像年輕時的李藥師。德獎則已七歲，較為好靜，常讓李藥師、出塵想起出岫。令人欣慰的是，這兩個孩兒雖與皇室貴裔親暱，卻並未失卻名門世家子弟應有的典範。畢竟在國子學與宮中，教習仍然相當嚴謹。

不數日，孫思邈已有回音。李藥師的信中只說故舊受傷，拜請援手，並未明言傷者是誰。然孫思邈，卻顯然清楚他是為誰所請，而且在他之前，早已有人請過這位名滿天下的一代藥王。

孫思邈信中說道，傷者時在黎陽，傷後退回相州，立即延請當地名醫甄權診治。他說甄權精擅針灸，亦通湯藥；而他則以湯藥為主，兼習針灸。此番療傷，甄權實則比他更為適任。

一番謙遜之後，這位藥王又說，甄權難得來到京師，不妨趁此機會，請他診視李藥師左足的舊傷。他已修書送予甄權，云云。

果然次日，甄權便備拜帖，來到李藥師府中。甄權是南朝以至隋唐的傳奇醫家，當時已經年逾八十。他早年因為母病，與其弟甄立言精究醫術，專習方書，青年時期已負盛名。楊隋平滅南朝之後，甄權曾任職於祕書省，不久稱病致仕。這次因著平陽公主，世人才得以再度瞻仰前輩名醫的風範。

這位年高德劭的一代醫家來訪，李藥師隆重接待，禮數周全。他原本知道，孫思邈如此審慎，安排甄權與自己相見，絕不會僅為診視自己的足疾。果然，甄權為他切脈，告知舊傷雖未根治，然已保養得宜之後，便談到其他。

甄權首先提及，平陽公主之傷骨碎外露，毒性深入，已經形成瘻疽④，難以收口。現在雖以針灸之術控制毒性範圍，避免擴散，卻並非長久之計。

李藥師精研兵法，自幼便常聽舅舅、大哥談論金創外傷，其後親臨戰陣，體驗更為豐富。日前見到妙常，心中已自有底。因此甄權之言雖然讓他痛心，倒也並不意外。

此時甄權卻站起身來，長揖說道：「老朽另有不情之請，尚望史君成全。」

李藥師趕緊起身還禮：「但請大國手直言。」

甄權說道：「老朽近日入出天策府，數度見到貴府二公子。他雖年幼，卻已心定神凝，加以骨格清奇，非但能傳史君的武學，更是難能可貴的醫家奇才。不知史君可否允准，讓二公子在官學之外，也略涉獵醫家？」

此事雖在李藥師意料之外，但他已知德謇活潑好動，而德獎沉凝好靜。他雖未曾想過讓德獎習醫，但能得甄權這樣的名醫相中，有幸親炙，總是機緣。於是他向甄權深深一揖：「犬子何德，受大國手青睞。若能得大國手提點，固所願也，不敢請爾。」

甄權甚是歡喜，連連謙謝。他取出攜來的幾部入門醫書交予李藥師，便告辭離去。

兩日之後，孫思邈竟也遣人送來幾部入門醫書。看來，認為德獎與醫道有緣的名醫，不僅甄權一位。

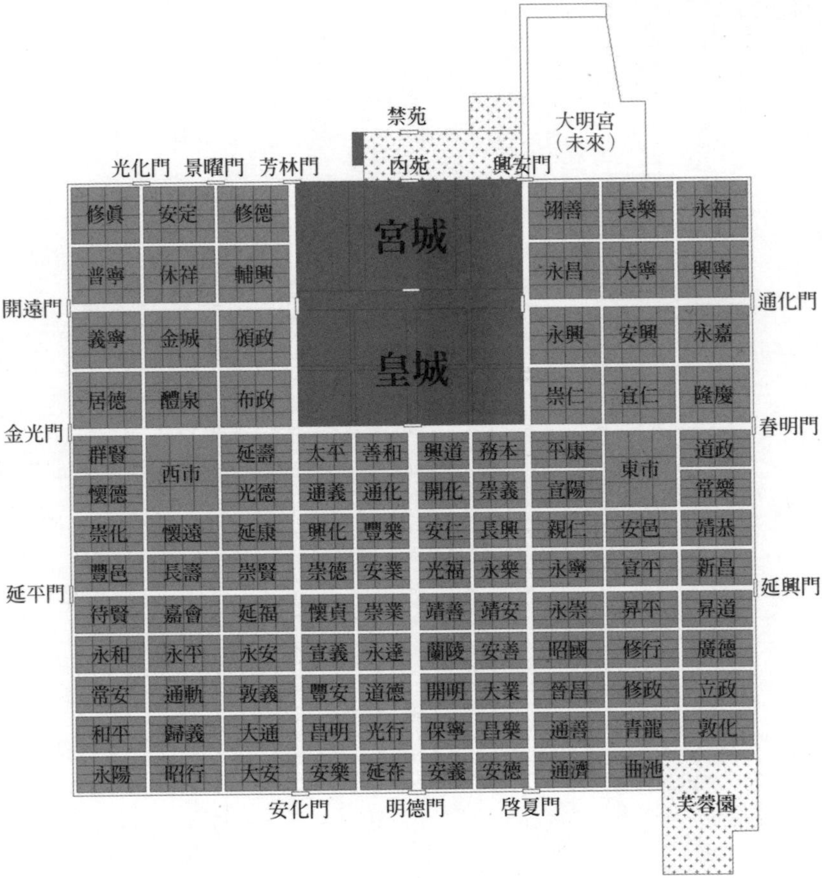

N

初唐長安城圖

0 1000 2000 3000 m

第四十一回　桂州日月

時序進入武德五年八月，李藥師回京述職不過二旬，皇帝便敕建洺州、荊州、交州、并州、幽州五大總管府，位階在他州之上。李孝恭升任荊州大總管。李藥師此時除是嶺南道安撫大使之外，仍檢校荊州刺史、桂州總管，便與李孝恭一道返回南方。這次出塵仍未隨行，她要留在長安陪伴妙常。

年前李藥師銜命招慰嶺南，離開荊州時曾薦岑文本為荊州別駕，負責一應庶務；其後又授劉洎為康州總管府行軍總管。他二人在蕭銑朝中一是中書侍郎、一是黃門侍郎，對於蕭梁故地極為熟稔。此時李藥師回到南方，見他二人已將治地整埋得井然有序，深感欣慰。

然而岑文本在荊州，劉洎在康州，年前隨他南徇的李大亮又已返回安州，都不在身邊。幸好還有陸澤生，對南方尚稱熟悉。當初招慰嶺南，由荊州帶出的五千步騎、五千水軍都已歸建，李孝恭希望繼續由席君買統領，將他留在荊州。海鶻精銳則讓李藥師留在桂州，仍由張寶相統領。

薛孤吳、和璧等則也來到嶺南。

李藥師深知，劉黑闥、徐圓朗之所以能在山東得到廣泛支持，是因竇建德亡後，皇帝未能妥善安撫竇夏餘眾與當地民心。前此招慰嶺南，他雖也曾訪民情、察民意、排民憂、解民困，然當時以接收領地為首要，並未深入整頓。這次回到南方，當著意於安定民生，撫慰人心。這些方面，他與陸澤生商議。

陸澤生道：「知人善任，興利除弊。須先知人善任，方能興利除弊。比如當初以鄭善果招撫山東，便是既不知人，也非善任。」平滅竇建德後，李淵以鄭善果為山東招撫大使。陸澤生只認李藥師為主，對於李淵，他批評起來毫不留情。

然只須不至於太過，李藥師也不多干涉，只笑道：「盼先生對於藥師，能同樣直言不諱。」陸澤生只微微欠身，繼續說道：「鄭善果去到山東，所任各州總管、刺史，沒有一位竇夏舊部。這些原本叱吒疆場的故將遭到排斥，居於閭里，心懷不忿，難免鬧事。州府官吏不能通達情理，只顧以法繩之，或加捶撻，致使眾皆驚懼不安。」他望向李藥師：「在我嶺南則無此情事，蓋因史君知人善任哪。」

李藥師盼陸澤生直言不諱，原意在於指過斧正，此時他卻稱美誇讚。李藥師也只能暗暗自嘲，笑道：「那不過是謹遵聖諭，承制拜授罷了。」

陸澤生仍然只是微微欠身，繼續說道：「高州馮氏、欽州甯氏、循州楊氏俱是嶺南大姓，世為部落首領，善撫族人。康州劉洎、藤州李光度、泉州王義童亦有識人治事之能。」

這段話裡，陸澤生將過去數月之間歸附李唐，得承制拜授的嶺南總管、刺史悉數道來，只差一人。李藥師深明其意，頷首說道：「惟有洪州張善安，先生卻未提及。」

這回陸澤生則深深一揖：「史君明鑑！」

李藥師點頭道：「先生所言極是。對於洪州，我等須加警惕。」

陸澤生稱是，繼續說道：「至於興利除弊，二者互為表裡。如今天下尚未砥定，只怕江東，仍須史君費心哪。」

李藥師聞言一懍，他從未將自己與李世民的談話告知陸澤生，而他卻洞若觀火！然轉念一想，陸澤生出於吳郡陸氏，乃是名將陸遜、路抗之後，對於江東形勢觀感特別敏銳，也在情理之中。於是微笑說道：「先生明燭萬里，藥師佩服！」

陸澤生微笑躬身：「不敢！」接著說道：「所以史君在此，必須徵集府兵，以備江東，此其一也。稽核戶口田籍，調收稅賦，此其二也。嶺南城廓弊陋，亟待建設，此其三也。百越民風強悍，當興教化以移風俗，此其四也。」

對於前三項，李藥師均頷首同意；對於第四項，他則略為沉吟：「移風易俗，須當謹慎為之啊！」

陸澤生躬身道：「是，屬下敬謹受教！」

於是李藥師將徵集府兵的軍政交予張寶相，以薛孤吳為輔；將建設城廓的工事交予陸澤生，以陸氏子弟為輔。其餘二項則由他親自主導，財稅以和璧為輔，興學以當地士人為輔。

張寶相受命主持軍政，問道：「不知史君意欲徵集多少兵員？」

李藥師讚道：「問得好！三國時期，兵員大抵皆與戶數相當，約合每戶徵一兵員，致使民生凋弊。西魏至今的府兵制，約合每四戶徵一兵員，而士庶得以生息。如今嶺南戶口田籍雖尚不完備，但估計有六十萬戶。若以既有兵員為基礎，再行徵集，共得十五萬，則既足以充裕軍政，又不至苛擾民政，如此甚佳。」

張寶相應諾，帶領薛孤吳同去徵兵。初唐府兵的遴選，根據《唐律疏議．擅興》：「揀點之法，財均者取強，力均者取富，財力又均，先取多丁。」當時府兵待遇優渥，須要經過競爭方能入選，而入選者又多為地主、富農子弟，因此在社會上廣受崇敬。這實是制度設定的初衷，以俾延續北朝傳統的「尚武」風氣。

徵得府兵之後，張寶相、薛孤吳所面臨的問題，卻是如何將當地兵員融入體制。嶺南土著用兵方式與中原頗為不同，有「詩鬼」之稱的中唐詩人李賀，在〈黃家洞〉詩中形容當時當地的土著軍士：

雀步蹙沙聲促促．四尺角弓青石鏃
黑幡三點銅鼓鳴．高作猿啼搖箭箙
彩巾纏踍幅半斜．溪頭簇隊映葛花

在此詩出世之前近二百年，嶺南歸入大唐之初，當地民情風俗、精神歸依與中土的差異，則比詩中所敘更為懸殊。李藥師以《孫子．行軍篇》教導所部：「卒未親附而罰之，則不服，不服則難用。卒已親附而罰不行，則不可用。」又道：「愛設於先，威設於後，不可反也。若威加於前，愛救於後，無益於事矣。」這段論述見於《李衛公問對．卷中．十三》。

陸澤生的任務則是工事。嶺南天候、地氣、物產皆與中土迥異，房舍也不相同。關中住宅多以夯土為牆、瓦片為頂；嶺南房舍則常以竹為主、以木為輔。竹木房舍最怕失火，可能殃及全村。不過嶺南潮濕，火災並不多見。他們最大的災害，頗讓李藥師、陸澤生意外，竟是虎患。

當時華南虎為數甚眾，而嶺南土著城廓甚少。為避李淵祖父李虎之諱，唐代稱虎為「猛獸」。這種猛獸攻擊村落，嚴重者甚至造成全村傷亡。於是陸澤生在各地建設城廓，幫助土著杜絕虎患。建成之後原民歡騰，歌舞慶賀。《舊唐書．地理志》所記載的「城樂」，即是這類歌舞。

財稅方面，唐代賦役的租庸調制度，武德七年四月才開始實施。當時只有租調二制，按丁課徵，這種制度的基礎在於核實戶口田籍。前此李藥師南佝，已責成各地總管、刺史度量土地、普查人口，據以授田。

初唐納租的時間，依當地作物收成之期進行斂集；納調的時間，則在八月徵收，九月輸往京師或指定地點。這次李藥師回到嶺南，正值當地秋穀收成。嶺南天候、地氣適宜水稻生長，物產豐饒，納租綽綽有餘。然而納調……

初唐納調以絹為基準，絹是絲織品。不產絲的地區則折為布，布是麻織品。嶺南養蠶繅絲、種麻織布的風俗，均遠不如中原普遍。因此這年納調，未能徵收完備。

嶺南括入唐室不及半載，李藥師原可上書，請求寬貸輸調期限。然而他在當地見到一種特殊的織品，名為「古貝」，其細者則為「白氎」①。「古貝」已較麻布為勝，「白氎」更加細軟潔白，可比絲絹。這是木棉織品，以花絮紡紗織績，是俚族的古老傳統工藝。六百餘年之後，這種技術才由黃道婆傳入中土。當時只交州、廣州才有，其他地方，尤其大唐帝都所在的關中，則十分珍貴稀罕。

李藥師尋思，何不以白氎、古貝替代部分絹帛，繳納稅賦？於是上書進陳當地情況，並以關中本位比較織品的價值，白氎、古貝自是相對昂貴。因此這年納調，嶺南所繳的數量雖少，而價值卻高。朝廷十分欣喜，下詔嘉勉。李藥師將獎賞廣施於地方，讓百姓感恩戴德。日後中央頒布「租庸調」新制，即依李藥師以白氎、古貝替代部分絹帛的成例，將「調」改為「隨土地所宜」，而不僅限於絲絹與麻布。

然在交州、廣州之外，其餘地區沒有白氎、古貝。李藥師讓和璧招募民工，助陸澤生進行工程施作，以工資向民間購入織品，上繳國庫。這是以徭役替代納「調」的變通，亦是「租庸調」制度納「庸」的前身。

織品之外，李藥師在當地還嘗到一味奇物。當時中土的酒均是釀造酒，酒精濃度頗低。連州卻有一種酒②，少飲即醉。這是將釀造酒加熱，承取滴露而得，亦即後世的蒸餾酒。李藥師憶及，四年前三李初會，李孝恭帶來數甕巴蜀綿竹的劍南春，那可絕是美酒！若將劍南春依法加熱，承取滴露，不知會是何等風味？於是他將連州燒酒的技法捎給李孝恭。李孝恭依法蒸酒，竟然得到前所未有的佳釀，開啟後世「劍南燒春」的濫觴。

興學方面，李藥師撥出款項，徵求士紳辦學，將中樞取士之法帶入嶺南。不過當時州級、縣級的學校，還只是草創的規模。

在巡視四方的過程中，李藥師來到康州。隋文帝伐滅陳國之後，因其地有端溪，在這裡置端州。隋煬帝改州置郡，以之為信安郡。歸唐之後，李藥師承制拜授，將信安郡分為端州、康州，以劉洎為康州總管府行軍總管，統攝端、康、封、新、宋、瀧等六州。

此時劉洎除向李藥師匯報諸州行政之外，特地請他前往羚羊峽。端州、康州、羚羊峽都在今日的廣東肇慶，距離廣州不過百餘里。廣州別名五羊城，素有「五仙人騎五色羊執六穗秬而至」的傳說。端州則另有一說，稱原有六羊，抵達廣州之前途經其地，仙人因見峽江險峻，山川秀美，放下一羊而成羚羊峽。

李藥師來到此處，但見江邊兩山相扼，峽谷陡峭水流湍急，綽有一夫當關萬夫莫開之勢，乃是天然險要。在這山高林密、峭壁嶙峋、層巒疊翠、摩崖千尺之間，又有南朝所建的古剎。

劉洎並未帶李藥師上山訪剎，而是來到江岸。這裡遍是盤根抱石的古榕樹，其葉濃密，經冬猶綠，覆蓋如傘。傘下紹紹榕鬚，隨風習習飄颻。李藥師讚道：「如許景致，實非北地所能得見啊！」

端溪即在左近，溪澗積有因地動而墜落的山石。劉洎拾起一塊奉予李藥師：「史君請看。」

李藥師檢視把翫，但見石色青紫，質密而重，尋思說道：「此石溫潤而厚，如玉而重，如若以之製硯，不知可否？」

劉洎深深一揖，笑道：「史君，高啊！下官著人以此石製硯，不意墨色漆亮，久貯不乾。」

李藥師喜道：「當真？」

回到府衙，劉洎請李藥師試用以端溪山石製成的硯臺，果然磨墨無聲，發墨如湧。視察之後，李藥師將此硯帶回桂州。陸澤生見硯石青紫中偶有青綠圓點，小者如芥子，大者如五銖。其間或有黑精，其外又有月暈，讚不絕口，此即後世極品端硯的「鴝鵒眼」。日後李藥師將此硯攜回長安，終使端州端硯與歙州歙硯、臨洮洮硯、絳州澄泥硯並列「四大名硯」，其中又以端硯為首。

在體察民情、廣施德政、建設地方、典兵興學的同時，李藥師並沒有忽略軍國大事。他在長安的幕府，每隔數日便會送來邸報，附上僚屬的抄注，間或也有出塵的信函。

武德六年二月，懸心半年之後，噩耗終究傳來。平陽公主薨逝，出塵傷慟欲絕。

李淵對於諸女，私心裡最寵愛的或是第四女高密公主。然對平陽公主這位惟一的嫡女，他在父愛之外，甚且帶有幾分敬意。畢竟，她是如此一位千古罕見的奇女子。皇帝諭令禮官，依《謚法》「明德有功曰昭」之義，謚平陽公主曰「昭」。葬禮詔加前後羽葆、鼓吹、大輅、麾幢，又有班劍四十人，以及虎賁甲卒。

這樣的殊恩，已超出律訂的體制，讓執掌宗廟禮儀的太常寺提出異議：「依禮，婦人無鼓與太子、齊王結交，在父皇跟前譖愬世民。」

李藥師並不是未曾聽聞這些宮闈事端，只是他已年逾半百，閱略博雅。莫說湮遠舊事，就是前朝楊隋廢立太子，他甚至親身經歷。眼見楊素、史萬歲等牽涉其中，無論成敗，後果都甚不堪，他委實不願讓自己重蹈覆轍。

只聽妙常繼續說道：「去年此時河洛砥定，父皇命除乘輿法物、圖籍制詔之外，其餘財寶玉帛，全部分賜將士。世民依詔，已將數十頃田產賜予淮安王。卻有張婕妤為自家父親向父皇求賞，父皇手敕賜之。淮安王以世民所予在先，不肯交出，張婕妤便向父皇哭訴。父皇怒責世民：『難道我的手敕，竟還不如你的教令？』世民雖為自己辯解，然終不為父皇採納。」

妙常訴說李淵不聽辯解之事，卻讓李藥師想起劉文靜的冤死。往往，事實究竟如何，遠不如維護皇權來得重要。

此時妙常雙手拉著李藥師，說道：「李公子，無論如今你我是何位分，你永遠是我出塵妹子的夫婿。而世民，他永遠是我最最親愛的二弟。你想，將來……世民他……他能有活路嗎？」

李藥師心中暗自輕嘆一聲：「殿下……臣……臣……」

妙常卻繼續說道：「另有一事。如今後宮嬪妃，頗有人慫恿父皇再度立后。」

此言一出，倒讓李藥師瞬時一懍。眼下太子、秦王、齊王三位皇嫡子之間已如此相煎，倘若再度立后，形勢更不知將如何紛亂。

只聽妙常悠悠說道：「李公子啊，你畢竟是我大唐的上柱國、永康縣公、嶺南道安撫大使、

吹。」

李淵不以為然：「鼓吹乃是軍樂。唐師初起義軍，公主便在司竹舉兵，響應義旗，其後又屢次親執金鼓，克敵建勳。遠在周代，文母已列『十亂』。公主功參佐命，不是一般婦人所能匹儔，怎可沒有鼓吹！」「十亂」指輔佐周武王姬發治平亂世的十位功臣，包括文母、周公、大公、召公、畢公、榮公、大顛、閎夭、散宜生、南宮适等十人。其中「文母」是周文王的正妃、周武王的母親太姒。

於是，平陽昭公主成為中國歷史上，封建皇朝中，第一位，也是惟一一位，得到軍禮下葬的女性。

喪禮之後，出塵希望散心，請得李世民允可，帶著兩個孩兒前往桂州，與李藥師相聚。

這年德謇十歲、德獎八歲，他們來到桂州，最開心的莫過於薛孤吳了。陸澤生、張寶相、和璧等都將他當成孩子，現在德謇、德獎到來，他終於可以當哥哥了。此時徵兵、軍政都已漸上軌道，薛孤吳但有空閒，便要過足當「哥哥」的癮。

德謇、德獎初到，但覺事事新奇。畢竟嶺南非但天候地氣、風土物產、言語習俗皆與北地迥異，還有這裡的人……他們在長安雖也見過「崑崙奴」，但從未想過竟有如此之多，甚至家裡也有。

「崑崙奴」是唐代對於黑人使役的稱呼，他們來自交州、崖州海外，中唐之後在所多有。然而時當初唐，北方尚不常見。李藥師與馮盎相敬相惜，這次他甫到桂州，馮盎便送來十名崑崙奴，說他們既勇健又順從，甚為得力。這些崑崙奴最初只在府中協助和璧，後來和璧逐漸忙於公事，李藥師身邊的瑣事，竟多由崑崙奴服侍了。

薛孤吳來此已有半年，他當真如兄長一般，不時帶領初來乍到的兩個弟弟，或在府中熟悉環境，或至外間攀山越嶺。

桂州三冬少雪，四季常花，山水之美，歷來受到文人青睞。其山危峰兀立，怪石嶙峋；其水澄澈清明，晶瑩如鏡；其洞玲瓏剔透，形態萬千。然而孩子們的心思，卻不在此。

桂州山間多猴，這日三人見到一隻毛如金絲的小猴，依偎在母猴身邊，絕是可愛。薛孤吳早已習慣與群猴嬉戲，此時同那母猴逗鬧半晌之後，母猴竟然容他抱起小猴。他讓德謇、德獎輪流懷抱愛撫，幾個孩子開心之至。

此後每隔數日，三人都要再入山間尋那小猴。那母猴也是一身金絲，其尾尤其碩美，竟與猴身等長。不過孩子心性，更愛那隻小猴。薛孤吳已經能與土著溝通，聽當地人稱這絕美的金絲猴為仙猴，幾個孩子對之更是疼愛無比。

這日三人正自逗弄小猴，一陣風聲呼嘯，冷不防竟有一隻猛虎，正正撲向小猴！母猴警覺最早，天性使然，全不顧及自身安危，橫向直衝虎身。華南虎是體型較小的虎，而這母猴身長三尺，其尾亦長三尺，一衝之勢竟將虎身撞開幾分，堪堪錯過懷抱小猴的德獎。

薛孤吳嚇壞了，挽起長弓箭射猛虎。雖然射中，但是一支羽箭，並無法重創猛虎。德謇震駭之餘仍頗機警，拉起懷抱小猴的德獎，便往樹上竄去。

李藥師兄弟自幼慣於蒐狩，父母也任他們自由，不多管束。出塵何等女子，當然不會過於干涉孩子們的行動。但是德謇、德獎畢竟年少，他們隨薛孤吳進山，出塵也會帶著隨珠遠遠跟隨。此時她倆也嚇壞了，同時連發數箭，箭箭中的。然而那隻猛虎，仍自困獸猶鬥。

所謂「雲從龍，風從虎」，這等風聲驚動了玉爪白鶻，牠長鳴一聲，直往山間疾飛。李藥師聽見聲息，也追出來。然待他到來，猛虎已經倒地，母猴也已氣絕。那小猴哀戚不已，抱著母猴屍身悲鳴。

李藥師輕嘆一聲，想起《玉篇》中有「猓然」③。這是一種長尾猿猴，書中記載「生相序，死相赴，取一猓然，數十猓然可得，蓋聚族而啼，殺之不去。」這小猴如此依戀已經氣絕的母猴，難道便是「猓然」？

李藥師抱起母猴屍身，小猴追來依附，堅決不肯或離。此時已有軍士奔來，抬起猛虎屍身。德謇、德獎從樹上躍下，跟隨父母回到府衙。百餘年後青蓮居士揮灑〈白馬篇〉，其中「弓摧南山虎，手接太行猱」一聯，便是當下實景。然詩仙句中何其豪闊奔放，此時眾人卻在驚心之餘，猶懷哀思。

桂州總管府衙的內邸中堂上，李藥師端坐正位，出塵一旁相陪，地下跪著薛孤吳、德謇、德獎。張寶相已趕過來，與和璧、隨珠、幾名軍士一同侍立在側。堂外則有「猛獸」、母猴屍身，以及緊抱母猴的小猴。

李藥師眉頭深鎖，對跪在眼前的三人說道：「你們三人，一未違犯軍法，二未觸忤家規，卻鬧得沸沸揚揚，可真有本事！」

薛孤吳叩首道：「過錯全在屬下，願領史君責罰！」

德謇、德獎也叩首道：「孩兒皆有過錯，願領爹爹責罰！」

李藥師正色道：「既未違犯軍法，又未觸忤家規，卻要我如何責罰？你們自己倒是說說！」

薛孤吳靈機一動，說道：「史君，不如將那猛獸屍身交給屬下，容屬下善加鞣製，獻予史君。」

李藥師「哼」了一聲：「這倒像是便宜了我！」

薛孤吳見李藥師臉色緩和下來，趕緊說道：「屬下早已有意獵取猛獸，鞣其毛皮獻予史君，故此不算責罰。如今另有母猴，而兩位弟弟或許尚未通曉鞣製毛皮之術，不如便與屬下一同整治那母猴？」

德謇聞言，趕緊說道：「爹爹，不如趁此機會，便讓孩兒與弟弟在功課之餘，學習鞣製毛皮？必不敢因此怠忽了功課。」德獎在旁連連點頭。

李藥師問到：「僅僅如此？」

德獎機靈，當即說道：「孩兒與哥哥，必會好生照顧那小猴。」

李藥師終於滿意地點頭。

這日之事，除陸澤生外，可說人人參與。只有陸氏家族，他們對於與己無關的事務，向來不聞不問。然而兩個孩兒若要學習鞣製毛皮之術，李藥師卻得去找陸澤生。薛孤吳不是不會，然與孤潔挑剔的陸澤生比起來，功力差得太遠。高人當前，李藥師自是要讓兩個孩兒，學習最為精湛的絕藝。

數日之後，桂州總管府中多了幾隻幼虎。原來崑崙奴通曉虎性，在協助陸澤生處理毛皮時發現，那是一隻生育不久的雌虎。他們得到李藥師允准，帶領薛孤吳、德謇、德獎去到山中，找到虎穴，將已餓得奄奄一息的幼虎，悉數帶回府中。

第四十二回　名將歸心

武德六年開春，嶺南與江東之交開始出現亂象。半年前泛舟芙蓉園時，李藥師、李世民曾經論及，杜伏威入京，以輔公祏留守丹陽，卻將兵權交給王雄誕，顯然對輔公祏有所警惕。不過短短數月，他們預見的情事，已經顯露端倪。

李藥師年前招慰嶺南，讓他留有深刻印象的人物不在少數。劉洎的文治、馮盎的威武、楊世略的愛民……他都心存敬意。然而張善安，卻讓他有所警惕。此人少年時期即是盜賊，隋末群雄不少曾為盜賊，但往往是為情勢所迫。可這張善安，似乎卻是盜賊心性。當年他投靠林士弘，不得信任，絕非偶然。年前他助李唐攻伐林士弘，所思所念並非生民福祉，而是個人利祿。此等樣人，李藥師自然不會輕忽。

他已得到情報，張善安與輔公祏時有往還。因此這年春夏之交，張善安在洪州造反時，李藥師便知道輔公祏準備起事了。靈渠陡門行船費時，他命張寶相將海鶻精銳從桂州調到臨源。如此

一旦亂起，特種部隊便可以順湘水疾航，進入大江，直下江東。張善安則很清楚李藥師的能耐，他不敢西進，只得向東攻掠。李淵雖遣張鎮周由舒州南下擊討，但張善安已經攻陷孫州了。

唐初江東形勢紛亂，杜伏威、李子通、沈法興、林士弘、陳稜之間相互攻伐。在這許多地方勢力中，惟有杜伏威歸附李唐，但也只是名義上奉李淵為主，中樞在實質上並無法號令江東。及至武德五年，陳稜、沈法興、林士弘已先後覆亡，李子通也遭杜伏威擊敗，解送長安。此時放眼江東，杜伏威是惟一雄主。然而放眼「天下」，江東之外已全是李唐河山。於是李淵召杜伏威入朝，試圖實質掌控江東。

杜伏威離開江東，以輔公祏留守丹陽，卻將兵權交給右將軍王雄誕，此舉頗令輔公祏不滿。杜伏威對自己這位總角之交知之甚篤，他先前以闞稜為左將軍、王雄誕為右將軍，不讓兵權落入輔公祏之手。輔公祏怏怏不平，遂與故人左遊仙佯裝學道辟穀，韜晦隱忍。此時杜伏威帶闞稜進京，行前還特意叮囑王雄誕：「我去長安之後，你切莫失職，以免輔公祏生變。」

不出所料，杜伏威剛離開丹陽，輔公祏、左遊仙便圖謀起事。然兵權在王雄誕手中，輔公祏難以染指。於是他詐稱接獲杜伏威來信，對王雄誕的忠誠表示懷疑。王雄誕受激，心生不忿，稱疾不肯視事。輔公祏趁機奪取兵權，隨後遣人告知王雄誕圖謀起兵之事。王雄誕大為懊悔，不肯附逆，遭到縊殺。

輔公祏又偽造書函，指稱杜伏威在長安遭李淵扣留，無法返回江東，只得令他起兵。江東將士原以王雄誕、闞稜為首，此時王雄誕因有「貳心」已被「正法」，闞稜又遭長安「扣留」，於是同仇敵愾，支持輔公祏。他遂於武德六年八月稱帝，國號宋，起兵反唐。

當時李唐的勢力非但尚未真正及於江東，就是淮南、淮北、江漢諸地，也並不十分穩固。輔公祏逆旗一舉，趨附者頗眾。李淵想詔時在并州的李世民為元帥，出兵江東，但他竟然不肯離開，因為……

兩年半前，頡利可汗為救王世充而進寇汾陰，李淵調劉世讓回去抗衡之後，劉世讓便留在并州。其間頡利曾設法說降劉世讓，無法得逞；又試圖寇關，也被劉世讓擋下。

劉武周敗亡之後，其副手苑君璋依附突厥，當時他與劉武周舊部高滿政都在馬邑。劉世讓戍守馬邑南方的崞城，他一面以厚賞引誘馬邑士卒來降，另一面以騎兵擾掠馬邑四郊，破壞農糧作物，苑君璋束手無策。此時李唐遣使招降，高滿政知道馬邑民眾心向長安，便勸苑君璋降唐，苑君璋不從。高滿政引兵夜襲，迫使苑君璋亡奔突厥，隨即以馬邑歸附大唐。

苑君璋去到突厥，必欲將劉世讓除卻。他一面引突厥大軍進犯馬邑，李淵急調李建成駐軍北境、李世民屯兵并州；另一面遣人向李淵告密，稱劉世讓私通突厥，李淵竟然輕易採信！

李世民屯兵在劉世讓左近，深知此乃誣告，上書為他辯白。然而此時李淵對李世民已深為忌憚，李世民愈為劉世讓辯解，李淵便愈認定此人必不可留。正當此時，傳來輔公祏起事的消息。李淵便詔李世民為江州道行軍元帥，命他征討輔公祏，實則是要將他調離河東。然而李世民為劉世讓之事，一時竟不肯離開并州。

李淵只好另詔李孝恭為元帥，率水師出江州；以李藥師為其副，率交、廣、泉、桂諸軍出宣州。並以懷州總管黃君漢出譙亳，齊州總管李世勣出淮泗，加上任瓌、張鎮周、盧祖尚、周法明、闞稜，七路行軍總管均受李孝恭、李藥師節度，進討輔公祏。此外，又以李大亮為江東安撫使。

發兵詔令來到嶺南，出塵即與隨珠收拾行囊，帶兩個孩兒回京。李藥師則下達緊急軍令，一面向交州、廣州、泉州調兵，命每州各出三千步騎趕往宣州；一面命張寶相率海鶻精銳速下江州，與李孝恭會師。同時送出三封急件，一呈李孝恭，請他以江州總管李襲志為水軍總管；一致李襲志，請他協助李孝恭；另一致李大亮，請他留意張善安。自己則率陸澤生、薛孤吳、和璧等，領三千桂州步騎疾赴宣州。

途中李藥師與陸澤生商討情勢。陸澤生道：「戡平蕭銑之前，我軍在夔州備戰一年有半。如今倉促出師，亟須通盤謀劃。」

早在三李初會之時，便已議及獻策圖梁。若從那時算起，戡平蕭銑可謂備戰三年有奇。然李藥師不提這些，只點頭道：「調集兵馬頗費時日，估計諸軍會齊，當在數月之後。」

陸澤生道：「是。當年蕭銑東有林士弘，北有王世充，必須多方布署，無法專圖我軍。如今輔公祏則無後顧之憂，只與我軍為敵。此人甚工心計，他早懷異心，進入丹陽自建旌旗之後，吳王舊部都得加官晉祿，因此眾皆悅服。同時他也知兵，當年以數千兵卒擊潰李子通數萬大軍，進占丹陽。此次起事更是整修兵器甲冑、儲運糧秣軍資，一切早已有備。」這裡「吳王」指杜伏威。

李藥師點頭道：「的是。因此我想，他必不會僅守江東，而會主動出擊。」果如所料，在他二人研議的同時，輔公祏已遣徐紹宗進攻海州，陳政通進攻壽陽。

李孝恭、李襲志、李大亮皆與李藥師有舊，接獲信函，先後回覆表示應允。然李大亮尚未趕到，張善安已經動手。

且說……周法明接到進討輔公祏的詔令，在荊口屯兵，隔江即是張善安所據的夏口。這日周法明在艦上飲酒，見有漁艓靠近，眾人不以為意。不料船上並非漁民，而是張善安的刺客，竟將周法明襲殺。

此時李大亮已到江州，他將張善安直追至洪州，用計擒獲，解送長安。張善安辯稱並未與輔公祏交通，李淵一時也沒有將他治罪。

李孝恭當時則在襄州，接到詔令，出發前與諸將筵宴。席間命人取水，端上來時，清水竟突然變為血水，在座盡皆失色。李孝恭卻舉止自若，說道：「這正是輔公祏授首的徵兆！」當即便取血水一飲而盡，滿座盡皆歎服。

李藥師在行軍途中得知周法明遇刺，深自惋惜；然而聽說李孝恭席上清水變為血水之事，卻不免暗笑。他率兵途經鄱陽湖時，張善安已被擒獲。抵達宣州時，廣州、泉州兵員皆已先到，交州則因路遠，人馬尚在途中。聖詔既然明令「率交、廣、泉、桂諸軍出宣州」，李藥師就必須在此集結諸軍。待得交州兵馬到來，紮營停當之後，即率陸澤生、薛孤吳、和璧等趕赴舒州，與李孝恭會師。當時已是武德七年一月，其餘七路行軍總管，不，現在僅餘六路了，都已抵達。

次日李孝恭升帳，六路行軍總管中，竟只有與李孝恭友好的盧祖尚詣帳參見。其餘五路將領有四路姍姍來遲，李世勣甚至根本不到。李藥師由張寶相、席君買處得知，情況經常都是如此。

李藥師期期以為不可，去見李孝恭。李孝恭正不知如何是好，當即向李藥師請益。

李藥師道：「張鎮周是舒州總管，又是本地人士，政聲極好，自視頗高。月前輔公祏遣陳當世進攻猷州，被他擊破。如今來到他的地界，須得有所作為，方能令他心服。李世勣、黃君漢、任瓌曾隨秦王殿下砥定河洛，心向秦王；闞稜則來自江東，心向吳王。」

李孝恭苦笑道：「是啊，秦王、吳王都是親王，孤卻只是郡王，難以讓他們心服啊。」

李藥師正色道：「殿下切莫妄自菲薄。如今殿下身為元帥，肩負戡平江東之重，須得令行禁止。」

李孝恭語氣仍頗無奈：「『令行禁止』！可如何做到？」

李藥師道：「李世勣雖然年輕，卻綽有軍功，極受秦王看重，黃君漢、任瓌皆以他為馬首。如若能使李世勣心服，則黃君漢、任瓌必也聽令。張鎮周原在兩可之間，一旦淮泗、譙亳諸軍效命，他必不再抗拒。彼時諸將歸心，闞稜縱使驕矜，卻也無法自專。」

李孝恭喜道：「極是！然先生能使李世勣心服？」

李藥師躬身道：「請殿下容僕設法。」

回到自己帳中，李藥師命和璧取來秦王平竇建德、王世充、劉黑闥、徐圓朗諸戰的邸報，徹夜研讀。有不足處，還去向李孝恭調閱。

次日一早，李藥師僅帶薛孤吳，微服往訪李世勣。德謇、德獎並未將那金絲小猴帶回長安，此時隨大軍來到舒州，李藥師要薛孤吳將牠帶上。

這次進討輔公祏的各路人馬中，除李孝恭的荊州水師、李襲志的江州水師之外，就屬李世勣的齊州水師，兵員、船艦最為完備。李孝恭以李襲志為水師總管，要將李世勣的水師，與其他水師一同交由李襲志統籌調度，李世勣可不願意。

這年李世勣年方三十一歲，卻已是上柱國、曹國公、右武候大將軍、齊州總管。他深得皇帝寵信，又曾隨秦王征戰，立下軍功無數。當此而立之年，不免心高志傲。這次進討江東，李世勣首度歸於李孝恭麾下，但他只將李孝恭視為未更戎旅的一介郡王。至於李藥師，雖然盛名遠播，卻也未曾謀面，或許名過其實，也未可知？何況這次帶來六千步騎、六千水師，俱是齊州精銳。李世勣心下認為，單憑一己之力，便足以剿滅輔公祏。

李藥師、薛孤吳來到齊州總管的轅門外時，李世勣正在江邊督練水師。得軍士報知李藥師到訪，他畢竟是皇帝敕命的副元帥，李世勣不好失禮，只得回營接待。他途中邊馳行邊盤算，無論如何絕不能把齊州水師交出。

李世勣策馬行來，遠遠便已望見，轅門之側立著兩人兩馬。前立一人年約五旬，瓌偉疏闊，氣定神閒。其側一人牽著兩匹駿馬，年方弱冠，虎背蜂腰，英氣勃發，肩頭蹲踞一隻金絲小猴。半空中還有一尾白鶻，翾翾盤桓，驚得李世勣的駿馬一聲長嘶。他趕緊下馬，將坐騎交予左右，自己快步前行。

李藥師則遙望，那李世勣年方而立，步履雄健，虎虎生風。待走近來，但見劍眉星目，精華內蘊，好一位萬中難尋的青年將軍！這是兩位名垂青史的傳奇將相第一次相見，心底彼此暗暗喝采。①

不過李世勣並沒有忘卻眼前的任務：拒絕交出齊州水師。他遠遠便向李藥師拱手為禮：「李世勣參見安撫大使！」

李藥師見他不稱「副帥」，而稱「安撫大使」，並不介懷，只還禮道：「李藥師冒昧來訪，盼未耽擱將軍公務。」

李世勣道：「不敢！只是舟師乍到，不明地勢水文，故爾前去探勘，並非要緊公務。」他略為停頓，問道：「不知大使所為何來？」

李藥師見他無意讓自己入帳，微微笑道：「聽聞總管喜好茗飲，不知可否叨擾一碗？」如此要求，莫說是副帥，就是一般將領，李世勣也不便峻拒，於是將李藥師延入自己帳中。此時薛孤吳已將兩匹駿馬交予營中軍士，隨李藥師行至李世勣帳前，只在帳外侍候。

帳中已有軍士備妥茶桌、炭火、水釜、茶碗諸事，李世勣從貯茶的箱籠中取出一件紙囊。唐人煎茶，先以炭火焙炙茶餅，再用石碾研細，過羅篩出茶末，便可煎水投茶。其講究者，必定現焙現研、現篩現煎。但也可將茶餅先行焙妥，以紙囊封貯，使不泄其香。然而此時李藥師眼前所見，這位青年將軍取出的紙囊中，所貯竟是已研細的茶末，直接投入釜內的沸水中。

時當初唐，品茗之風尚未普及，只是貴族所翫。李藥師出身簪纓世冑，又曾親炙玄中子，習得精絕茶道。李世勣則出身富戶，入唐之後方才接觸茶事。若將茶餅先行焙妥，以紙囊封貯，已恐泄其真香。如他這般非但先行焙妥，更已研細、過羅，李藥師深知，縱以紙囊封貯，也無法保存茶香。何況沸水投茶，也不允當。然而此來非為切磋茶道，因此並不說破。②

李世勣在茶中加入鹽花、酪漿、椒末、薑末諸事③，分盛二碗。一碗奉予李藥師，一碗自品，狀甚自得。

李藥師先賞茶面湯花，再聞茗茶芬芳，微笑道：「這莫非是福州方山之露牙④？」言畢細細品嘗。

李世勣笑道：「大使安撫嶺南，自當嘗過此茶。」

李藥師神色卻轉趨凝重：「不瞞總管，我在嶺南初嘗此茶之時，恰好得到一位青年軍事奇才，因為誤判軍機，導致全軍覆沒，單騎脫逃的消息。當時真是深感痛惜啊。」

李世勣一懍：「不知大使意何所指？」

李藥師道：「武德四年十二月，劉黑闥攻陷冀州，進逼宗城，總管應當記得？」

李世勣一聽之下，臉色陡變。只因李藥師所說「全軍覆沒，單騎脫逃」的青年將軍，正是他自己。

當時李世勣在宗城只有五千步卒，劉黑闥攻陷冀州，遣蘇烈率數萬大軍進逼。他只得棄守宗城，往西退保洺州。敵軍追擊，五千步卒全軍覆沒，李世勣單騎脫逃。此役是唐軍與劉黑闥對戰的關鍵，因著宗城失守，劉黑闥直下洺、相、黎、衛等十餘州，迅即便將竇建德舊地大抵收復。幸好不久李世民出師，擊敗劉黑闥，將他逼入突厥。

這次戰役是李世勣平生之恥，雖已過去兩年，但他每思及此，都有椎心刺骨之痛。孰料李藥師竟當面提起，李世勣勃然而怒：「大使何意？難道特地來此羞辱於我？」

李藥師卻泰然自若，淡淡說道：「勝敗乃兵家常事，何況當時諸將亦皆失守，非你一人之過。」此時他凝視李世勣：「然你是人間龍鳳，將中翹楚，留下此敗豈不遺憾？我今並非羞辱於你，而是將軍，你難道不想究其因由？」

兩年以來，李世勣時時苦思此役，始終不得其解。他知李藥師精通兵法，難道當真知其因由？此時他勉力按下怒氣，問道：「大使之意，莫非如若你在宗城，當時竟能取勝？」

李藥師搖頭道：「非也。如若我在宗城，當時也難取勝。但我卻可設法，避免後續全線潰敗。」

李世勣心高志傲，只因年少功高。但他亟思進取，聽聞此言怦然心動，當下斂容，低頭說道：「懇請大人指點。此役五千男兒死於非命，十餘城池相繼淪陷，實乃世勣平生之恥。適才未將失禮，尚請大人海涵。」他口中稱謂已從「大使」改為「大人」。

當年在洛陽西方的軍幕中，李藥師曾就案上積塵指畫地圖，與李世民商討形勢。此時江邊潤澤，積塵不多，但有茶湯。李藥師邊蘸取茶湯，邊說道：「知恥近乎勇，好學近乎知，將軍著實令人欽佩。」

李藥師手指幾番揮灑，茶桌上便出現一幅簡單地圖。他在地圖上指點：「將軍請看，劉黑闥率軍南下，先取定州，再取冀州，又逼宗城。宗城雖小，卻是關鍵。此城一失，洺州再無屏障，其餘諸州自也難保。」

李藥師所說這些，李世勣再清楚不過，登時說道：「大人所論極是。然諸州形勢世勣瞭然於胸，因知宗城難守，故爾退保洺州。」

李藥師微笑道：「然則洺州可曾保住？」

李世勣恨恨說道：「洺州乃竇夏舊都，城中豪強心向竇建德，與劉黑闥裡應外合，不曾保住。」

李藥師只是澹然淺笑，望著李世勣。李世勣被這含笑眼神望得略不自安，尋思半晌，豁然開朗：「宗城一旦失守，洺州必不可保。因此當初『棄守宗城以保洺州』的戰略，是說不通的。」

李藥師仍自淺笑：「極是！極是！」

李世勣道：「然我只有五千兵馬，如何能敵蘇烈數萬大軍？大人當時若在宗城，又當如何作為？」

李藥師依舊澹然淺笑：「將軍，當時我軍括有河洛，將軍何以只看宗城一隅？」

李世勣急急說道：「然我當時只有宗城一隅……」說到此處，李世勣倏地發現，眼前此人非但神色絲毫沒有改變，仍是澹然淺笑望著自己；甚至坐姿也絲毫未曾稍動，始終泰然自若。這不變、這澹然、這不動、這泰然，讓他頓時驚覺，眼前之人高大無比、深邃無比，竟似可以與泰山相比肩、與東海相頡頏！

李世勣當下銀牙一咬，站起身來便向李藥師拜倒：「世勣出身草莽，不知兵法，盼以大人為師，懇請大人不棄！」

李藥師趕緊起身，想將李世勣扶起。然李世勣定在地上，不肯起來。李藥師不好以武相強，只得說道：「將軍久經戰陣，將兵之能並不在我之下。我只多讀幾部兵書，豈敢為你之師？」

李世勣仍不肯起來，毅然說道：「世勣真心相求，盼大人有以教我，切莫推辭。」

李藥師見他如此，輕嘆一聲：「你可以我為師，我卻不可以你為徒，否則日後朝中不好相處。若你不棄，我便將我所學，盡數說與你知，可好？」

李世勣大喜，再拜而道：「能得大人指點，得遂平生之願，實乃世勣大幸！」

李藥師引李世勣歸座，重新點蘸茶湯，在茶桌上指畫地圖：「懋功請看，宗城雖小，卻是止住劉黑闥南下的關鍵。若想保住洺州，以至相、黎、衛等諸州，則宗城絕不可失。」「懋功」是李世勣的字。

李世勣恭謹應道：「是。」

李藥師問道：「區區五千步卒，無法抵禦蘇烈數萬大軍，卻又不可棄城而去，該當如何？」

李世勣面現堅決神色：「守。死守。」

李藥師點頭道：「的是，然卻不僅如此。劉黑闥十一月中攻陷定州，當時你應已知他擁大軍。至十二月初，他攻陷冀州，進逼宗城。這其間有將近二十天時間，你除應築深溝高壘，堅壁清野，準備死守之外，還應向外求援。」

李世勣默然。以他年少功高的傲氣，如何能夠輕言「求援」？李藥師微微一笑，他也曾經年輕，也曾意興風發，豈會不明其理？此時溫顏說道：「若向左近城池求援，你或不肯，而他們自顧不暇，也未必能來援你。但是，若向秦王求援呢？」

李世勣眼神一亮：「是啊，我應早向秦王稟報，不該等到城池陷落，敗績傳入長安。」他冷汗涔涔而下：「那遲了一整個月啊！」李藥師點頭道：「秦王若早知曉，必會傳檄河洛。」他望向李世勣：「你在宗城堅守，必能等到援軍。無論如何不濟，也不至讓五千大好男兒，盡數喪於敵手。」

李世勣虎目含淚：「世勣有愧啊！」

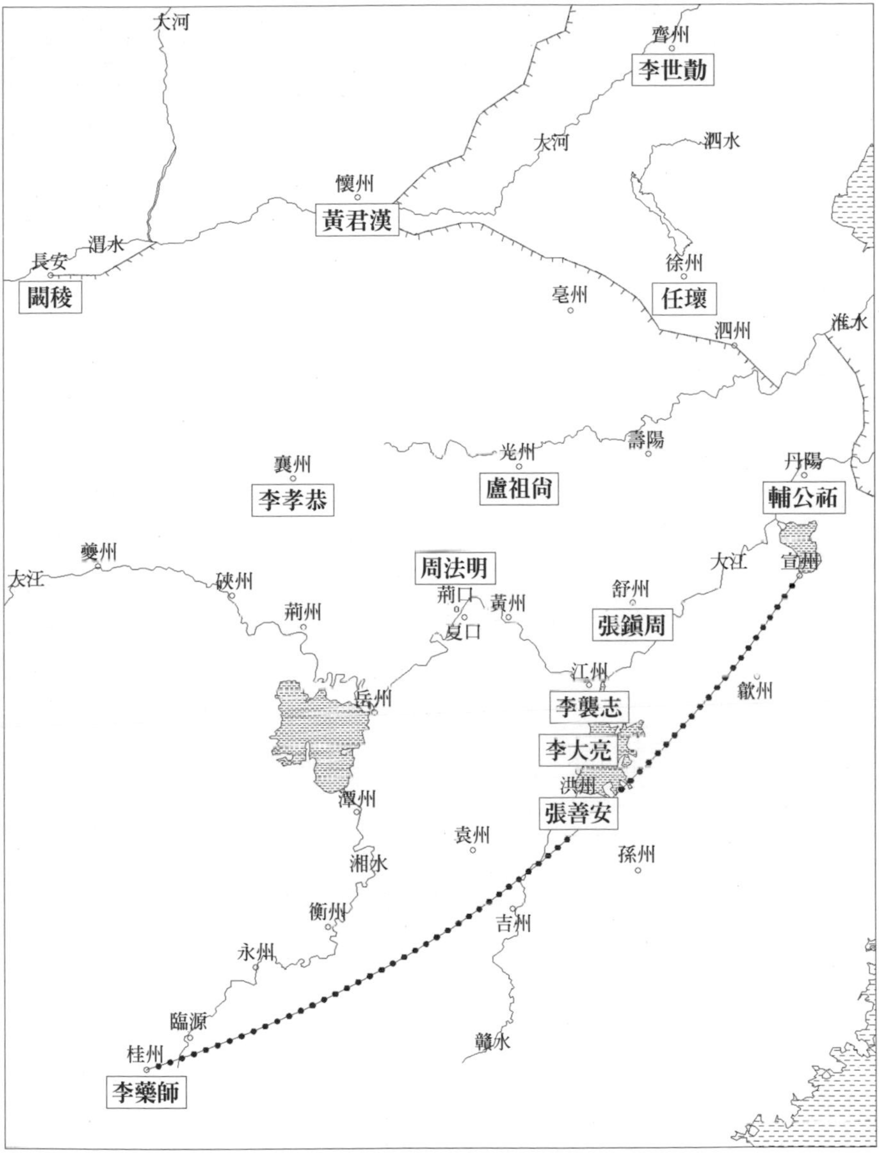

N

武德六年諸路總管出兵圖

0 100 200 300km

第四十三回　威震江東

李藥師率薛孤吳辭出齊州總管的營轅，李世勣親自將他二人送回嶺南大使的軍幕，途中向薛孤吳問起金絲小猴、玉爪白鶻。提到金絲小猴，薛孤吳興高采烈，說起他親手為李藥師鞣製的「猛獸」毛皮，可惜沒有攜在身邊。那金絲母猴毛皮卻在，只因小猴若無母皮，不肯安寧。李世勣聽說「猓然」的義行，也自嗟嘆。

薛孤吳說得興起，又提及崑崙奴帶他三人入山，探得虎穴，將幼虎帶回豢養等事。李世勣對崑崙奴並不熟悉，不知他們通曉虎性，更從未聽說豢養「猛獸」之事。此時薛孤吳娓娓道來，讓李世勣聽得津津有味。

然而提到玉爪白鶻，薛孤吳就安靜多了，只怏怏說道：「若在副帥帳下序位，我肯定排在玉爪之後。」

李世勣朗聲大笑，對薛孤吳說道：「若在副帥帳下序位，我更要排在足下之後哩。」

他們一行經過其他諸路總管的營區，黃君漢、任瓌、張鎮周等見李世勣前倨後恭，面面相覷。惟有闞稜，仍自高置。

回到營區，與李世勣作別之後，李藥師便向李孝恭匯報造訪李世勣的始末，只將拜師一節隱去。李孝恭聞言大喜。

此時這位趙郡王心情甚好，李藥師覺得可以對他提及清水變為血水之事，於是將帳中執事支開，略帶調侃地含笑說道：「殿下煉製丹藥之術，益發精進了。」

他二人原本私交甚篤，歷經戡平蕭銑一戰，李孝恭對李藥師更是敬服。此時知道自己清水變為血色之術已被李藥師識破，登時哈哈一笑，說道：「微末伎倆，原知無法瞞過先生法眼。」

李藥師躬身笑道：「不敢。」隨即問道：「此術略有二法，在燈燭掩映之下，乍看皆似清水變為血水。一法將水飴轉為磚紅，一法將水蜜轉為櫻紅，不知殿下使用何法？」這裡「水飴」是麥芽糖水，古人將穀物製成的糖統稱為「飴」；「水蜜」則是蜂蜜水。①

李孝恭驚道：「原來竟有二法！我卻只知其一。日前所用，乃是水蜜之法。」

李藥師正色說道：「水蜜轉紅之法，須先蒸餾松脂，或是熔製石鹼。水色轉紅之後，其內難免殘留餘脂、餘鹼，多飲惟恐傷身。」他深深一揖：「尚盼殿下常以善養貴體為念。」

李孝恭明白李藥師是真誠關心自己，便也還揖：「先生所囑，孝恭必不敢逡巡或忘。」

次日一大清早，李世勣便來到李孝恭大帳之外，立候升帳。黃君漢、任瓌、張鎮周等得知，紛紛提早趕到，向李世勣打探消息。李世勣輕聲細語，似乎竟與等候面聖一般恭謹。然對態度的倏然逆轉，卻也並未說出所以然來。闞稜則在升帳前最後一刻，匆匆趕到。

李孝恭升帳，宣讀四年前皇帝給他的手敕：「卿未更戎旅，可將三軍之任，一以委諸長史。」接著說道：「如今長史已是副帥。」他當著眾人之面，將帥印、寶劍、兵符移交給李藥師。

李藥師接下三件信物，登上帥位，李世勣率諸將參拜。闞稜雖不服氣，此時也只得勉強隨眾行禮。

李藥師發號施令，以李襲志為水師總管，舟艦全數歸他統籌。李世勣率先應承，其餘總管只得跟進。旬日之後舟艦、水師編組完成，李藥師便與眾將討論情勢。

李襲志是最早抵達舒州的將領之一，他引大家走近牆上懸掛的羊皮地圖。這地圖上兩個最為明顯的標示，一是唐師駐紮的舒州，一是輔公祏的都城丹陽。李襲志指著兩處，說道：「舒州與丹陽都在大江之濱，其間陸路、水程均不過數百里。」他指向舒州東方百餘里處：「日前馮惠亮的前軍溯江直上樅陽。」

李襲志轉過身來，對眾將說道：「幸得大帥英勇，親率水師，將彼等拒於樅陽之外。」六路行軍總管中頗有人認為李孝恭不諳軍事，因此李襲志特意強調李孝恭親率水師的戰績。不過當然，他所率的水師由張寶相、席君買統領，當時戰艦之上，張、席二人緊緊護在李孝恭身旁。

李襲志回身，指向丹陽南方百餘里處：「現下輔公祏布重兵扼守當塗。」又指向當塗西南：「他以馮惠亮、陳當世領三萬水軍屯於博望山。」再指向當塗東南：「這一帶是青林山，輔公祏以陳正通、徐紹宗率三萬步騎屯於此處，與馮惠亮所部形成犄角之勢。」隨後指回博望山，以及隔大江與之相望的梁山：「在博望山與梁山之間，馮惠亮牽上沉江鐵鎖，意圖截斷我軍水師東下。又在西岸築堡壘，東岸修卻月城，城柵強壘延袤十餘里，意圖阻攔我軍步騎東進。」

李襲志言畢，朝李藥師微微躬身，退在一邊。

李藥師點頭回禮，向眾將問道：「各位可有破敵之法？」

任瓌年齡最長，率先說道：「馮惠亮、陳正通軍容壯盛，城柵堅實，不宜正面進攻。」

黃君漢表示同意：「不如繞道直取丹陽，只要擊破輔公祏，馮、陳自會出降。」

張鎮周也表示同意兩人之議。

李藥師望向李世勣，他明顯在等自己表態。再看盧祖尚，他則在等李孝恭示意。至於闞稜，一副事不關己的模樣。此時李藥師說道：「諸位將軍高見！馮惠亮、陳正通所領的水、陸二軍雖是精銳，輔公祏親率的兵馬又豈不勁勇？若說馮、陳所設的江鎖城柵難以攻破，難道輔公祏守禦的石頭城就能輕易拔取？」「石頭城」在丹陽西郊，瀆臨大江，地勢險要。

李孝恭聽得頻頻點頭。

李藥師繼續說道：「石頭城易守難攻，我軍如若逕往丹陽，一時無法取下，就得在城外滯留旬月。待得那時，進則未能蕩平輔公祏，退則有馮、陳為患，不免形成腹背受敵之勢，如此恐非萬全。」

李孝恭深以為然，李世勣、盧祖尚也表示同意。

李藥師接著說道：「馮惠亮、陳正通皆是久經沙場的悍將，豈會畏懼野戰？如今堅守不出，必是輔公祏嚴令，命他們拒戰，欲挫我軍銳氣。此時我軍如果進攻，反倒出乎他們意料。」他語音一頓，沉聲說道：「剿滅賊寇的先機，便在此一舉！」

他隨即發號施令：

「黃君漢，著你率所部隨本帥由陸路進攻馮惠亮。」

「諾！」

「李世勣、任瓌，著你二人率所部由陸路進攻陳正通。」

「諾！」「諾！」

「闞稜，著你攻取梁山。」

「諾！」這畢竟是軍令啊！

「李襲志、張鎮周，著你二人統領水師由水路進軍。」

「諾！」「諾！」

「李大亮，著你截斷馮惠亮、陳正通糧道。」

「諾！」

「盧祖尚，著你奉大帥坐鎮中軍。」

「諾！」

正如李藥師所料，馮惠亮、陳正通奉輔公祏之命，堅壁拒戰，欲挫唐軍銳氣。然他們屯兵在外，須靠丹陽輸運糧秣，所以李藥師遣李大亮前去截斷糧道。

馮惠亮軍糧秣用罄，補給卻無法運抵，只得夜襲唐師中軍搶糧。李孝恭知他無意交戰，只以羸弱殘兵敷衍，將他困在當地。

與此同時，李藥師已率精銳突破蕪湖，直取馮惠亮大營。馮惠亮倉皇回師救援。李孝恭早已有備，在張寶相、席君買輔佐之下，率水師追擊。雙方在博望山苦戰，殺傷、溺死者超過萬人。馮惠亮不敵，遁回丹陽。李孝恭、李藥師由水、陸雙方乘勝追擊，轉戰百里有餘。

闞稜率軍攻上梁山。他是杜伏威的親信驍將，輔公祏兵卒原本以為他遭李唐扣留，此時見他到來，紛紛棄甲羅拜，闞稜輕易便將梁山拿下。陳正通得知馮惠亮敗走、梁山失守，軍心大潰，不敵唐軍，也往丹陽奔逃。於是陸路唐軍取下博望山、梁山、青林山。

水路方面，李襲志、張鎮周率多艘重艦持續猛衝，掙斷沉江鐵鎖之後，李孝恭便率主力戰艦，順大江直迫丹陽。李藥師則由陸路，領輕騎率先攻入丹陽。輔公祏大懼，棄丹陽東走，欲逃往左遊仙所守的會稽，據太湖收拾殘眾，整軍再戰。李藥師卻怎會讓彼等得有喘息之機？他命李世勣率所部追擊，擒獲馮惠亮、陳正通等。輔公祏隻身逃竄，為當地民眾捕獲，送至丹陽梟首。

此時已是武德七年三月，江東悉平。輔公祏起事之初，宣稱是奉杜伏威之命行事。李孝恭進入丹陽，封存文書解送長安，其中包括杜伏威命輔公祏起事的書函，也包括輔公祏與張善安往來的信件。皇帝命斬張善安。杜伏威則已在月前「暴薨」，此時家小遭到籍沒。

杜伏威命令起事的書函乃是輔公祏偽造，李淵不查。直至李世民即位之後，杜伏威才得到平反。

江東既平，李世勣趁北返之前來訪李藥師。這才發現，李大亮、李襲志、張寶相、席君買……全圍著李藥師討教兵法。薛孤吳最年少，他助和璧為眾人奉酒。

李世勣自去斟酒，奉予薛孤吳。當時李世勣非但是齊州總管，更是上柱國、曹國公、右武候大將軍，爵位甚至高於李藥師。薛孤吳不敢受他之酒，驚道：「總管大人！」

李世勣微笑道：「薛孤將軍，若在副帥帳下序位，末將要排在將軍之後哩。」

眾人盡皆大笑，便不把李世勣當成外人。

李藥師為眾將講述「奇」、「正」之變。他從《老子》的「以正治國，以奇用兵」，《孫子》的「以正合，以奇勝」，直說到自己對於「奇」、「正」的分析與運用。比如……

兩年多前山南之戰，蕭銑因嫉忌重臣，將諸多領兵將帥外調，使都城江陵兵力空虛，因此主要使用奇兵。這次江東之戰，輔公祏意在起事，都城丹陽以當塗為屏障，內外兵力堅實，因此必以正兵為本。

然而奇中有正、正中有奇。戡平蕭銑之戰中，文士弘乃是驍將，必以正兵對之；剿滅輔公祏之戰中，馮惠亮欲堅壁高壘以虛我軍，故以奇兵斷其糧道。此乃奇中有正、正中有奇。

「奇中有正、正中有奇」微言大義，實則遠遠不僅於此。然而此時諸將初次聽聞「奇」、「正」之變，李藥師只能從淺顯之處說起。畢竟如李世民那樣的天縱奇才，首度接觸「奇」、「正」之義便能有所領悟發明，實乃千古難遇。在李藥師私心中，「虬鬚龍子」才是他最為得意的弟子啊。

江東之戰唐軍雖然獲勝，但傷亡逾萬，清理戰場頗費時日。李藥師的八百元從在山南戰後已有折損，這次斲傷更多。他雖修為深湛，卻仍難免痛惜，於是在陸澤生陪伴之下，踏青散心。陸澤生並非武人體魄，登山須人攙扶，便以薛孤吳隨行。

當初李藥師奉詔出師，先在宣州集結嶺南諸軍，隨後直下蕪湖。日前他率精銳疾取馮惠亮大營，亦曾策馬馳越青林山。這帶江山綽有勝景，不過彼時銳意征戰，心無旁騖，此時便思尋幽訪勝。

天門中斷楚江開．碧水東流至此回
兩岸青山相對出．孤帆一片日邊來

百餘年後詩仙這闋〈望天門山〉，天門兩岸對出的青山，便是西岸的梁山與東岸的博望山，今日稱為西梁山、東梁山。

棄我去者．昨日之日不可留
亂我心者．今日之日多煩憂
長風萬里送秋雁．對此可以酣高樓
蓬萊文章建安骨．中間小謝又清發

俱懷逸興壯思飛・欲上青天覽明月
抽刀斷水水更流・舉杯銷愁愁更愁
人生在世不稱意・明朝散髮弄扁舟

青蓮居士這闋〈宣州謝朓樓餞別校書叔雲〉更可謂是千古絕唱。然而眼下，暮春三月，李藥師一行經過青林山、蕪湖，來到宣州，一路但見「往往孤山映，處處春雲生」，又見「漠漠輕雲晚，颯颯高樹林」，然卻不見高樓。

謝朓，南朝齊人，世稱「小謝」，其族伯謝靈運則是「大謝」。謝朓曾任宣城太守，他鍾愛這帶山水景致，賦有諸多詩篇。李藥師、陸澤生來到其地，自然節引謝朓的山水詩，又是「望山白雲裡，望水平原外」，又是「雲端楚山見，林表吳岫微」，還相與評讚：

「『裡、外』『端、表』原是平凡不過的語彙，小謝卻以之突顯不同景物之間的方位關係。」

「的是。『裡、外』對比尤有深度，已超出目視所見的範疇，而及於白雲繚繞、平原掩映之下的山與水。」

薛孤吳聽得無趣，自與金絲小猴戲耍。可惜這帶山中少有猴群，不知可是因為白鶻盤桓，所以鳥獸噤聲？

這廂陸澤生說道：「小謝在宣城太守任上，曾築『高齋』以為郡署。視事高齋，吟嘯自若，而郡亦治，何等風華！」

李藥師點頭道：「的是。惜然『高齋』不復存矣。」

陸澤生則指向宣州城北一山：「然敬亭猶在焉！『茲山亙百里，合沓與雲齊』，依依便在眼前。」陸澤生所指正是敬亭山，此山是宣州地方勝景，謝朓有〈遊敬亭山〉詩。

李藥師聞言，嘆道：「若有高齋堪登，則景致益發殊勝矣！」

日後李藥師任職揚州期間，戮力促成宣州謝朓樓的重建。後世文人，比如李白，方得以登樓賦詩。謫仙極愛小謝，極愛這帶山水，不但在詩文中屢屢提到，甚至將自己的墓地選在此處，「白紵青山魂魄在，一生低首謝宣城。」

宣城西南二百餘里，便是黟山②，亦即今日的黃山。數月之前他們由桂州馳往宣州途中，也曾經過這裡。此時李藥師見陸澤生往黟山方向遠眺，想到傳說中容成子、浮丘公曾來此處煉丹，笑道：「『左挹浮丘袖，右拍洪崖肩』，正是先生丰采！」這裡所引，出於郭璞〈遊仙詩〉。

陸澤生也笑了：「不敢承史君謬讚。僕只想容成子、浮丘公選在此處煉丹，實有所見。此山滿是老松，便是煉丹之餘的松煙，也是製墨的逸品啊！」陸澤生當真「實有所見」，他看中的黃山松煙，日後膠製「徽墨」，成為名滿天下的文房四寶之一。

至於李藥師，此次離開桂州之後，逐步直上青雲，未再回到嶺南任職。他在南國的一兩年間，雖然也曾巡行各處，但仍以桂州為主要治所。今日廣西境內，留有多處紀念李靖的遺跡。比如桂林七星山，七峰並峙，宛如北斗，山下有李衛公廟。梧州岑溪亦有李衛公廟，或稱廣德廟。梧州蒼梧則有太平廟，祭祀李衛公。梧州藤縣東方又有衛公山，建祠祭祀李衛公。附近各地祠廟，更是不知凡幾。③

「儺」是極古的崇拜、祭祀文化，唐代宮廷在立春前一日，盛大舉辦「追儺」大典。今日嶺南仍有「儺戲」，桂林地區儺戲中最重要的男性角色，便是「李令公」。「令公」原是對尚書令的尊稱，只因李靖曾任中書令，當地人亦尊稱他為「令公」。李令公在桂林儺戲中有三重面相：本相、善相、化相。李靖初到其地，以武將身分招慰嶺表，懷輯降附，故以紅面武相為其「本相」。其後善治地方，廣受景仰，故以白面文相為其「善相」。儺儀的主要訴求乃是驅魔，人民期待李靖化作神煞，斬妖除邪，故以金面獸相為其「化相」。④

李藥師治理嶺南期間，深植善政基礎。他離開後，李淵以李襲志接任桂州總管，繼續善治其地。四十餘年之後，唐高宗李治以陳政⑤入閩，卒於任上。其子陳元光接替父職，在數十年的善政基礎上，於泉州、潮州之間建設漳州，得後世尊為「開漳聖王」。李靖之孫李伯瑤從陳氏入閩，曾任漳州司馬。去世之後漳人為他設立祭壇，祀於開漳聖王廟，成為開漳李氏的始祖。

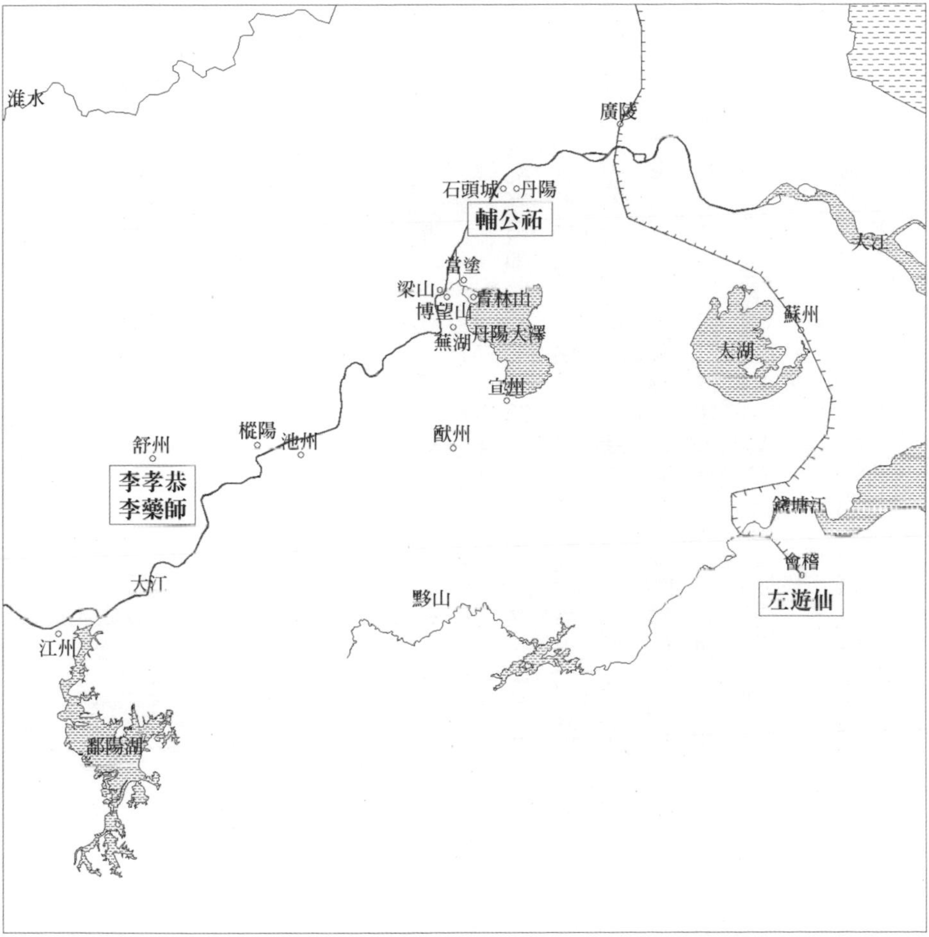

N

唐平輔公祏之戰圖

0 50 100 200km

第四十四回　揚州行次

武德七年三月，剿滅輔公祏後，李孝恭、李藥師進駐丹陽。皇帝大悅，設置東南道大行臺，拜李孝恭為行臺右僕射，李藥師為行臺兵部尚書。東南道大行臺的層級次於陝東道大行臺，右僕射已是最高首長，兵部尚書則居其次，他二人實質上統轄江東諸地。

此時隋末起事的各地勢力，除梁師都仍在突厥的羽翼之下苟延殘喘之外，其餘已全數為大唐所滅。於是李淵詔廢領有實質兵權的各地總管府，改置為只掌軍政而無兵權的都督府。東南道大行臺也成為揚州大都督府，拜李孝恭為大都督，李藥師檢校大都督府長史。

李淵深知江東之戰，李藥師實居首功，詔他進京，在廟堂上當眾嘉許：「李藥師乃蕭銑、輔公祏膏肓，古之名將如白、韓、衛、霍，豈能及也！」白、韓、衛、霍指白起、韓信、衛青、霍去病。

皇帝又垂詢嶺南施政經驗，李藥師一一回稟。他特別著重南隅與北地風土人情的差異，雖未

建議修法，李淵卻深明其意。四月初一頒佈嶄新律令，將舊有稅賦的租調制改為租庸調制，其中頗多參考李藥師在嶺南施政的經驗。

官職、嘉許、垂詢之外，又有賞賜。李藥師得到官絹千段、奴婢百口、良馬百匹。府中突然多出這許多人口馬匹，可夠出塵、和璧、隨珠忙了。

李藥師卻明白，皇帝、秦王父子嫌隙日深，雙方都想攏絡自己。身為人臣，行事若有半步差池，只恐萬劫不復。且待京中諸事告一段落，還是盡速回到揚州為上。

此前李世民已回長安，現在李藥師進京，彼此自會相見。六年前那「你我一南一北，戡平大江大河」的壯志豪情，如今已然實現，怎不令人歡欣振奮，激動萬分？兩人一番慷慨昂揚的平生交心之後，李世民便問兵法：「先生昔日以奇兵擊蕭銑，此次則以正兵破輔公祏，可是？」

李藥師道：「《孫子》有言：『戰事不過奇正，奇正之變，不可勝窮也。奇正相生，如循環之無端，孰能窮之哉？』所謂『分合為變』，在戰場上由將所指，瞬息推移，孰能分奇正之別！所謂『形人而我無形』，此乃奇正之極致也。」此段大略見於《李衛公問對．卷上．第四》。

李世民大為激賞：「深乎！深乎！」他尋思半晌，又問道：「秦人嚴刑峻法，使軍民畏我而不畏敵。這種治兵之道，使孤深感疑惑。先生在嶺南則以善政凝聚人心，並不多施刑法，便可使萬眾懷德，可是？」

李藥師躬身道：「是。《孫子》有言：『卒未親附而罰之，則不服，不服則難用。卒已親附而罰不行，則不可用。』因此為將者治兵，當先以仁愛結於士卒，然後可以使用嚴刑。如若未能先以仁愛凝聚軍心，而只依靠峻法，如此統兵，則不易成功。」

李世民卻問道：「然而《尚書》有言：『威克厥愛，允濟；愛克厥威，允罔功。』這又如何解釋？」《尚書》此言認為，威嚴超過仁愛，則能夠成功；仁愛超過威嚴，則無法成事。

李藥師道：「施加仁愛在先，行使威嚴在後，不可先後倒置。如果先以嚴刑峻法加諸兵眾，其後再以仁愛補救，那將無濟於事。《尚書》所言，乃是歸納以往經驗而審慎提出告誡，並不適用於治兵之初的規劃。因此《孫子》之言，方足以行諸萬世而不易！」此段大略見於《李衛公問對．卷中．十三》。

對於李藥師的見解，李世民大為歎服。然他隨即提到，劉世讓已被斬決，家小遭到籍沒，不勝感慨。如同杜伏威，劉世讓也要等到李世民即位之後，才能得到平反。此時李藥師既得賜予奴婢百口，李世民便與他商議，讓劉世讓的家小以奴婢身分進入他府中，李藥師自然從命。劉世讓夫人行止合儀，進退有度，出塵對她甚是敬重，闔府皆稱她為「劉嬸」。

隔不數日，袁天綱來訪。此時袁天綱已入天策府兵曹，成為文學館學士。李客師也在天策府中，因此袁天綱入府之事，李藥師已有所聞。然他知道，袁天綱造訪，必有要事。

袁天綱精擅六壬五行、風鑒相術，早已朝野知名。李藥師得賜眾多人口馬匹，自須擴建府邸。於是藉口求教園林建置等事宜，與出塵一同將袁天綱延至園中，登舟泛入柳蔭池心。

此時李藥師在京師的府邸雖不甚大，然而時序正值春夏之交，斯情斯景如詩如畫，恰如百餘年後杜甫〈曲江二首〉所敘：

穿花蛺蝶深深見．點水蜻蜓款款飛
傳語風光共流轉．暫時相賞莫相違

不過舟中論談，卻與外廂所見的旖旎景致大相逕庭。袁天綱直接切入主題：「出岫姑娘已然出世。」

李藥師、出塵同聲驚呼，小舟都被震得微微搖晃。他夫妻清楚記得，徐洪客曾說出岫出世之後，與自己二人還有一面之緣，並囑袁天綱為之引見①。今日袁天綱到訪，想必即為此事。果聽袁天綱說道：「當年師伯曾說：『二十年後，天下昇平，屆時當有武官攜眷入京，你等不妨在東城相候。』華嶽一敘，至今匆匆二十年矣。」

李藥師點頭道：「如此，我等自當在東城相候。只不知該於何日前往？」

袁天綱笑道：「史君啊，如今尊駕聖眷正隆，又得秦王青睞，出入儀衛開道。如此前往東城，如何使得？」

李藥師也笑了：「不如愚夫婦扮作足下親隨，可成？」

袁天綱長揖笑道：「如此委屈賢伉儷了。」他仔細推演，說道：「二位不日離京，莫若出京之後再行折返，與貧道在東城會合？」

李藥師擊掌道：「如此甚妙！京中人等俱以為我倆已然出京，不至引人矚目。」

李藥師此番東出，並非領兵作戰，而是前往揚州任所，因此闔府同行。他所得賜予的眾多奴婢馬匹，大都直接在江東收受，此時隨行多為舊屬，他夫妻喬裝潛行，甚為方便。

來到東城，袁天綱已在等候。見他二人到來，便一同前往驛館，來見武士彠。原來當年徐洪客所謂「武官」並非武職官員，而是武姓官員。武士彠是李淵太原起事的元從之一，此時他由益州都督調遷荊州都督②，進京述職，暫駐驛館。袁天綱是益州人，又曾在益州任火井縣令，此時拜望理所應當。

武士彠早已聽聞袁天綱盛名，見他到來極為熱絡，將夫人由後堂請出。這位楊氏夫人是武士彠的繼室，袁天綱審其面相，說道：「僕按夫人骨法，必生貴子。」

武士彠甚喜，喚兩子武元慶、武元爽出來。袁天綱說道：「此二子皆能保家，官可至三品。」又見僕婦攜一女童，乃楊氏夫人長女。袁天綱說道：「此女亦可大貴，然不利其夫。」此女乃是武則天之姊，日後的韓國夫人。

其後又有一乳母，懷抱一嬰兒，身著男裝。袁天綱略看一眼，說道：「此子神色爽徹，不易識鑒。可否令他行走，以便端詳？」

此嬰兒即是身著男裝的武則天，當時仍在繈褓，方學站立，尚未能夠行走。袁天綱如此要求，是要讓李藥師、出塵可以看得清楚。

那乳母勉力扶持武則天站立，雖然未能行走，袁天綱已大驚道：「此子龍睛鳳頸，貴人之極也。」又轉至其側再三審視，顯得更為驚詫：「此子若是女兒，則尤不可窺測，日後當為天下之主矣！」

袁天綱如此作態，乃是因為那勉強站立的繈褓嬰兒見到李藥師與出塵，竟然目不轉睛，掙扎朝他們行去。而李藥師，也已出現驚容。這年李藥師五十有四，在宦海中幾經沉浮，在戰場上閱歷無數，自身修為又已漸入大成。如今喬裝潛行，竟然難掩驚容，實出袁天綱意料之外。幸而那嬰兒站立不穩，瞬即跌坐，武士護及家人忙於照料，便沒有特別留意袁天綱身後這兩名「親隨」。袁天綱見狀，趕緊敷衍數語，隨即告辭。

三人步出驛館之時，李藥師竟略形踉蹌，須得出塵扶持。幸好和璧已在等候，與出塵一同服侍李藥師上車，追上東行的大隊人馬。出塵見夫婿竟似有些失神，並不多問，只默默相伴。

這日晚間停駐灞上，這裡正是李藥師邂逅出岫之處③。出塵原擔心夫婿更為傷感，卻見李藥師神色已趨平和。

孟夏月夜，夫妻相對。李藥師嘆道：「遙想當年妳那阿姊，她是何其溫柔嫻雅！」

此語感慨無限，出塵怎會聽不出來？她以纖指握起夫婿那雙厚實的手掌，問道：「可是？如今？」

李藥師再嘆一聲：「出塵啊，此事……我從未說過……」鳳折鸞離當日情景，出塵早已知曉；然而出岫最終入土的點滴③，李藥師卻從未說過。此時他將自己如何在大雨中眙望……再眙望……如何將沾在出岫臉上的塵土，一絲一縷都拭乾淨……細細說與出塵知道。

說到此處，李藥師顯得無力又無奈：「出塵啊，妳阿姊她眉心之間濺了少許血漬，我卻怎麼也清除不去。幸好那一點朱紅，也並未損她顏色。」

出塵登時驚呼：「今日那織褓嬰兒，眉心卻也有一點朱紅！」

李藥師先是微微點頭，表示同意愛妻之言，隨即卻又緩緩搖頭：「可那嬰兒，他那眼神……」

出塵竟也先是點頭隨即搖頭：「是啊，他那眼神哪像是個嬰兒？更哪有絲毫阿姊的韻緻！」

她陡然想起夫婿曾經說過，阿姊離世之前又急又氣，拚著最後一口氣恨恨說出「絕不能與唐國公甘休」、「若再世為人，必當絕他後代」等語，不禁怔怔望向夫婿。

卻見李藥師站起身來，緊握雙拳，神色無比堅毅：「妳我如今誓保大唐，為的乃是富國家、強社稷、興教化、安百姓！」

在李藥師果決的語音之餘，出塵卻幾乎能感覺到，夫婿左足的酸軟。於是邊順著他意說道：「是啊，此乃你我平生之願！」邊款款站起身來，攙上李藥師左臂，相與步入房中。

次日車駕繼續東行，不日抵達揚州，豈料江東情勢竟已丕變。剿滅輔公祏後，李淵詔令籍沒參與叛亂諸人的田地家產，可李孝恭竟將闞稜、王雄誕的財產也一併籍沒了。王雄誕是因拒絕參與叛亂而遭輔公祏縊殺，闞稜則曾隨杜伏威入京，再南下參與平亂，兩人都不該遭到處置。王雄誕已死，而闞稜仍在揚州，他憤然找李孝恭理論。李孝恭不滿闞稜倨傲，竟以輔公祏所誣的通逆罪名，將他也處死了。

此外，這次李藥師入京，皇帝分明諭示，要將揚州大都督府的治所移至廣陵。但李孝恭卻絲毫沒有離開丹陽之意，還選在丹陽西郊，濱臨大江地勢險要的石頭城上，大興土木建設宅第。這……登時讓李藥師意識到，自己與這位趙郡王之間，開始有了距離。

皇帝既命將揚州治所移至廣陵，無論李孝恭是否積極，李藥師都必須開始行動。好在自從三年之前，李淵命李孝恭將三軍之任一以委諸李藥師之後，對於李藥師的決策，無論在軍事上或政事上，李孝恭從來都無異議。因此李藥師自顧準備遷移揚州的治所，李孝恭自顧著手興建自己的宅第，倒也互不干涉。

早在《尚書．禹貢》的時代，揚州便是「九州」之一。不過〈禹貢〉的揚州，與唐代的揚州並沒有直接關係。初唐「揚州」的轄地甚廣，包括長江以北的廣陵，亦即今日的揚州，以及長江以南的丹陽，亦即今日的南京。

這裡自古即是兵家必爭之地。春秋戰國之際吳越爭霸，句吳便在此地立國。漢代發動七國之亂的吳王劉濞，曾在這裡「鑄山煮海」。及至三國時期，這裡成為曹魏、孫吳相互攻伐的重鎮，雙方在大江兩岸各置「揚州」。江北曹魏的揚州以廣陵為治所，江南孫吳的揚州則以丹陽為治所。丹陽或稱建業、建康，三國以至南朝，前後六朝建都於此。

丹陽雖曾是六朝故都，但在南朝末期已然流民哀怨，四野蕭條。陳國高僧曇瑗有〈遊故苑〉詩，鋪敘當時景象：

丹陽松葉少．白水黍苗多
浸淫下客淚．哀怨動民歌
春溪度短葛．秋浦沒長莎

麋鹿自騰倚．車騎絕經過
蕭條四野望．惆悵將如何

楊隋、李唐的建國承襲西魏、北周，均以關隴為根本。對於綽有南朝「王氣」的丹陽，難免懷有戒心。隋文帝伐滅陳國之後，即以廣陵為揚州的治所，而任由屢經兵燹的丹陽殘破沒落。隋煬帝則對這帶地區情有獨鍾，將揚州改置為江都郡，仍以江北的廣陵為重心。楊廣在這裡建江都宮，三度遊幸。於是大業年間，江都成為隋帝國境內的第三大城市，僅次於西京長安與東都洛陽。

隋末群雄競起，以南方為基礎的豪強，均覬覦丹陽的「王氣」，希望能夠據此稱王。杜伏威歸唐之後，李唐將江都郡改回揚州。李淵如同先前出身關隴的帝王，欲將揚州的治所移往江北的廣陵。然而當時杜伏威只是名義上向李唐稱臣，李淵也只能任由他仍以丹陽為行政中心。及至輔公祏自立，依然定都丹陽。如今輔宋既滅，李淵自要貫徹遷移揚州治所的決心。

然而此時的李孝恭，或許在戡平蕭銑、剿滅輔公祏的兩次大勝之後，認為自己的戰功在宗室中僅次於李世民，因此自負起來。反正身邊有李藥師這樣一位副手，公事不須他操心，他往往也操不上心。於是索性方自高置，率意而為。

李孝恭喜好丹藥，前此讓帳下諸將失色的清水變為血水之術，雖被李藥師識破，他仍頗為自豪。此時築第於石頭城上，更讓他栩栩然自覺能與天清地寧之一氣，相通相達。

至於李藥師，每月朔、望依例會攜出塵前往丹陽，拜見李孝恭夫婦。李孝恭絕口不提公事，只以華麗舞樂、奢豪酒筵款待。此時他們之間的交集，基本上便僅止於此了。

李藥師只得逕自進行揚州的新政。大業已來，這帶地區先因隋煬帝遊幸，頻遭官府需索；其後又連罹兵禍，百姓凋弊已極。此時更因李孝恭對闞稜、王雄誕處置不當，引起民怨。

對於李孝恭的行事，李藥師只能勸諫，無法干預。對於百姓的忿恚，李藥師卻明白，若能改善士庶生計，民怨自會逐漸消弭。於是到任之後立即開始巡視，深入瞭解民情。他既有嶺南的施政經驗，又有陸澤生、張寶相、席君買、薛孤吳、和璧等文武僚屬，協助他整頓地方，活絡經濟，大幅改善人民生活。

對於廣陵的規劃與建設，李藥師更是縝密精心。早在嶺南時期，德謇已喜歡追著陸澤生參與諸般工事。及至鞣製「猛獸」、金絲母猴的毛皮，陸澤生更發現，德謇對此既有興趣、又有巧思、還有創意。李藥師知道之後，便讓德謇拜陸澤生為師。此時規劃建設廣陵，德謇追隨陸澤生，更是邊學邊作，興致盎然。

然而這座煥然一新的廣陵城，直要等到武德八年，李藥師、李孝恭先後離開之後，揚州的治所方才正式遷移過來。此後世人心目中的「揚州」，即是當時的廣陵。從此開始，經過長期且持續的發展，及至唐代中葉，揚州已富甲天下，經濟地位甚至超過西京長安與東都洛陽，成為帝國境內首屈一指的商業城市。

這段期間皇帝詔命，將隋煬帝改葬於雷塘。這遷葬的工事，也是李藥師監督、陸澤生主持、德謇邊學邊作。貞觀年間李靖平滅突厥，將蕭皇后送回長安。蕭皇后上表請求身後能與楊廣合葬，得李世民允准。於是這次所築的墓穴，遂成為隋煬帝與蕭皇后合葬之處。

此乃後話，且說當時……

出塵與李孝恭夫人原本相處融洽，但此時李孝恭夫婦在丹陽，她則隨夫婿在廣陵，無法經常往來。然而徐德言、樂昌公主卻在左近。三十餘年之前，徐德言、樂昌公主離開長安之後，便一直住在會稽。他們聽說李藥師來到揚州，興奮不已。只是徐德言已年近七旬，樂昌公主也已六十有奇，無法親赴揚州。於是遣兩個兒子徐士頎、徐士碩前來，邀請李藥師闔家過訪。

李藥師公事雖然繁忙，但樂昌公主是出塵的九姨，分屬親長，理當前往拜望。端午過後，江南進入梅雨季節，許多工事必須停頓。於是他夫妻安排行程，闔家前往會稽。

這裡是出塵的故鄉，她幼時離開之後，這是第一次回來。江南風物她已記憶不清，然而吳儂軟語不時傳入耳中，那輕細綿雅的聲息卻讓她數度驀然回首，恍惚竟似親人呢喃。

半年之前李藥師由嶺南入江東，乃是領兵作戰，並未能以閒適的遊人情懷前來蘇杭，體驗江南風華的溫婉，更不用說從未到過此處的德謇、德獎。他們雖曾讀過「煙雨江南」，也曾在桂州經歷梅雨，然而此時身歷其境方才明白，江南的「梅熟而雨」並非煙雨，而與桂州一般，乃是滂沱大雨。

江南自古即是水鄉，由廣陵之會稽，徐氏兄弟領他們取道水路。蓋因梅雨風勢不大，並不影響船行。出廣陵往南，首先須涉渡大江。四百餘年之後，王安石賦有〈泊船瓜洲〉詩，形容此地風光：

京口瓜洲一水間
鍾山只隔數重山
春風又綠江南岸
明月何時照我還

瓜洲是廣陵的渡口，大江對岸的京口，則是今日的鎮江。由此往南便入江南運河，經蘇州、杭州到會稽，即是由古吳故地前往古越故地，沿途全是吳越春秋的遺跡。此情此景之下，大概除德謇、德獎之外，無人見到李藥師與出塵，能不聯想到少伯④與西子。

不日抵達會稽，來到徐德言府上。徐德言出身東海徐氏，漢魏以降，他家便是山東大姓。祖上隨晉室南渡之後公卿輩出，世代顯貴。徐德言的祖父徐陵是南朝著名文學家，編有《玉臺新詠》。他與庾信齊名，文風號稱「徐庾體」。徐陵在梁武帝蕭衍末年入仕，至陳後主陳叔寶登基後去世，歷仕九朝，官至尚書左僕射，所以徐德言得以尚樂昌公主。此時徐氏家業雖已不如既往，但在江南仍然廣受敬重。

在徐德言、樂昌公主心目中，李藥師始終是「恩公」。此時大開中堂，兩人親自迎出正門。李藥師見這徐府，雖然占地頗廣，屋宇綿延，然而形制婉約秀雅，與關中崇尚雄渾的建築風格相較，好似鐘鼎山林，各得其趣。

李藥師帶來的贈禮包括端硯，徐德言、樂昌公主一見，便愛不忍釋。當時端硯方才開始生產，並不著名。而且形式質樸，不似後世有諸多雕飾。然正因其渾然天成，又有形如鴝鵒眼的點精圓暈，讓自幼慣看物華天寶的二位長者格外珍視。

又有鸚鵡杯，杯上有青綠斑紋，杯內光瑩如雲母。這是以鸚鵡螺殼製成的酒杯⑤，乃是嶺南珍異。不過徐氏夫婦出身南朝帝胄，對此杯並不陌生。然李藥師更攜來以嶺南「綠粉」釀成的美酒。「綠粉」是嶺南的綠色酒麴⑤，釀成之酒色如翡翠，盛在鸚鵡杯中，堪堪便是日後盧照鄰〈長安古意〉詩中「翡翠屠蘇鸚鵡杯」的風華。當然此酒並非「屠蘇」，那是歲酒，只在年節時飲用的。

次日天氣略晴，徐德言、樂昌公主親自相陪，領他們遊賞會稽城門、城牆。會稽城最初是越王勾踐所築，規模短小。其後逐漸擴大，周長超過二十里。三十年前楊素為越國公時，再度擴建越國城牆。如今李藥師、出塵所見，就是這周長將近三十里的隋代城牆，後世稱為「楊素羅城」。他們一行相互結緣，均是因著當年的越國公楊素。如今瞻仰故人所建的越國羅城，實是無比幽思懷遠。

無論在徐府中，或是在城牆前，徐德言都發現，德謇對於建築形制極感興趣。不但上下左右、前後裡外地審視，而且提出的問題，往往讓親長也難以作答。於是表示有位從弟徐法言，對構築之學頗有所見。當初李世民建置陝東道大行臺，徐法言還曾參與工事。此時他也在會稽，徐德言便建議，請他過來指導德謇。

李藥師自是大喜：「固所願也，不敢請爾。」德謇由此機緣，得陸澤生、徐法言兩位大家的啟蒙與教誨，爾後在貞觀時期，成為將作少匠。

徐德言、樂昌公主又帶他們出城，來到一處祠堂。出塵一見，登時淚如雨下，原來這竟是她娘家張氏的宗祠！出塵的曾祖母是梁武帝蕭衍之女富陽公主，祖母是梁簡文帝蕭綱之女海宴公主，母親是陳宣帝陳頊之女壽昌公主，也就是樂昌公主之姊。父祖數代駙馬，各自陪葬皇陵，與她張氏一脈，倒似疏了淵源。這番情懷，也只有徐德言、樂昌公主最能體會。因此他們回到南方，除恢復自家徐氏基業之外，也設法聯絡姊夫張氏的親族，修葺宗祠。⑥

出塵三、四歲時離開江南，去到長安，只能偶爾接觸母系遜陳皇室的親人。對於父系張氏，早已失卻聯繫。此時見到張氏宗祠，又有親人應徐德言、樂昌公主之召前來，感動得涕淚滂沱。她與李藥師率德謇、德獎與親人見禮，一同祭拜先人，隨後自也深深拜謝徐德言、樂昌公主。對於出塵、德謇、德獎之拜，徐氏夫婦欣然領受，然卻如何也不肯受李藥師這位「恩公」之拜。不過「恩公」之稱，李藥師自也是絕對不肯領受的。

第四十五回　浮生偷閒

會稽宴遊之後，李藥師與出塵帶著德謇、德獎返回廣陵。這一程洗禮，非但讓他們深深沉浸在親情與往事中，也獲得寶貴饋贈。他們帶去端硯，徐德言、樂昌公主便回贈湖筆。湖州製筆可上溯至晉代，南朝時已聞名，後世更與徽墨、宣紙、端硯並稱文房四寶。徽墨是以徽州黃山松煙製成之墨，徽州當時稱為歙州；宣紙則是宣城之紙，兩者都要待到中唐之後方著聲名。

茶道是南國風尚，當初李藥師與出岫結識，也援茗飲為媒。此行在徐府中見到越窯茶具，李藥師、出塵皆愛不忍釋。於是徐德言、樂昌公主便以一套越窯茶具相贈。越州更是極品茗茶產地，時序又逢三春新芽季節，於是在茶具之外，贈禮亦包括越州春茶。

百餘年後，茶聖陸羽《茶經．四之器》有云：「碗，越州上。」當時最受珍視的瓷器，北有邢窯白瓷，南有越窯青瓷。陸羽從品茶的觀點比較二者，認為：「或者以邢州處越州上，殊為不然。若邢瓷類銀，則越瓷類玉，邢不如越一也；若邢瓷類雪，則越瓷類冰，邢不如越二也；邢瓷

白而茶色丹，越瓷青而茶色綠，邢不如越三也。」

始於東漢的越窯，當時已有五百年以上的歷史。東晉以降，越窯燒製兩種瓷器。一者較為常見，胎質粗鬆，呈土黃色，外施青黃釉或黃釉。另一則為精品，胎質致密，呈炭灰色，外施青釉。後者又有兩種，一屬窯變，在青釉上有小而密集的褐斑。當年李藥師在師父玄中子洞府中使用的青釉褐斑茶碗，便是這種。另一釉色純青，其上佳者刻有蓮瓣紋。此次徐德言、樂昌公主所贈的茶具，則是這種。至於為後人視為絕品的「祕色」越瓷，莫說初唐，就是中唐成書的陸羽《茶經》，也未曾提及。

此行既訪故人，又憶舊事，李藥師竟似絲毫未曾思及出岫阿姊，出塵便知，必有其他情事，更讓夫婿懸心。此時夫妻對坐，甌越窯冰瓷，烹越州新芽，果然聽李藥師說道：「日前得知，武士彠有二子二女，並非三子一女。」當時武則天之妹尚未出生。

出塵回想月前離開長安時，隨袁天綱去見武士彠家人的情景，問道：「莫非那繈褓嬰兒，並非男子？」

李藥師點頭道：「不錯。」

出塵隨即想到，袁天綱當時曾說：「此子若是女兒，則尤不可窺測，日後當為天下之主矣！」一時不禁愕然。

李藥師輕嘆一聲：「不過一月之前，我尚在想，還是盡速回到揚州為上。可現在，心卻像是懸著。」

此時武士彠在荊州，那女嬰又未滿週歲，出塵細想，讓夫婿懸心的應非此事。於是問道：「可是因為殿下？」

李藥師再嘆一聲：「數月以來，劉世讓、杜伏威之事，總讓我想起當年的劉文靜。」出塵聞言，怔怔望著夫婿。當年劉文靜是因翼助李世民而遭到翦除，如今杜伏威與劉世讓，亦均與李世民交好，這……不過夫婿沒有開口，出塵也就不言語了。

這段期間李藥師在揚州，除仍不明李孝恭的意向之外，政務頗為順遂。這年九月重陽，闔家竟得以佩茱萸，食蓬餌，飲菊花酒①，相攜登高。李藥師多年以來戎馬倥傯，這許久未曾享有的天倫之樂，對他家竟是一種奢華。

秋風起後，南國進入松江鱸魚的季節。漢末左慈當著曹操之面，由銅盆中釣出的，便是此魚；西晉張翰念茲在茲，為之辟官賦歸的，也是此魚。而隋煬帝幸江都，吳郡獻上松江鱸魚時，皇帝曾說：「所謂『金齏玉膾』，東南佳味也。」②

以松江鱸魚斫成的魚膾，潔白如雪，瑩潤如玉，稱為「玉膾」。「金齏」則是玉膾的佐味，這是「八和齏」，以八種食材和成，其中包括橘皮與栗黃，使齏醬色澤如金，故名。金齏之外，搭配玉膾還須「香薷花葉」。如此紫花碧葉，間以素鱠，方得鮮潔可觀。③

闔家享用這傳頌湮遠的金齏玉膾，雖然其樂融融，但李藥師卻難免略感惆悵。無論是五年前在長春宮中向李世民獻策之時，或是四年前在信州府內與李孝恭論兵之際，都曾提及「一道順江而下，直入吳郡，去品嘗鱸魚膾」。而今東南佳味當前，李世民、李孝恭卻未能與共，能不慨然？

深秋也是湖蟹的季節。當時江東水文與現代頗為不同，如今以大閘蟹聞名的陽澄湖，當時直通於海；而丹陽南方宣城一帶，則有廣逾三百畝的湖泊，是為「丹陽大澤」。此澤自古出產絕美湖蟹，曾得吳王孫權盛讚，賜名「花津蟹」。

三國以降，花津蟹名聲遠播，一如今日的大閘蟹。李白曾經七遊宣城，賦有〈月下獨酌〉詩四首。其中第一首最為後人所熟知，而第四首末四句寫持螯對酒，其中之蟹即是花津蟹：

蟹螯即金液，糟丘是蓬萊
且須飲美酒，乘月醉高臺

李藥師、出塵雖然未曾讀過百餘年後詩仙的傑作，卻早在青蓮居士之前，便已品嘗花津蟹的鮮美膏腴。值此玉露金風的深秋時節，薄霜敷地，桂子飄香，持螯對菊，桐蔭舉觴，那是何等情懷！李藥師不禁感嘆：「如今方知花津蟹名副其實，當真是對『花』吮膏，齒頰生『津』啊！」

李藥師雖是揚州副座，但實質上負責全部政軍事宜。他們闔家一出，必是前呼後擁。雖因實施善政，人民對他極為景仰，感念及於全家，但他仍覺擾民，不肯輕易出遊。次年三月上巳，竟須託言再訪徐德言與樂昌公主，一家人才得以輕車簡從，一遊會稽山陰之蘭亭。④

此行全家再度祭拜張氏宗祠。出塵攜來一襲紫衣獻於壇上。這襲紫衣是她父親的遺物，出岫與李藥師初度之夜，曾著此衣；出塵與李藥師初度之夜，亦著此衣；七年之前為解李藥師岐州之冤，出塵假扮御史，又著此衣。這襲紫衣，實是她張氏一門，與李藥師之間結緣的恩物啊。⑤而且……

武德四年八月，中樞新制輿服敕令，三品以上服紫，五品以上服朱。如今李藥師既是正二品上柱國的勳官，又有從二品永康縣公的爵位，夫妻俱得以服紫。此時出塵將這襲父親的紫衣獻於先人靈前，不僅以表無盡的思親之情，更有一番無愧於祖上的自豪啊。

然他們從會稽回到廣陵，一時間竟瞠目結舌！原來，桃花未落，瓊花已綻，點綴得滿城繽紛。揚州瓊花天下無雙，廣陵瓊花又以大明寺為最盛，於是闔家一同前往遊觀。

大明寺建於南朝劉宋大明年間，故名，至當時已有一百六十餘年歷史。李藥師、出塵帶著德謇、德獎來到山間，進入寺中。但見花樹繁茂，樹間瓊花錯出，碩大如盤。其色淡黃，一花九朵，瓣大而厚，芳香馥郁，果在其他地方從未見過。其間又有桃之夭夭，灼灼其華。輕盈嬌妍的嫣紅桃花，與蘊藉豐潤的淡黃瓊花相伴，掩映在雄渾斑駁的古剎之前，令人塵慮盡滌。⑥

時當清明節氣，正是煙雨江南之期。大明寺位於廣陵西北蜀崗的中鋒上，由此朝東南眺望，眼下一片清雅的江南水鄉，倘徉在溫柔的煙雨濛濛中。李藥師正自讚歎，卻突然發現兩個孩兒不知哪兒去了。回頭問時，和璧卻只笑答「自會回來」。原來德謇、德獎已經來此數回，起初原為鑑賞古剎構築，後來則與一位遊方僧人交了朋友。那僧人知道李藥師曾與神光大師講談《楞伽經》、參悟《易筋經》⑦，早有請見之意，想來此時兩個孩兒必是尋那僧人去了。

果然不久，便見他倆引著一位青年僧人前來。那僧人合十見禮：「貧僧玄奘，見過長史大人。」

李藥師見這玄奘法師容貌莊嚴，年歲雖輕卻舉止端正，對他生了好感，於是回禮道：「小兒屢入山門淨地，有擾大和尚清修。」

玄奘施禮道：「不敢。二位公子非但頗有法緣，更讓貧僧見識名門風範，何幸之如！」

李藥師回禮道：「大和尚忒謙了！」接著問道：「聽聞大和尚乃是雲遊至此？」

玄奘道：「是。貧僧原在洛陽淨土寺，其後遊方各地求法。曾從三位法師習《攝大乘論》，從二位法師習《雜阿毘曇心論》，卻覺各師所傳皆有異同。因聽聞揚州惠休法師於此二論別有所見，故特前來求法。」

玄奘此言極是謙遜，他原本天賦絕頂，加以勤參佛法，當時雖然年輕，卻在洛陽、蜀中已甚知名。年前他在荊州天皇寺講此二論，廣受好評。李孝恭之弟漢陽王李瓌，也曾親臨受法。然而當時，李藥師對於玄奘其人其事並不清楚，只是問道：「不知大和尚與惠休法師講談《攝論》、《雜心》，可有所得？」至少他還知道，《攝大乘論》簡稱《攝論》，《雜阿毘曇心論》簡稱《雜心》或《雜心論》。

玄奘道：「惠休法師之見，與先前各位法師之論又有所別。其間差異，貧僧以為，或許竟是因為各家所讀的經論，乃是不同譯本？」

李藥師對於佛經雖不陌生，但從未想過，經論的翻譯竟能造成詮釋的偌大差異，不禁擊掌而讚：「大和尚此言，綽有所見！」

玄奘施禮道：「不敢。」

李藥師則問道：「若是因為譯本不同，以至於詮釋各有所別，不知大和尚可有擷擇取捨之法？」

玄奘道：「貧僧以為，惟有前赴西天，求取佛陀法典，方可知其所本，而能有所擷擇。」

李藥師聞言一懍，這可是宏圖大願啊！然瞧這玄奘神情，顯然竟將此事當真。於是說道：「大和尚志行可嘉！只是此願宏大，如何達成，不知可有計較？」

玄奘道：「為此貧僧已習梵文，只須去到西天，得見佛陀法典，自謂當可辨明妙諦。」

李藥師點頭道：「如此甚好。若有本座可著力處，儘管直言。」

玄奘施禮謝道：「長史大人惠持助法，貧僧銘感五內！」

與這玄奘法師一席談話之後，李藥師但覺通體清淨，回到家中，竟頗不思葷肉。然不待他吩咐，當天晚膳，隨珠已備一席齋素。她命廚下以新鮮桃花瓣製成桃花粥⑧，佐以各色春菌、春筍、春蕨、春芽，實是清雅已極。三十餘年之後，禪宗五祖弘忍大師在黃梅東山建寺傳法，一時四方信眾絡繹不絕。當時寺中以煎春卷、燙春芽、燒春菇、白蓮湯接待遊方僧侶、朝山香客，名之曰「三春一蓮」，盛況流傳千古。那三春一蓮的旨趣，或與李藥師府中此膳，略有異曲同工之妙。

清明、穀雨之後，節氣入夏，已到鰣魚肥美之時。相傳東漢光武帝劉秀的故人嚴光，不受帝闕徵召，披羊裘釣於富春江上，所釣即是鰣魚⑨。富春江是錢塘江上游，新安至富陽的一段；其中位於桐廬的一段又稱桐江。春夏之交，這段江水不但盛產鰣魚，而且景致絕佳。南朝梁國吳均在《與宋元思書》中盛讚此地風光：

風煙俱淨．天山共色
從流飄蕩．任意東西
自富陽至桐廬．一百許里
奇山異水．天下獨絕

富陽距離會稽，不過百里之遙。當此鰣魚季節，徐德言與樂昌公主又邀李藥師全家，前去品嘗人間絕味。「鰣」字從魚從時，最是講究不時不食。此魚出水即死，縱使短程輸運，亦難免有失其美。因此欲嘗鰣魚真味，必得臨江垂釣，或是浮舟江上。

這日李藥師一家再度由廣陵南下，徐德言闔府則由會稽西行，至富陽會合。此時只見另有數乘飛騎，由南方絕塵而來。原來富春鰣魚汛季，恰是嶺南荔枝初熟之節⑩。莫說當時，就是一百五十年後，荔枝仍然頗為罕見。白居易作〈木蓮荔枝圖〉寄朝中親友，還生怕眾人不解，特意記其名狀，形容荔枝曰：「樹形團團如帷蓋。葉如桂，冬青；華如橘，春榮；實如丹，夏熟。朵如蒲萄，核如枇杷，殼如紅繒，膜如紫綃，瓤肉瑩白如冰雪，漿液甘酸如醴酪。大略如彼，其實過之。」然則：「若離本枝，一日而色變，二日而香變，三日而味變，四五日外，色香味盡去矣。」

李藥師一家來到揚州之後，屢受徐德言、樂昌公主盛情款待，這次他終於能夠有所回饋。徐德言、樂昌公主當年在遜陳宮中，自然嘗過荔枝之美。然而現在他們已經非屬皇室，縱使依然頗有家資，但若想品嘗這四百餘年之後，得蘇軾譽為「日啖荔枝三百顆，不辭長作嶺南人」的南國異果，只怕也非易事。於是李藥師特意著嶺南舊部，將數簍荔枝以飛騎快遞至富春江邊。樂昌公主見到，拉著出塵雙手，眼眶都濕潤了。

荔枝之外，這數乘飛騎也帶來嶺南名酒「靈谿」與「博羅」⑪。靈谿酒以靈溪之水釀成，其水源出泠君之山，最是清冽。博羅酒則是桂花釀，博羅盛產桂樹，以其花釀酒，無比甘醇。

徐德言早已備妥一艘遊船，邀李藥師闔家登舟，泛入富春江心。當此立夏之節，江邊新柳乍翦，沿岸柳花串串，煞是惹眼。

徐德言、樂昌公主年事已高，此時雖已入夏，然江心風大，兩人留在艙中。只命兩個兒子招呼客人去到艙外，觀看漁人捕魚。但見罟師撒網，每網都能捕上不少鰣魚，尾尾肥美。然而送至遊船之旁，庖人卻屢屢搖頭，偶爾才選取一尾。

李藥師不免好奇動問。徐士頎道：「此魚之美厥在鱗脂。因此揀選鰣魚，首重銀鱗細骨。其中絕美者，又有『櫻桃頰』。⑫」李藥師細審，果見庖人所選的鰣魚，尾尾銀鱗細骨，頰紅如櫻。

只見庖人先將魚鱗刮下，卻不丟棄。再除去腸膽，然後只用潔布拭淨，並不以水濯洗。隨後去骨。鰣魚多刺，其細如毛，然那庖人似乎熟知每根魚刺的位置，動作既快且準，穩中甚至隱含節奏。李藥師歎為觀止，引《莊子．養生主》讚道：「手之所觸，肩之所倚，足之所履，膝之所踦，砉然嚮然，奏刀騞然，莫不中音。合於桑林之舞，乃中經首之會。」

此時庖人已將鰣魚整理妥善，準備斫膾，徐氏兄弟便請客人回到艙中。但見這鰣魚膾紅肌白理，輕可吹起；薄如蟬翼，兩兩相比。沃以老醪，和以椒芷；入口冰融，至甘旨矣。

斫膾之外，鰣魚最宜清蒸。歷來皆知此魚之美全在鱗下脂肪，因此後世《本草綱目》說「連鱗蒸食」，《遵生八箋》則說「蒸熟去鱗供食」。然而徐府席上，卻另有一番南朝皇室的講究。庖人先將魚去鱗，再將鱗片以銀針絲線串起，吊在鍋盅之內。蒸時水汽煊騰，鱗脂漸溶，涓滴落在魚上。調味不用鹽花，只在魚身淋下女兒紅，覆上薄片火膧，蒸成自然擎盤散馥，明透鮮美⑬。這是李藥師首次品嘗鰣魚，然他日後縱使端揆，恐亦無法再得如此精絕的美味。

斫膾、清蒸之外，庖人又將鰣魚肉切絲和羹。八十餘年之後，韋巨源鋪陳名傳千古的「燒尾宴」。其中一味「白龍」，即是以潔白的鱖魚肉切絲和羹。黃河流域歷來重視鯉魚，然「鯉」「李」諧音，犯了皇室之諱，所以韋巨源不用。而在帝都長安，也無法能有剛出水的「櫻桃頰」，更無法找到能將鰣魚骨刺剔除盡淨的庖人。

三味鰣魚之外，又有炰鵝。這是北魏《齊民要術》記載的菜式，原以秫米研製成酪，搭配鵝肉。在徐府席上，則以杏仁研製成酪⑭，取代秫米酪製作炰鵝。杏酪之芳香細膩更勝於秫米酪，後世著名的「杏酪鵝」即是源自此味。

庖人更即席取李藥師所贈的荔枝，去皮去核，只用果肉，釀入河蝦仁，以青苦瓜為底座，蒸成一味。荔枝晶瑩的果肉中，透出河蝦仁的朱紅，映襯苦瓜的青綠，其色絕美。而荔枝甘酸偏熱，苦瓜清苦性寒，兩者不但在滋味上相輔相成，在藥理上也相佐相濟。入口細予品嘗，風味更見層次。二百餘年之後，南漢末代君主劉鋹曾在荔枝成熟之期設「紅雲宴」⑮，以荔枝入饌，不知能有此宴幾分風華？

此外又有現掘山筍，連籜煨熟之後去殼，每支剞成塔形，立於盤中，淋上薺菜末和成的湯齏。春薺、春筍甘鮮幼嫩，原本已是絕味。亦且以翠綠菜羹掛在玉白筍塔之上，更見煙雨江南的綽約丰姿。還取田間瓜花，釀以小蕈、蒼耳之屬，雖是土產微物，然若精於擷擇，便成殊勝之味。凡此種種，不一而足。⑯

甜品則有月季花餡的太師餅、櫻桃餡的天花饆饠等等，都是絕美的當季時鮮。太師餅是酥點，相傳始於商紂的太師聞仲。天花饆饠則是蒸點，其外皮以「天花粉」製成，這是以菱根搗澄而成的澱粉。⑰

至此，有「中國三大名魚」之稱的黃河鯉魚、長江鰣魚、松江鱸魚，李藥師與出塵俱已遍嘗。這席富春鰣魚之讌，雖不是他們所曾品味最為奢華的豪宴，然其精雅細緻，卻絕非奢豪所能匹儔。只不過此宴之後，李藥師在江南的優游閒適，很快便要結束了。然他平生之所願，乃是開捭盛世，並非享受安逸。此時他在江東，已經做到「興教化、安百姓」；下一步便要進入中央，去實現「富國家、強社稷」的理念了。

李藥師離開江東之後，未再回來任職。然而他的善政深植民心，當地百姓在今日的安徽蕪湖、江蘇鎮江、浙江湖州、浙江安城等地，都建有李衛公祠、李衛公廟，以卑恆久膜拜祭祀。⑱

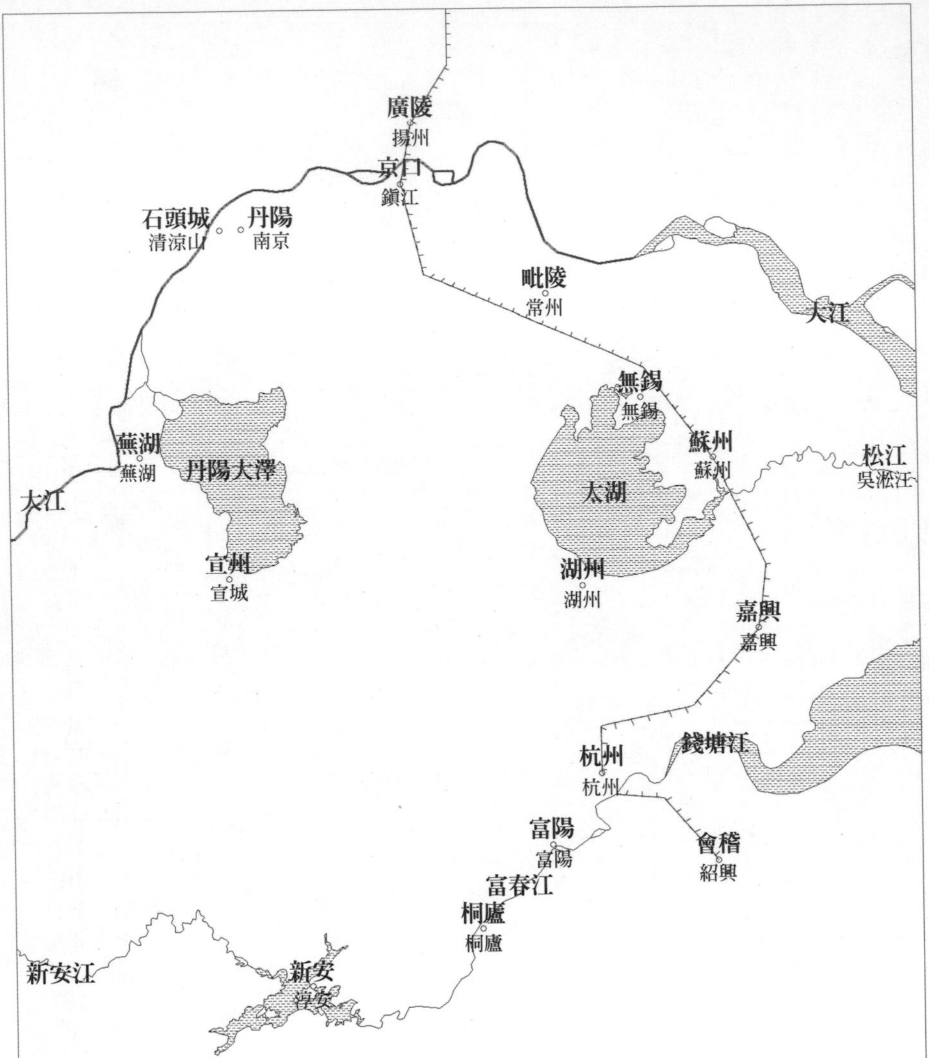

N

浮生偷閒行跡圖

0 10 50 100 km

第四十六回　救援潞州

李藥師善治揚州期間，長安並不安寧。就在他夫妻談論，與李世民友好的劉世讓、杜伏威均遭翦除的同時，中樞發生兄弟鬩牆事端。

武德七年六月，豳州玉華山的仁智宮修成，皇帝前往避暑。李世民、李元吉隨行，李建成則留守長安。李建成令慶州都督楊文幹招募驍勇，輸運盔甲。負責輸運的屬官卻向皇帝告密，謂太子謀逆。同時又有寧州人上參，謂李建成從羅藝處調突騎三百人，補實東宮諸坊。

李淵震驚，召李建成至仁智宮覲見。李建成大懼，叩首不已，涕泣謝罪求恕，痛悔幾至暈厥。李淵怒將李建成扣押，同時急遣宇文穎飛騎傳召楊文幹。宇文穎與李元吉有私交，向他密報。李元吉大驚，密令宇文穎將李建成遭到扣押之事告知楊文幹。

楊文幹得到消息，當即起兵。李淵召李世民平叛，然李世民尚未抵達慶州，楊文幹已遭僚屬誅滅，宇文穎也在亂中被殺。

事後皇帝卻將此事定位為「兄弟不睦」，命李建成回長安留守，而歸咎於東宮掾屬王珪、韋挺，以及天策府掾屬杜淹，將他三人流放嶲州。

此一事件後世論者甚多，認為頗有天策府或齊王府在背後操作的痕跡。然李世民終究成為天子，史書「為尊者諱」，多將此事歸咎於李建成。《資治通鑑．考異》則引劉餗《隋唐嘉話》①，以史筆備錄，謂在正史的記載之外，尚有「人妄告東宮」之說。當時李藥師遠在揚州，對於此事內情，實也並不清楚。

一波未平一波又起。劉世讓被殺，突厥除卻忌憚，對於北境的寇掠便比已往更為頻繁。李世民奏請於并州屯田，雖為朝廷樽節輸運糧秣的開支，卻無法制止突厥入侵。李淵剛從仁智宮返回長安，便有朝臣上奏，認為突厥寇掠是因覬覦長安繁華，因此建請遷都。

「突厥覬覦繁華，因此建請遷都？」初聞此事，出塵真不知該覺可氣還是該覺可笑。

李藥師微笑道：「是啊。說突厥之所以屢寇關中，乃因為子女玉帛皆在長安。如果焚毀長安，遷都他處，則外寇自會止息。」

見夫婿如此氣定神閒，出塵登時又覺可氣又覺可笑，吒道：「是唷，長安又不是我的故鄉，我急甚麼？」她才祭過娘家宗祠，自覺通體浸潤祖先德澤。

李藥師見愛妻嬌嗔，伸手將她摟入懷中，笑道：「是唷，妳急甚麼？有秦王殿下哪。」出塵心知是自己急躁了，卻不肯遽認，反而一甩螓首，讓縷縷髮辮輕輕敲打夫婿面頰。李藥師哈哈一笑，吻上芳澤：「夫人永遠都是三十年前那個娃兒。」如此柔情，總是能讓伊人化為繞指……

遷都事件果如李藥師所料。李世民知兵善戰，李建成難與抗衡，更不要說李元吉、裴寂等怯戰之輩了。因此與他們親近的朝臣，都贊成遷離長安。李淵便命宇文士及前往山南，相堪承輿，擇地建都。

聽到此處，出塵忍不住問道：「山南？怎地竟是山南？」

李藥師笑道：「夫人可是想到洛陽？」

出塵原想，隋代以來洛陽即是東都，宮室早已完備，遷都相對簡易。然她略一斟酌，便明其理：「是了。砥定河洛全靠秦王，當初又有『居於洛陽，自建旌旗』之議。如今洛陽全是秦王勢力，太子、齊王、裴寂怎會願意將都城遷到那裡？」

李藥師擊掌激賞：「的是！」接著問道：「山南卻怎麼說？」

出塵嬌笑道：「師父又來！」然她尋思半晌，神色卻凝重下來：「山南，那可是趙王勢力啊！」此次朝議遷都，必不肯遷至秦王勢力範圍。中樞屬意山南，顯然認為趙王並不傾向秦王？那麼……

李藥師神色也凝重下來：「是啊。這盤局，我也尚在琢磨啊。」

遷都之議，朝臣自非人人贊同，卻無人敢犯顏直諫。李世民只得親自表態：「戎狄為患，自古有之。想我大唐建國以來，精兵所向無敵。如今若是只因突厥擾邊，便遽然遷都以避，豈非貽四海之羞，為百世之笑乎！」

「貽四海之羞，為百世之笑！」李淵聽得心頭一震。他畢竟是一代開國雄主，登時決定放下顧全太子、齊王的私情，改由大處著想，停止遷都之議。

李建成、李元吉卻不甘讓費心策劃的遷都之議就此煙消雲散，他們聯絡內宮妃嬪，在皇帝耳邊浸潤：「突厥雖然屢為邊患，但其目的不過就是財物，給些貨賂自會退兵。如今秦王託言抵禦外寇之名，欲行總攬兵權之實，只怕意圖謀篡啊！」

出塵聽到此處，不禁笑出聲來：「如若當真給些貨賂自會退兵，當初又何須建請遷都？」每與愛妻聊談時政，李藥師總有「得妻若此，夫復何求」之歎。此時他一番激賞之後，繼續將自己所得的訊息說與出塵知道。

剿滅輔公祏後，大唐一統天下的格局已定。突厥頡利、突利二位可汗，一則見受其扶持、與李唐敵對的各方勢力，可說已全被殲滅；再則又見李唐皇室諸子鬩牆。他們深知若不趁此內鬥之隙予大唐以重創，往後可能再無機會。遂在武德七年八月傾盡全國人馬，由原州、忻州、并州、綏州等多路，大舉入寇。

突厥飛騎疾速南馳，薄近渭水北岸，長安戒嚴。李淵詔李世民、李元吉出兵禦敵，在豳州南方的五隴阪遇上頡利、突利的萬名鐵騎。當時關中霪雨已久，糧秣無法運行。唐軍疾行跋涉，已然疲憊不堪。加上軍需器械受潮，難以發揮功效。因此京中朝臣將領，大都認為此戰堪虞。前線將士，包括李元吉在內，更是驚恐。

李世民卻很清楚，皇室鬩牆並不是李唐專利。頡利與突利之間，同樣相互猜忌，矛盾對立。

李元吉既不肯出戰，李世民便獨自應敵。

他率百名精騎馳往敵前，對頡利、突利叫道：「我國已與可汗和親，約定彼此互不侵擾。今日貴國何以負約，深入我國領域？我乃大唐秦王，素知可汗能武，便請出陣與我獨鬥。如若不然，貴國縱以大軍襲我，我也僅以此百名精騎應戰，便足矣！」這裡「和親」指李唐將宗室女嫁給處羅可汗的長子郁射設阿史那摸末。

頡利不清楚唐軍虛實，笑而不答。

李世民再度引騎前行，遣人對突利叫道：「你我早有盟約，遇有急難當彼此救援。如今你卻引兵相攻，如何竟無絲毫香火之情！」

突利亦不回答。

頡利原以為唐軍必不敢戰，此時見李世民輕騎出陣，又聽到「香火」等語，不免懷疑突利另有圖謀。突利之妻是隋煬帝的幼女淮南公主，她非但不敵視李唐，更有位姊姊是李世民的側室。

此時李世民三度引騎向前，即將涉渡溝塹。頡利趕緊制止：「秦王無須渡塹，我來並無他意，只希望與貴國重申舊有盟約！」當即領兵略為退卻。

此時豪雨愈下愈大，李世民卻率唐軍連夜冒雨行進，突厥不免大驚。李世民又遣人去向突利陳述，或戰或和之間對於他的利弊。突利但覺深合己意，表示願與大唐結盟。此時頡利意欲出戰，突利卻不肯配合。頡利只得遣突利與從叔阿史那思摩去見李世民，請求議和。李世民應允。突利則表示希望與李世民結為兄弟，李世民也同意。於是彼此訂立盟約，雙方撤軍而去。

出塵傾聽夫婿陳述，早已數度血脈賁張。此時歎道：「秦王殿下伐謀、伐交、伐兵，入彼之間，攻彼之虛，真人傑也！」

這次事件之後，突厥依舊騷擾頻仍，然不再是舉國傾巢而出。各地唐軍面對區域型的戰役，雖然互有勝負，但大抵能將突厥阻於國境之外。因此突厥氣燄，已然大不如前。其後九個多月，唐室與突厥之間沒有再度發生大規模的衝突。吐谷渾、党項、羌、獠等部，雖也時而寇邊，但邊防駐軍便已足堪應對。

時序進入武德八年。此年六月，頡利進寇靈州。李淵得報，以張瑾為行軍總管，溫彥博為行軍長史，出禦突厥。至七月，頡利再寇恆州[2]，邊防駐軍無法抵禦。皇帝先前已命姜行本截斷石嶺道，以阻突厥南下，此時又命張瑾屯石嶺、李高遷趨太谷，同時命李世民出蒲州。然至八月，突厥已強行越過石嶺，寇掠并州。接著進攻靈、沁、韓、潞等州。李淵急詔李藥師率江淮諸州之兵出潞州，又遣任瓌屯太行，以禦突厥。

當時將揚州治所移至廣陵的相關工事，李藥師已經完成，李孝恭卻遲遲不肯搬遷。朝廷先前已將李藥師升任安州大都督，但他尚未赴任，又接獲出兵抵禦突厥的詔書。

在此之前，大唐在長江流域只設三處大都督府：上游的益州、中游的荊州、下游的揚州。這新建的安州大都督府，位於荊州與揚州之間。這些「上州」的大都督不是親王便是郡王，李藥師非常清楚，皇帝以自己為安州大都督，是要他完成建置大都督府的任務。正式的大都督頭銜，還是要留給皇族的。

李淵實不愧為雄才大略的開國君主。對於李藥師這樣的人才，他能放下過往的恩怨，予以重用。然而李藥師的才略實在太高，不過短短六年之前，他才率領區區八百官兵，由長春宮前赴金州、硤州。隨後，先是荊湘、再是嶺南、又是江東，他逐一順利取下。現在放眼南方，李藥師已是軍中最具影響力的一人。

然在唐代，南方的重要性遠不如北方。當時大唐軍中，最具影響力的一人是李世民，其次就是李藥師了。如此人物，讓李淵不得不有戒心。因此他交予李藥師的任務，比如前次率嶺南諸州之兵出討輔公祏，這次率江淮諸州之兵出禦突厥，都是以新進府兵遠赴異域作戰。這樣的任務，除李藥師之外，翻遍古今汗青，只怕再無人能勝任。然而，李藥師完成任務之後，無論得到多高的封賞，皇帝仍只將他留在地方。李淵，是絕不可能讓李藥師進入中央，參與國家決策的。縱使留在地方，李淵也不讓他在同一任所停駐過久。畢竟，無論下屬或是人民，對李藥師的衷心景仰，讓皇帝不能不防啊。

李藥師接到安州大都督的任命，立即前往丹陽，向李孝恭辭行。李孝恭一如既往，以華麗舞樂、奢豪酒筵款待。然而這時由李孝恭的神色言行舉止，李藥師已能明顯看出，因為不當服食丹藥而造成的損傷。可他和李孝恭之間，已不如五年之前那般親厚。何況此時即將離開李孝恭麾下，他也並未多言。

不過李藥師尚未離開揚州，又接獲出師潞州抵禦突厥的詔命，他迅即點兵，率軍出發之前，著陸澤生將江淮之米運往洛陽，以備京師之需。③

出塵則準備帶全家返回長安，正待去向李孝恭夫人辭行。聽聞運米之事，笑道：「運往洛陽，以備京師之需？呵呵！」

李藥師邊檢視行囊邊朝愛妻笑道：「妳這娃兒！」畢竟洛陽，可是李世民的勢力範圍呢。

然待李藥師抵達潞州之時，張瑾已在太谷遭遇突厥，對戰大敗，全軍覆沒。張瑾單騎脫逃，投奔潞州。可他的行軍長史溫彥博，卻遭突厥擄獲。頡利率十餘萬兵馬，在朔州大肆劫掠。

這次突厥入寇如同既往，從河東的馬邑道、河西的靈武道兩路分進。河西一路在靈州即被任城王李道宗率邊防駐軍擊敗；轉寇綏州，又被李世民阻住。河東一路則如入無人之境，由朔州、代州、忻州、石嶺、并州、太谷、沁州、韓州大舉南下，此時已侵入潞州邊境，正往府城推進。

潞州都督黃君漢曾參與剿滅輔公祏之戰，對李藥師甚為敬佩，早已期盼他率兵到來。但此時見他只帶來一萬人馬，且是江淮兵員，心中著實覺得難有勝算。張瑾初敗，更不認為這一萬江淮士卒，能奈突厥十餘萬鐵騎如何。

李藥師問前線戰況。張瑾將突厥形容得無堅不摧，自己則吐訴得老淚縱橫。李藥師望望黃君漢，黃君漢會意，對張瑾說道：「老將軍辛苦了，請先歇息。」張瑾已有年紀，日前被突厥殺得亡魂喪膽，現下又擔心回朝之後不知能否保命，驚駭交迫，當然願意歇息。

張瑾退下之後，李藥師讓張寶相、席君買、薛孤吳等參與討論。黃君漢率先問道：「對於戰況，不知大人看法如何？」此時李藥師是行軍總管，在這次軍事行動上，位階高於黃君漢。

李藥師道：「欲保并州、太谷，必須堅守石嶺。張瑾原有數萬精兵，雖難戰勝突厥十萬鐵騎，但堅守足矣。而他竟放棄石嶺，退守并州，怎能不敗？」他對張瑾頗有意見，因此提到時只直道名姓。

張寶相等從未見過李藥師如此生氣，都不敢吭聲。黃君漢面對張瑾那副模樣已有半日，氣頭仍未稍緩：「張瑾自誇寶駒飛奔前來，完全不曾顧及本部將士！」

李藥師深知此刻不是生氣的時候，登時按下心緒：「暫且不論這些，只說如何應敵。聽聞陛下已遣李世勣將軍馳援，可是？」

黃君漢道：「是。然他只怕還要兩日，方能趕來。可計算突厥腳程，快則今晚、遲則明早即會到此。不知大人可有計較？」

李藥師道：「我朝今日戰力，尚不足以力抗突厥。所以年前秦王殿下在五隴阪將之攘退，乃是誘之以利、策之以謀，而不直攖其鋒，刻下我等也當如此。突厥入寇向來只為金帛財貨，不為土地城池，因此我等……」他當即下令，讓黃君漢、張寶相等分頭備戰。

潞州城北東面是山，西面則有湖。次日黎明，黃君漢率本州官兵進入東面山地布置，張寶相、席君買則在府城北門之外排開陣勢。一年多前他們進入揚州之後，便從闞稜、王雄誕、馮惠亮、陳正通等江東驍將的舊部中，嚴選健壯加以訓練。如今這些兵士，已是熟諳李藥師陣法的江淮精銳。

諸葛武侯魚復浦「八陣圖」，最初原為水戰設計，七年前在三王陵，李藥師將之用於陸路，配合地形加以變化，成為「隅落鉤連曲折相對八陣為六圖」。其後他在夔州，親身體驗武侯當年的「水八陣」與「旱八陣」，進而發展出「六花陣」。這六花陣變幻無方，「八陣為六」可在方陣、圓陣、曲陣、直陣、銳陣，與「內環之圓外畫之方變為六花」的六邊形陣之間，隨機變化萬千。此外還有「六花開方校閱陣」，以及專為車戰設計的「六花七軍車徒騎布列陣」④。然而一年半前，在江東戰事中並未用上，此時卻恰可用於抵禦突厥。

且說頡利可汗率領鐵騎疾速南奔，抵達潞州城外時不得不停止。這一路來他們每到一處，唐軍皆是閉門拒戰，沒有料到，這僅有五千守軍的小小潞州，竟然開門擺陣！頡利朝前審視，但見陣間銀盾反射朝陽，眼前兵馬何止五千，少說也得上萬！此時斥候來報，方才得知李藥師已經抵達。

正在此時，頡利但見兩人雙騎由城門中奔馳而出。當先一人紫袍金鎧，年約五旬，不怒自威，氣吞山河，頡利知他便是李藥師。其後一人青袍銀鎧，二十出頭，英氣勃勃，傲視萬方，頡利卻不知他乃是薛孤吳。

六花陣盾牌翾翾，粼光熠熠，騰騰如浪。也不見陣式避讓，那兩人雙騎竟如踏浪一般，瞬息來至陣前。羽箭射程約莫一百五十步，是以雙方皆停留在二百步開外。

李藥師當先發話：「頡利可汗，我乃大唐李藥師。你與我唐秦王殿下彼此有約，互不相犯，今日何以毀約？」

頡利叫道：「李藥師，我有十萬大軍，你卻只有一萬人馬。我念你大名鼎鼎，從未打過敗仗，不想毀你名頭，快快閃開！」

李藥師微笑道：「你只見眼前這一萬人馬，殊不知秦王殿下在綏州戰勝你軍之後早已回轉，正領五萬精兵，由西方抄你右翼；李世勣將軍也已趕到，正領五萬精兵，由東方抄你左翼。你怎不想想，該當如何北返？」

頡利怒道：「你等專說大話，今日無論你說甚麼，我都不信！」他正要麾師，未料一支羽箭射來，直插在他馬前不過十步之處。頡利大驚，他知突厥兵士大多可射一百五十步，唐軍則稍遜。然而這支羽箭，射程竟接近二百步之遙！頡利放眼望去，知道此箭來自李藥師身後那名小將。

當年李藥師在了午道上見到薛孤吳時，他才十五、六歲，已有一身武藝。如今他已二十出頭，成長茁壯，體魄、臂力都漸臻於顛峰。他見頡利向他望來，挽弓又是一箭，再度落在頡利馬前十步之處。

頡利也挽起長弓，但自忖無法將箭射到李藥師馬前十步，只得放下。此時薛孤吳勒馬上前十步，三度挽起長弓。頡利趕緊下令退後十步，方才站定，薛孤吳第三支箭已射到頡利方才站立之處。

李藥師引騎走到薛孤吳身前，說道：「頡利可汗，李某所部，至少百人有此射程，你可要以身涉險？」

頡利不語。

李藥師再上前十步，向右方揮手說道：「可汗請看，李世勣將軍已率所部抵達東方山區。」

頡利往東一看，果見山中隱有旌旗，與李藥師所部花色不同。

李藥師又向左方揮手說道：「可汗再請看，秦王殿下已率所部抵達西方湖區。」

當時李藥師在南，背對朝陽；而頡利在北，面對晨光。李藥師又利用六花陣盾牌，將陽光折射反射，盡朝頡利眼神閃耀。頡利已遭強光熠爍，目眩神搖，此時往西望去，但見朝陽輝映之下波光粼粼，水氣氤氳之間竟有兵馬，似與城門外那花花陣式略同……

只聽李藥師笑道：「頡利可汗，你部南下，已劫掠朔州、代州等八州，收穫頗豐，所負甚重。若你就此退去，李某不願己方受損，必不追躡。若你執意前進，屆時玉石俱焚，你等豈非白來一趟？」他言畢方才想到，頡利未必能夠聽懂「屆時玉石俱焚」等語。

無論頡利能否聽懂字義，但顯然聽懂李藥師的語意。此時他略為斟酌，但覺李藥師所言在理，心下雖不甘願，卻仍咬牙將手一揮，撤軍北返。黃君漢率所部在東方山區揮旗吶喊，直到突厥全數遠離。頡利則遣使與大唐議和。當時已是暮秋，入冬之後北國風雪嚴寒，除零星戰役之外，突厥暫時不再有大規模的進寇。

此役李藥師未損一兵一卒，便迫頡利退師。《舊唐書．李靖傳》記載：「時諸軍不利，靖眾獨全。」

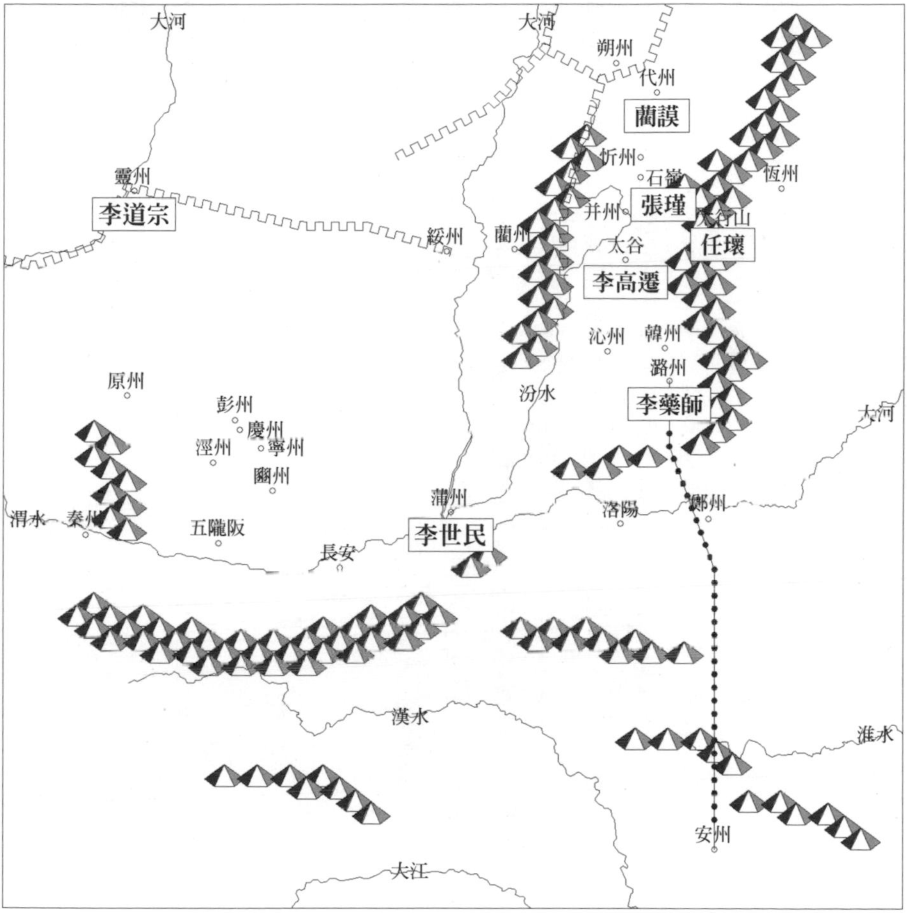

武德八年抵禦突厥入寇圖

0 100 200 300km

第四十七　酣戰靈州

李藥師在潞州將頡利可汗阻住，迫使突厥議和之後，返回安州。他在潞州停留的時間雖然極其短暫，卻給當地人民留下深刻印象。今日山西長治市轄下，潞城、長治、武鄉、沁縣、襄垣等地，都有李衛公祠，不少亦稱靈顯王廟或靈澤王廟①。靈顯王、靈澤王都是後代帝王給予的封誥，與他代天行雨、西嶽獻書等傳奇有關。②

因著扣釋太子、朝議遷都等事件，李藥師知道朝中隨時可能發生巨變，於是讓出塵帶領全家前來安州。每逢李藥師領軍出師，出塵必回長安，以安朝廷之心。其後總要待到新職任所一切就緒，才讓家人過去。可這卻是頭一回，李藥師才到安州，便催促他們過去。出塵心下便也明白，朝中變局已經迫在眉睫了。

然而長安尚無巨變，揚州卻已出事。李孝恭遲遲不肯遷往廣陵，已被削去揚州大都督之職，解往京師。皇帝以李神通之弟襄邑王李神符接掌揚州，他一到任，就將治所正式遷往江北了。李

藥師原任的長史之職則由李襲志之弟李襲譽接任，他在李藥師整頓地方、活絡經濟的基礎上，加以興修水利、灌溉農田，使揚州益發繁榮。

李藥師與李孝恭同在夔州、荊州時期，彼此相得甚歡；來到揚州之後，雖然不再熱絡，卻也並無芥蒂。如今李孝恭入於縲紲，出塵自然關心，不免問起。

李藥師輕嘆一聲，問道：「當初進討輔公祏，趙王出發之前筵宴諸將，席間清水變為血水之事，妳可知道？」

出塵點頭道：「知道。」

李藥師又嘆一聲：「我從嶺南去到舒州，曾與趙王談及此事。他乃是將松脂蒸餾，混入水蜜之中再行加熱，水色即會轉呈櫻紅。藉著燈燭掩映，乍看便似清水變為血水。」

這時輪到出塵輕嘆一聲：「人家得意之事，你又何須說破？」

李藥師搖頭道：「不得不爾哪。水蜜之中難免混有松脂，多飲只恐傷身。但是顯然，趙王不希望我干預此事。」

出塵哂道：「也就那麼一次，又不餐餐都飲。人家可是郡王，哪能事事都聽你的。」

李藥師卻問道：「妳離開揚州之前，去向趙王妃辭行時，可曾見到趙王？」

出塵搖頭道：「不曾。嗯……我已許久不曾見到趙王了。」

李藥師再嘆一聲：「是啊，妳是沒有見到。我去向趙王辭行時，從他神色言行舉止之間，已能明顯看出服食丹藥所積之毒。」

出塵聞言失驚：「當真？」
李藥師緩緩點頭：「當真。」他沉默半晌，又道：「不過，趙王此次是因謀反被執。」
出塵更加錯愕：「謀反？」
李藥師語調甚是無奈：「輔公祏滅後，陛下即有旨意，將揚州大都督府的治所遷往廣陵，趙王卻遲遲不肯離開丹陽。」
出塵哂道：「那也只是慢旨，與謀反還有一段距離吧？」
李藥師卻似笑非笑地望著愛妻。
見夫婿這般神色，出塵頓時明白了：「丹陽乃是江東六朝故都。楊隋取下江南，立即便將揚州治所移至江北的廣陵，難道竟是忌憚丹陽的『王氣』？」
李藥師點頭道：「先前杜伏威也不肯遷離丹陽哪，不是？如今輔公祏既滅，趙王仍不肯遷離丹陽，妳說陛下會怎麼想？」
出塵聽夫婿此言，當下輕嘆一聲，搖頭說道：「趙王非但不肯遷離，還在石頭城上大興土木，煉製金丹，這……」
說到此處，出塵突然發現，夫婿依然似笑非笑地望著自己。她一時驚覺：「難道……難道……」她四下環顧一周，確定並無他人，方才低聲問道：「難道先將你調離揚州，隨即扣押趙王，這一前一後，竟然並非巧合？」
李藥師此時深深凝視愛妻，問道：「依妳說，咱們該將此事當成巧合，還是……不然？」

出塵深深吁一口氣，好似欲將全身氣力吁盡。她委身斜斜倚上案頭，悠悠說道：「難怪那天談及朝議遷都，有意遷往趙王勢力的山南之時，你就曾說，這盤棋，尚在琢磨啊！」

李藥師默默點頭，並不言語。

時序進入武德九年。這年仲春，風雪嚴寒之後，突厥又開始大規模從東、西兩路犯境。二月，入寇原州，為邊防唐軍擊退。三月，先寇綏州③、再寇靈州、又寇涼州；四月，續寇朔州、原州、涇州。皇帝再度急詔李藥師為靈州道行軍總管，抵禦突厥。

九年之前，李藥師在馬邑郡丞任上，曾與劉武周率領的突厥兵略有接觸。但直至半年之前，他才直接面對頡利可汗。這次經驗讓他對突厥戰力有更深刻的瞭解，知道他們機動性雖然極強，卻不擅長持久戰、地形戰，尤其拙於攻城。隨李藥師救援潞州的一萬江淮精銳原已通習六花陣法，來到安州之後，又特別加強持久戰、地形戰、守城戰的訓練，可說已經近乎無堅不摧。

李藥師接到詔令，即率數百元從領這一萬精銳疾速北上。途中探知，頡利的十萬大軍，正沿大河西套的河谷南進。黃河河套有西套、東套之分；東套又有後套、前套之分。西套河谷大都是開闊的平原，惟有南端大河入口處的硤石，山河之間谷道甚窄。而突厥一旦通過硤石，便又進入平原，可以直下涇州。

半年前李藥師抵達潞州時，頡利大軍已寇掠八州，收穫頗豐，所負甚重，因此可以誘之以利、脅之以勢，令他退師。然而此時頡利方才進入大唐疆土，絕不願意空手而還。因此這次，只能硬戰。可是彼此兵力懸殊，無法力敵，只能堅守。西套河谷一帶，能以少數兵力阻擋突厥大軍之處，惟有硤石。

硤石即今日寧夏銀川的青銅峽，乃是黃河中上游的第一峽谷。李藥師來到此地，但見峽口兩山犬牙交錯，山壁高逾百尺，相距亦僅百尺，恰如龍門鎖蛟。《淮南子．兵略訓》有言：「硤路津關，大山名塞，龍蛇蟠，卻笠居，羊腸道，發笱門，一人守隘，而千人弗敢過也，此謂『地勢』。」硤石，正有這樣的地勢。

當地乃是天險，只須推些大石阻道。李藥師激勵部眾：「突厥擅長平原策馬，而硤石地形難以策馬，正是爾等天敵，卻是我軍優勢，此其一。突厥靠的是銳氣，硤石地形使其無法憑藉銳氣衝鋒，卻讓我軍有險可守，此其二。突厥不耐久戰，硤石地形無法作機動戰，只能作持久戰，而這恰是我軍強項，此其三。我軍有此三強，只須據險以守，挫其銳氣，待其力竭，則突厥必敗，我軍必勝！」

一萬精銳齊聲吶喊：「諾！」「諾！」「諾！」

且說……頡利率領十萬鐵騎狂飆，沿河谷南奔，來到硤石。這裡是西套少見的峽谷，兩側高山，山上疊滿大石；峽間河水，水邊滾滿大石；正是最不利於馬匹行進的地形。頡利破口大罵，然再如何怒罵，也無法改變地勢，只得耐著性子蹭蹬而行。旋即，便見石山之上出現「唐」、「李」大纛。頡利半年前才見過這軍旗，知道來者是李藥師。

果然，李藥師出現在石山絕巘之上，含哂微笑：「頡利可汗，半年不見，別來可好？」

頡利暗罵一聲，不予理會。

李藥師仍是含哂微笑：「頡利可汗，這山間有我的弓箭手，記得能射二百步的神箭手嗎？」話未說完，薛孤吳已經現身，一箭射去。然距離太遠，接近頡利時力道已弱，被頡利揮刀撥開。

頡利怒罵一聲，叫囂道：「縱使你有百萬支箭，也射不了我十萬雄師！」

李藥師仍然微笑：「峽中也有伏兵。」話未說完，頡利就見前方路狹處，出現李藥師的軍旗。頡利叫道：「縱有碎石、有羽箭、有伏兵，也擋不了我軍健兒。前此你軍截斷石嶺道，我軍還不是強行越過！」

李藥師輕嘆一聲，說道：「你既自尋死路，我也莫可奈何。」他一揮手，唐軍開始放箭。

頡利有十萬雄師，李藥師卻只有一萬人馬，所攜羽箭也遠遠不及百萬之數。明知無法力敵，李藥師的戰略只在阻擋突厥穿越碎石。

雙方兵力懸殊，頡利又怎會不知？他只道戮力奮進，必能強行踏越。李藥師卻清楚突厥鐵騎身著厚層革甲，不易射穿，只命弓箭手專射馬匹。馬匹是突厥軍士的命脈，在這大石滾滿的峽河之間原本已難行走，受傷之後一旦倒地，更幾乎無法站起。但頡利自恃人多，久久不肯退卻。當天由天明直到申時，酣戰將近六個時辰。突厥馬匹損傷實在太多，所部又已漸趨力竭，頡利才決定放棄。

早在隋文帝時期，便在河套地區的勝州、夏州之間，畫出四百餘里土地，供突厥內附的部眾作為畜牧之用。隋煬帝改州為郡，大業末年郭子和所據的榆林郡即是勝州，梁師都所據的朔方郡則是夏州。郭子和原本臣附於突厥，唐師由禹門口西渡大河，進入他的領地之後，他即歸降唐師。榆林郡位於河套東北，西北另有五原郡。李淵進入長安之後，五原郡亦來歸降。然而李建成認為五原、榆林絕遠，居民與突厥交相往來，官吏無法禁止，因此議請廢棄城廓，將百姓遷至靈州。李淵照准，於是河套一帶的大片土地，便被割予突厥。④此時這帶地區，仍為依附突厥的梁師都所據。

頡利退出硤石之後，便乘羊皮筏子渡河，進入河套，率鐵騎向南疾馳，狂飆飛越大片突厥牧民的棲息之地，眼見便要攻入涇陽。李藥師並不追擊，只率軍前往豳州，截斷突厥的北歸之途。頡利見狀，只得再度與唐室議和，罷兵返回北地。

過去數月之間，李藥師已將安州大都督府建置完成，此時李淵以年僅七歲的皇六子李元景為安州大都督。硤石酣戰之後，皇帝將李藥師調任靈州大都督，出塵再度帶領全家來到靈州。

當時靈州總管是任城王李道宗，他是李淵四叔李璋之孫、李淵堂侄、李世民族弟。他十七歲時便隨李世民討劉武周，其後又隨之平竇建德、破王世充，立有無數軍功。初唐宗室中，就屬他與李孝恭最為當代所重。武德五年，李道宗年方弱冠，已經獨當一面，總管靈州。梁師都曾引數萬突厥鐵騎包圍靈州，卻遭李道宗擊破。其後突厥又與梁師都聯手，遣郁射設阿史那摸末入侵，又被李道宗逐出。幾個月前突厥再度入侵，當李藥師尚在趕往救援潞州的途中時，李道宗已將進寇靈州的突厥側翼擊退了。

這位青年驍將如今二十四歲，他與李世民交好，經常聽聞李藥師的盛名。如今李藥師來到靈州，李道宗興奮無比，他與李世勣一般，敬李藥師如師。

前線酣戰的同時，朝中卻在爭議廢除佛法。太史令傅奕上疏，建請廢佛，尚書右僕射蕭瑀與之激辯。李淵原本不喜僧道，認為他們逃避徭役稅賦，於是下詔沙汰，京師准留佛寺三所、道觀二所，諸州則僅准各留一所，其餘皆予以罷除。不過旋即發生玄武門之變，李淵被迫退位，此詔未及實施。否則……李淵崩後，李世民所上的謚號是「大武」。如果此詔得以實施，則這位大武皇帝，便成為繼北魏太武帝、北周武帝滅佛之後的第三「武」。如今所謂「三武滅佛」，或許便輪不到二百年後，李淵的十二世孫唐武宗李瀍了。

京師之內的鬥爭，遠不止於宗教。李建成、李世民不和久矣，只是已往尚未浮上檯面。然兩年前玉華山的扣釋太子事件，已揭開東宮與天策府之間鬩牆白熱化的序幕。

當時李世民住在弘義宮，因位於太極宮之西，又稱西宮。李建成在東宮宴集宗室，李世民、李元吉、李神通等都受邀與宴。李世民的酒杯中竟是鴆酒，飲下之後當即心肺絞痛，吐血數升。幸好李神通也在席中，將李世民扶回西宮。

李淵聽聞，親自往弘義宮探視。他一面下手敕給李建成，說李世民不擅飲酒，往後不得再召他宴飲。另一面則對李世民說道：「你等兄弟如此不能相容，如若同在京師，必定紛爭不絕。還是依我當初之意，讓你去洛陽自建天子旌旗，如梁孝王故事。」

類似的承諾或表態，李淵已經說過多次，然而總是不了了之。這次再提，李世民又怎會當真？何況李世民的聲勢已然大壯，就算這次父皇當真，他也不願將關中拱手讓給李建成了。此時他聲淚俱下，在榻上對李淵叩首不止，泣道：「母后早逝，如今若讓兒臣遠離父皇，兒臣怎忍？」

李淵見狀，也莫可奈何。

此時縱使李世民願意離京，李建成、李元吉也不肯輕易放他東出洛陽，將關東輕易讓給李世民了。他們並不清楚李藥師、李世勣的意向，還以為當真如同情資顯示，他二人只是旁觀，因此認為己方與天策府勢力相當。李建成戮力將李世民身邊的文武僚屬一一驅離，在李淵面前譖愬杜如晦、房玄齡。於是皇帝下旨，將杜、房逐出天策府。

武德九年五月，曾經發生「太白經天」⑤。六月初一，朔日，又見「太白經天」。古人認為太白經天主天下革、民更王。《史記．天官書》則云：「秦之疆也，候在太白。」太白主西維、主秦之疆，而李世民是秦王，又居於西宮。因此主管天文曆法的太史令傅奕密奏：「秦王當有天下。」

恰在此時，突厥郁射設阿史那摸末渡河，進入河套⑥。他所部人數既少，又未劫掠，何況李藥師、李道宗近在咫尺之遙的靈州。李建成卻將此事誇大，說成突厥萬騎入塞，圍困烏城，建議由李元吉督軍北征。

「秦王當有天下」的天象，著實令李淵不安。他希望太子、齊王建功，於是採納李建成的建議，遣立場偏向東宮的羅藝、以及名義上為東宮僚屬的張公謹，輔佐李元吉北征。他又希望壓制秦王勢力，因此李元吉要求調尉遲敬德、程知節、段志玄、秦叔寶，以及天策府的精銳甲士隨同北征，皇帝也答應了。

當時天策府的文武人才雖然遠盛於東宮，但在長安城內可調用的武裝部隊，則無法與之相較。東宮人馬原本多於天策府，何況還有齊府。宮中又有禁軍，雖然直屬皇帝，但李建成是太子，在京中經營已久，與他們的關係遠非李世民所能比擬。若再將天策府的驍將、精銳全部調去輔佐李元吉，則李世民在長安，可謂僅餘孤身一人了。

杜、房已遭驅離，當時天策府內李世民最能信任之人，一是內兄長孫無忌，二是長孫的舅舅高士廉。他們都知道，「秦王當有天下」的天象造成皇帝猜忌，此刻天策府已瀕臨生死存亡的關頭。只是己方武裝部隊實力如此薄弱，一旦起事能否成功？只怕仍在未定之數。

然則天示異象，似乎有利於天策府？但是如果行動，實在並無把握。他二人建議占卜以決吉凶，李世民同意了。

就在此時，衝進來一個人，抓起為占卜所備的龜甲便往地上擲，說道：「所謂『卜以決疑』。如今事已再無所疑，為何仍要占卜？倘若卜而不吉，難道就不行動？」

此人正是張公謹，他名義上為東宮僚屬，實則是天策府親信。李世民等三人怔怔望著他，只聽他說道：「已得常何，三日後玄武門由他值守。」

常何原是李建成安插在宮內的將領，其後受到收買，成為天策府的內應。

此時又有天策府潛伺東宮的王晊前來密報。次日李建成在昆明池設宴，為李元吉餞行，隨李元吉出征的諸將都須出席。其中多有天策府武將，因此李世民也受到邀約。王晊報說太子、齊王將趁此宴謀刺秦王，而待尉遲敬德等人隨齊王去到北境之後，便將他們坑殺。

李世民當即密召杜如晦、房玄齡。兩人喬裝道士，進入天策府。眾人商榷之後，制定大略方向。次日至昆明池與宴，眾人皆有戒備，當無大礙。後日由李世民向李淵稟報昆明池情事，當晚必有妃嬪將消息傳予東宮。再後日皇帝必召太子與齊王詢問此事，該日常何當值，他二人必以為無虞。那時天策府將士已進入宮門，則大事可成。

當前最為左支右絀的，仍在武裝兵員。須要人手之處有四：

其一，李世民進宮，得有人隨行衛護。這裡定下李孟嘗、劉師立等七人。

其二，脅持李淵君臣。這裡分為文、武兩方面。文者，蕭瑀、溫大雅、陳叔達、宇文士及當天至御前議事；武者，尉遲敬德、段志玄率七十甲士，事先由常何領入宮中，埋伏包圍君臣議事之處。

其三，在玄武門外圍剿東宮、齊府援軍。對方派在此處的將領，根據張公謹的情資，是東宮的薛萬徹、馮立，以及齊府的謝叔方，兵員大約一千。天策府則以侯君集、程知節、秦叔寶三人，率所餘的七百餘名甲士，在此阻擋東宮兵將進入宮門。

其四，常何只是玄武門的當值統領。在他之上，還有李淵的親信敬君弘、呂世衡統率北衙禁軍。然能動用的八百甲士，已全數分至前三處，連弘義宮、天策府的守備都極薄弱，何處再尋人手應對禁軍？

眾人沉默片刻之後，房玄齡說道：「公謹可至此處。常何原已在此，他二人在外人眼中都屬東宮，可以聯手混淆視聽。太子、齊王一旦發現有變，必命後援入宮。此時便可設法引敬君弘、呂世衡以為東宮謀反，讓他雙方對戰。」

杜如晦擊掌讚道：「此謀極是！此事原本是因吾王稟報昆明池情事而起，東宮乃是待罪的一方。如此順理成章，應能讓禁軍以為東宮謀反。只是『對戰』或許不足，須得『混戰』，使雙方無暇澄清，方可成事。」

所謂「房謀杜斷」，《舊唐書》史臣論曰：『蓋房知杜之能斷大事，杜知房之善建嘉謀。』由此可見一斑。

李世民聽聞此議，便問張公謹：「你與常何二人，能否造成『混戰』？」

張公謹略一斟酌，說道：「不敢有瞞吾王，臣實並無把握。」他再一思量，又道：「然若能有第三者混入其間，則其事可成。」

可是……天策府甲士已經全員分配，猶嫌不足，哪來人手充任「第三者」？眾人登時再度沉默下來。

當此燠熱的暮夏六月，眾人聚集密議，空氣似乎都將要凝結。良久……終於，長孫無忌打破沉默。他語調甚是興奮：「臣有一計。若至大牢之內開釋囚徒……」

他話尚未說完，已是一片驚喜交讚。李世民也笑道：「是啊，未經演練的凶頑之徒，若要他們隊伍齊整，絕無可能。然若要他們製造混亂，則無人能出其右啊！」

當時高士廉是雍州治中，主管州府牢獄，便由他前往開釋囚徒。另由長孫無忌調集天策府以及各府邸備用的甲冑與兵器，暫予這些囚徒使用。

除此之外，還得考量事成之後的景況。須處理處大略有二：

其一，京師之內。長安城四面城牆各有三門，城北子城四面亦各有三門。子城之內南是官署的皇城，北是帝冑的宮城，兩者之間城門更多。內內外外這許多城門各有駐軍，李建成常在長安，與駐軍大都有所往還。當天這些駐軍或許不及應變，但得防備日後反撲。因此事成之後，須得立即掌控各處城門，換上親信。天策府中人手不足，必須擇選新人，這方面由張士貴負責。

其二，京城之外。當時洛陽雖有張亮，但他前此已遭懷疑，東宮必有防範。因此事成之後，屈突通得立即趕往洛陽，負責穩定局勢，這方面的考量主要在於防範幽州。

至於當天，皇帝會在何處視事？這只怕得等李世民稟報昆明池情事之後，方能知曉。眾人圍著宮中布局的羊皮地圖，設想數處可能的地點，討論綱要。此時天已微明，李世民與眾將都得準備前往昆明池參與餞行之宴，紛紛離去，僅餘杜、房等謀士繼續參詳細節。

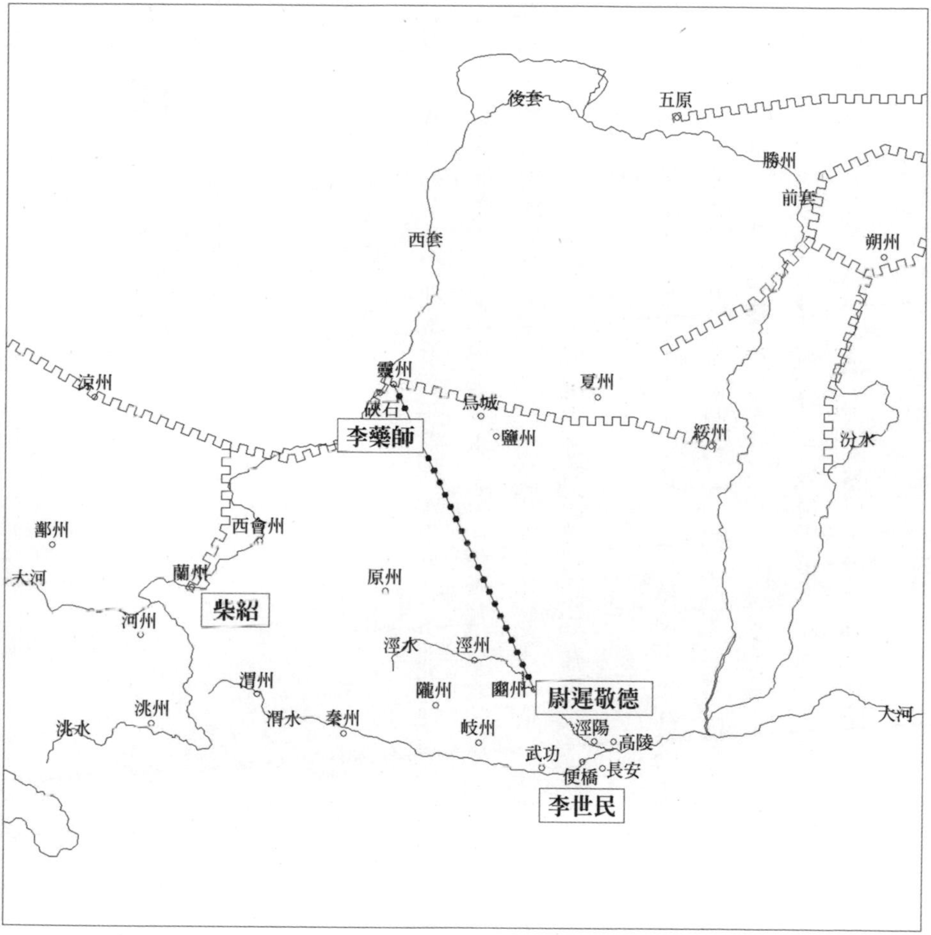

N

武德九年抵禦突厥入寇圖

0 100 200 300km

第四十八回　秦王踐祚

昆明池是漢武帝劉徹為訓練水軍而開鑿的人工湖泊，池北建有皇室苑囿，是歷代帝王蒐狩宴遊之處。池中設有戈船數十，樓船百艘。太子選在此處為齊王餞行，甚為允當。

然而這天，池畔滿是殺伐之氣。餞行酒宴正酣，東宮埋伏的人手衝出，欲刺秦王。天策府所備的人手雖然不多，但全是勇士，何況尉遲敬德等猛將亦在現場。李世民佯作受傷，在天策府將士衛護之下，回到西宮。

次日李世民仍作帶傷之態，遲至午後才在左右扶持之下，向父皇稟報昆明池之事，同時揭發東宮與後宮有私。李淵大怒。此日是六月初三，己未，太白再度經天。午前太史令傅奕又向皇帝密奏：「太白入見秦分，秦王當有天下。」

李淵幾經考量，他想「秦王當有天下」只是天象，而太子、齊王的行徑非但已動干戈，更有穢亂後宮之嫌。於是決定次日召太子、齊王陛見，並宣輔政重臣同至海池詢鞫其事，還叮囑秦王

提早參與。

李世民回到天策府時，眾人已圍著羊皮地圖詳勘細節。唐代赫赫知名的大明宮當時尚未興建，帝闕仍在隋代所建的大興宮，也就是唐代的太極宮。宮城之北是內苑，李世民所居的弘義宮位於苑西。宮城與內苑之間，西有玄武門，東有安禮門，北衙左右禁軍便屯駐於此。宮城之東則是太子的東宮，其北有玄德門。

海池位於太極宮西北隅，玄武門鄰近此處，門外便是李世民所居的弘義宮。李淵將詢鞠地點定在海池，讓李世民在心中高呼：「天助我也！」

不過當天並不只有天策府在祕密籌劃。李世民向父皇稟報昆明池情事之後，張婕妤已遣人通知李建成。李建成與李元吉商議，李元吉認為不妨託疾不朝，以觀形勢。李建成則認為兵備已嚴，何況李世民受傷，無須迴避。

武德九年六月初四，日次庚申。一早，受召參與詢鞠的重臣，包括裴寂、蕭瑀、溫大雅、陳叔達、宇文士及、封德彝、竇誕、顏師古等齊聚海池，隨皇帝登舟。尉遲敬德、段志玄率領七十甲士，已由常何放行入宮，埋伏包圍海池。李世民在左右扶持之下，「負傷」蹣跚進入玄武門。門外有侯君集、程知節、秦叔寶率七百餘名甲士，「確保秦王安危」。

李建成、李元吉亦由少數侍衛護從，由東宮進入太極宮。東宮、齊府的千名兵員則由薛萬徹、馮立、謝叔方率領，停駐在東宮北牆的玄德門外。李建成、李元吉行至臨湖殿時查覺有異，當即躍上快馬，往東宮方向奔逃。

李世民上馬疾追，首先射殺李建成。李元吉欲射李世民，卻三射而不中。此時李世民的坐騎竟遭林中樹枝勾住，連人帶馬仆跌在地。李元吉追來，奪下李世民的長弓，便要將他扼殺。尉遲敬德馳馬疾速奔至，他曾空手奪下李元吉所舞之槊，李元吉對他極為忌憚，當即放下李世民，往武德殿方向奔逃，瞬即便遭尉遲敬德射殺。

北城牆外薛萬徹等驚覺有變，率軍逼近玄武門。敬君弘、呂世衡倉促率北衙禁軍阻攔，正要開始問話，卻不知從哪兒衝出來一群甲冑駁雜、旗幟紊亂的散兵游勇，正是長孫無忌帶來的囚徒奇兵。他們不問是非，見人就砍，造成東宮、齊府屬軍與禁軍混戰。亂中敬君弘、呂世衡雙雙被殺，北衙禁軍群龍無首，臨時聽從常何指揮，與東宮、齊府屬軍對戰。

玄武門內則有張公謹，他奮力將宮門關閉。此時尉遲敬德將李建成、李元吉梟首，由玄武門上高高傳出。東宮、齊府將士見狀，登時無心戀戰。薛萬徹、馮立、謝叔方一同潛逃，遁入終南山中。

至於李淵，他正泛舟海池，與眾臣議事。李世民奉召，由尉遲敬德扶持，來至御前。皇帝還不及認清是誰，就見一名身長八尺、腰圍合抱、面黑如炭、擐甲持矛的悍將，以迅雷之勢，橫眉豎目地衝到眼前，正是尉遲敬德。

李淵大驚，問道：「今日誰人作亂？卿又為何來此？」

尉遲敬德回道：「太子、齊王作亂，秦王舉兵誅之，惟恐驚擾陛下，故遣臣來宿衛。」

李淵略一思索，已知大要，便向身邊眾臣問道：「未料今日發生此事，眾卿以為該當如何？」

蕭瑀、溫大雅、陳叔達、宇文士及都已歸附天策府，此時所論自不外乎，太子、齊王在唐師初建義旗之時就未曾參與，其後又無功於天下。只因嫉忌秦王功高，所以意圖加害，秦王只得誅討。秦王功蓋四方，率土歸心，陛下若以國士待之，將國務委之，則必再無事端，云云。

封德彝、竇誕、顏師古等見事已至此，秦王又在現場，當即順勢表態認同。李淵見這許多重臣，惟有裴寂不語，心知已無轉圜餘地，於是說道：「善哉！此吾之夙心也。」

當時玄武門外，東宮、齊府屬軍仍在與北衙禁軍、天策府甲士對戰，其間還夾雜囚徒奇兵。尉遲敬德奏請皇帝降下手敕，諭令諸軍皆受秦王節度。宇文士及取出先已備妥的制令，由侍臣用印之後宣敕。李淵命太子詹事裴矩曉諭東宮、齊府將士，令他們散去。

此時皇帝喚李世民上前，溫顏撫慰這位僅存的皇嫡子：「近日以來，朕頗有投杼之惑啊！」「投杼」典出「曾參殺人」事件，曾參之母惑於謠言，投杼踰牆而逃。在此李淵自謂幾乎惑於謠言，冤枉了李世民。①

據傳李淵天生四乳，可知身形肥碩，副乳明顯。當時又值盛暑，李淵坦胸而坐。李世民跪在父皇身前吮其胸乳，號慟良久。

李建成的五子、李元吉的五子盡數受誅。李世民採納尉遲敬德之議，謂罪逆僅止於李建成、李元吉，並不及於東宮、齊府掾屬，於是馮立、謝叔方現身自首。薛萬徹原本不肯出山，經李世民多次曉諭，方才現身。李世民認為他們忠於職守，乃是義士，皆予開釋。

玄武門喋血之後三日，李淵立李世民為皇太子，並下詔曰：「自今而後，軍國庶事無分大小，悉委太子處決，然後聞奏。」二十九歲的李世民，從此成為大唐實質的君主。

數日之後，新一代的東宮掾屬建制完成。宇文士及為太子詹事，長孫無忌、杜如晦為太子左庶子，高士廉、房玄齡為太子右庶子，尉遲敬德為太子左衛率，程知節為太子右衛率，等等。

李建成的東宮舊屬中，李世民認為最具才幹者，是王珪與魏徵，然他兩人都常勸諫李建成及早除卻李世民。王珪已因扣釋太子事件而遭流放嶲州，此時便召見魏徵。

當著群僚面前，李世民厲聲責問：「你為何要離間我兄弟！」

群僚面面相覷，魏徵卻舉止自若，回道：「先太子若早接受魏徵建言，必無今日之禍！」

李世民既賞識魏徵之才，又知他是李藥師、房玄齡的師弟，便不再責難，轉而禮遇。同時將王珪，以及與他同遭流放的韋挺、杜淹，全部赦回。

消息傳到靈州，李藥師欣喜已極，對出塵說道：「想我中土，自西晉八王亂起，分裂戰亂近三百年，至隋文帝再造統一之局，何等難能可貴！豈料未及三十載，紛亂又起。如今局勢砥定，我大唐將入盛世，看來生民社稷，終於能有一段好日子了！」

出塵望著夫婿，似笑非笑：「你就這麼篤定？」

李藥師笑道：「怎麼不？妳可曾見到歷代有哪一位人君，能像秦王……喔……當今太子殿下這般恢宏大度，英明神武？妳又可曾見到歷代有哪一位人臣，能像妳家夫君這般？」

出塵支頤，淺笑盈盈：「這般如何？」

李藥師朗笑聲中，往愛妻額頭點了一指：「妳這娃兒，就愛調侃妳家夫君！」

出塵嬌笑道：「調侃？還沒開始哩。怎麼，師父不歡喜？」他夫妻此時都歡喜得像是孩子。如此嬌嗔，李藥師能不抱起伊人？卻聽懷中愛妻吟吟笑道：「只不過，千古未見的『這般』人臣，如今還在這七十二連湖垂釣哩。」

靈州位於西套，這裡有黃河上游難得見到的濕地生態，湖泊星羅棋布，素有「七十二連湖」之譽。至於「垂釣」，自是調侃夫婿，如今還在學姜太公釣於蟠溪哩。

李藥師略一遲疑，問道：「妳真不解？」

出塵誇張地大大搖頭：「儂真不解。」

李藥師心知愛妻明明得解，便也調侃：「猜也不猜？」

出塵仍是誇張地大大搖頭：「猜也不猜。」

李藥師心知愛妻定是要他親說出口，於是將伊人輕輕放下，悠悠說道：「『只怕難以駕馭』！是啊，只怕難以駕馭！」這六個字，正是當初長安錄囚，李淵欲將李藥師除去的原因。

出塵笑道：「改兩個字。改成『這般』難以駕馭，才是。」

出塵此言，乃是接上她適才調侃的：「這般如何？」如此，李藥師先前所言就變成：「妳又可曾見到歷代有哪一位人臣，能像妳家夫君這般難以駕馭？」

李藥師朗笑聲中，又往愛妻額頭點了一指。是啊，無論他有多少功勳，皇帝也不會讓他進入中央；縱使留在地方，李淵也不肯讓他在同一任所停駐過久。這，就是原因啊。

只聽愛妻又吟吟笑道：「這般難以駕馭之人，怎地這般篤定，殿下必會讓你進入中央？」

李藥師嘴角泛起微笑。這微笑，卻不僅是歡喜，也不再是調侃，而是發自內心的欣慰：「因為，他有前人所未曾有的遠見；因為，他有前人所未曾有的意志；因為，他有前人所未曾有的器度；因為……」李藥師眼中神采熠熠，逼視愛妻：「因為他是『虬鬚龍子』啊！」

出塵支頤仰望夫婿，滿眼又是崇拜，又是疼愛。

此時李藥師神色卻堅毅沉穩下來，語調猶如宣誓：「所以，妳家『這般』夫君，定要助他證明，他能駕馭千古難以駕馭之人！」

就在他夫妻言笑晏晏之際，大唐國境內外，都生事端。在益州，大都督竇軌長期與僚屬不合，往年已曾斬決多人。玄武門事件之後，他指長史韋雲起是李建成黨羽，將之斬殺。另一僚屬郭行方大懼，逃回長安，方免一死。

在幽州，大都督李瑗結交羅藝舊部，與李建成往來密切。李瑗個性怯懦，李淵知他沒有統軍能力，遣王君廓為其副手。李瑗既得李建成看重，又有王君廓輔佐，竟栩栩然以一方人物自居。玄武門事件之後，李世民召他入京。李瑗大懼，囚禁欽使，遭王君廓縊殺。李世民對王君廓大加封賞，以他為幽州都督。不過王君廓行為放縱，不久便遭彈劾。他欲投奔突厥，卻在途中被殺。

此乃後話，且說當時。

李世民取消天策上將府，將原有的掾屬調入中央。初唐中央政府三省之中，尚書省權責最高，李淵稱帝之後以李世民為尚書令。如今李世民踐祚，由此開始終唐之世，再沒有實際掌權的尚書令。

這時的尚書省，以蕭瑀為左僕射，封德彝為右僕射，長孫無忌為吏部尚書，溫大雅為禮部尚書，杜如晦為兵部尚書，屈突通為工部尚書。門下省，以陳叔達、高士廉為侍中。中書省，以宇文士及、房玄齡為中書令。李建成的舊屬裴矩為戶部尚書，王珪、魏徵則為諫議大夫。李孝恭先前遭檢舉謀反之事，已因查無實據而獲開釋，此時拜為宗正卿。②③

武職方面，尉遲敬德、程知節、秦叔寶等為大將軍，侯君集、段志玄、薛萬徹、張公謹、李客師等為將軍。

是的，李客師此時也已進入禁軍十六衛府，成為右府將軍④。然而長安城中，依然不見李藥師那瓌偉魁秀、浩氣泱泱的身影。事實上，敕封他為刑部尚書、參圖國政的詔書，他已接獲。只不過……

武德九年八月，皇帝李淵下詔，傳位予皇太子李世民。如同八年之前皇帝楊侑下詔，禪位予唐王李淵一般，李世民辭讓一番，李淵不准。如此辭詔三回，李世民方才表態，「順從」父皇的「遜位」。從此，李淵成為太上皇。

八月初九，甲子，李世民即皇帝位。十二日之後，丙子，立長孫無垢為皇后。至十月，立李承乾為皇太子。

幾個月前，李藥師在靈州擊退頡利大軍之後，突厥仍繼續寇擾西會州、秦州，都由邊防駐軍抵禦。其後又寇蘭州，李淵遣柴紹將之擊退。隨後再寇隴州、渭州、秦州，都由柴紹擊退。

過去五年之間，梁師都期期為頡利謀策，時時寇擾李唐。此時玄武門事件傳入突厥，他認為大唐政權不穩，建議即刻進攻。這年由春至夏，突厥已測試大唐所有的邊防駐軍，非常清楚不能從李藥師鎮守的靈州進攻。由於梁師都對李唐的瞭解，突厥知道鎮守涇州的羅藝，立場偏向李建成。

因此，李世民即位不過數日，頡利、突利便親率十餘萬鐵騎繞過靈州，從涇州入寇。玄武門事件之後，李世民將羅藝晉封為開府儀同三司。然他原有的右武衛大將軍，卻由程知節取代。後者品秩雖然不如前者，卻掌實際兵權。羅藝失去中樞重權，僅餘州府部眾，此時面對突厥入寇，竟然旁觀！

於是，頡利、突利的鐵騎如入無人之境，飛越涇州，直撲長安，轉眼進至武功。武功距長安不過百餘里之遙，京師戒嚴。數日之後突厥進至高陵，這裡與長安僅隔渭水相望，相距不到百里！

得到突厥入寇的消息，李世民急調尉遲敬德出涇州。可他才出長安，便在城北不過六十里處的涇陽遭遇突厥左翼。尉遲敬德不愧大唐猛將，他大破突厥，擒獲俟斤，斬首千餘。這是此次突厥入寇以來，大唐獲得的第一場勝利。⑤

頡利、突利率領的突厥主力，則迅速進至渭水便橋北岸的橋頭。「便橋」通常指臨時搭建的簡便橋梁，渭水便橋則否。唐代長安與渭北之間有三座位居衝要的永久性橋梁，便橋是其中西首的一座⑥。長安北面城牆距渭水不過數十里，突厥可謂已經兵臨城下！

頡利遣心腹執失思力進入長安晉見李世民。執失思力面對這位大唐新君，夸夸言道：「我國二位可汗率領百萬雄師，已經來到眼前，明日便可攻入長安。」

李世民甚為不悅，說道：「朕與你家可汗早已議和，前後饋贈金帛無數。你家可汗卻負盟約，引兵深入我國境內，難道不覺有愧？你國雖是戎狄，也該稍有人心，怎可將已往恩德全數置諸腦後，反倒來此自誇強盛？朕現在就先將你正法！」

執失思力沒有料到，在自家聲勢如此壯盛的情況之下，李世民竟然毫無懼意，當下心虛請罪。蕭瑀、封德彝在旁，因對這次戰事沒有信心，都認為還是禮遇來使為上。

李世民則認為：「朕今若放此人回去，倒讓彼等以為我國畏怯，便會更加驕矜。」於是下旨，將執失思力囚禁。

隨後李世民率高士廉、房玄齡等六人，乘輕騎親出玄武門，來到渭水便橋南岸的橋頭，與頡利隔渭水喊話。李世民氣勢高亢，責頡利負約。此時李唐各路大軍陸續集結，羅列在李世民君臣身後，旌旗甲冑遮蔽山野。

頡利未見到執失思力，眼前只有氣吞山河的李世民，豪闊昂揚地矗立在唐師的壯盛軍容之前，當下疑竇叢生。

李世民則命各軍列陣以備，只他一人逼近岸邊，與頡利喊話。蕭瑀不願皇帝涉險，攔住馬頭勸諫。

李世民道：「朕已籌劃良妥，非卿所能與知。突厥之所以膽敢傾國而來，直抵京畿，只因以為我國內部動亂，朕又新登帝位，朝中不穩。朕今如果示弱，他們不免更加蠻橫，縱兵大肆劫掠，讓局勢難以掌控。所以朕一面輕騎單出，以示睥睨；一面炫耀軍容，以示必戰。兩者都出乎彼等意料，令他們不知如何應對。」

蕭瑀聽到此處，已將皇帝的馬頭鬆開。李世民揚鞭指向頡利，氣勢高亢：「彼等深入我國已逾千里，怎會沒有後顧之憂？此時如果交戰，必能克敵制勝；如果議和，也必取得優勢。震服突厥在此一舉，卿等旁觀便是！」

蕭瑀當然無法與知，李世民將敕封李藥師為刑部尚書、參圖國政的詔書送入靈州之時，另遣長孫無忌送去一道密旨，與他商榷應對突厥之策。

李世民、李藥師都已料到，突厥必會趁大唐皇祚易替之際，麾師犯境。李世民希望觀察羅藝動向，而以李藥師為後盾。只是突厥行動出乎意料之快，疾速便已飛越涇州。李藥師見羅藝並未禦敵，迅即由靈州南下，扼守豳州險要，截斷突厥歸途。

此時頡利身在渭水便橋，得知歸途又被李藥師截斷，而左翼又遭尉遲敬德鎩羽，只得再與唐室議和。李世民二度親出玄武門，與頡利在渭水便橋上斬白馬為誓，訂立盟約，頡利罷兵北返。這是唐室面對突厥，最後一次屈辱求和。待得三年半後，李靖就要執頡利於陰山，建立曠世功業了。

蕭瑀見頡利由涇州至長安，原本勢如破竹。此時卻在渭水便橋上盟誓訂約，退回北地，一時更加欽佩眼前這位新皇帝的英明神武，問道：「突厥原本驕橫，現在卻來請和，自行退卻。不知此事陛下竟是如何籌策？」

李世民道：「突厥兵馬雖多，其心並不同德。由可汗至部眾，所思所念只在金帛財貨。卿等也已看到，議和之時可汗獨在渭水彼岸，群僚卻來我處拜謁，不過貪求多得些許賞賜罷了。當時我若設宴，將彼等灌醉擒縛，趁機率軍突襲，其勢必如摧枯拉朽。」

蕭瑀等人聽得頻頻稱是。李世民又道：「卿等還不知道，朕早已命長孫無忌接應李藥師，截斷突厥北歸之途。頡利若不請和，待他戰敗奔逃，便會遭遇李藥師率勁旅迎頭痛襲，後方又有朕率大軍追擊。因此倘若只想戰勝突厥兵馬，易如反掌！」

蕭瑀等人面面相覷，這位新皇帝的籌策，當真完全出乎他們所能臆想。

只聽李世民又道：「朕今不欲興師，只因即位不久，國家尚未穩定，百姓尚未豐足。當前首要之務，乃是清靜無為，與民休息。」他說此話之時心中所想，便是「富國家、強社稷、興教化、安百姓」十二字，蕭瑀等人自然更加不會知道。

李世民繼續說道：「如果此時便與突厥對戰，一來我國必也損失重大，二來兩國結下深怨，彼等從此銳意生聚，秣馬厲兵，如此我國戡平突厥的目的，便更難以達成。因此現下我國必須卷甲韜戈，而以金帛饜足對方。他們既遂所欲，從此志得意滿，驕矜怠惰，不再矢志備戰。我國則養精蓄銳，枕戈待日，然後一舉將之殲滅。所謂『將欲取之，必固與之』，便是此意啊！」

此時新皇帝凝視蕭瑀，問道：「朕的心意，卿可明白？」

蕭瑀被凝視得甚不自安，頓首再拜：「聖慮精微深湛，遠非臣所能及！」

至於李藥師，當他接到一卷詔書、一道密旨之時，心中如有一股暖流，熨貼無比。他將此事告知愛妻，出塵竟也不語。夫妻二人感念在心，幾乎落淚。刑部尚書之職，原在意料之中，意外的乃是參圖國政，這雖沒有宰相之名，卻已是宰相之實！還有那道密旨，這等同讓他自行決定何時進京、如何進京。如此，待他們進入長安城時，大殿之上便已是李世民，而不再是李淵。李藥師即將成為三省六部之中，第一，也是惟一，在新皇帝登基之後，步入廟堂的新閣員，這是何其愜心的安排啊！

於是，在唐室與突厥議和之後，李藥師率部由靈州返回長安。出塵帶領全家，也都換上戎裝，在親衛前導後擁之下，自京師西城三門的北首一門，開遠門，進入長安。大唐武德九年九月，上柱國、永康縣公、刑部尚書、參圖國政李藥師夫妻，雙雙並轡執韁，帶著德謇、德獎，堂堂步武，皇皇昂首，浩浩泱泱地穩穩邁進這座如今已然翻開嶄新一頁的大唐帝都。

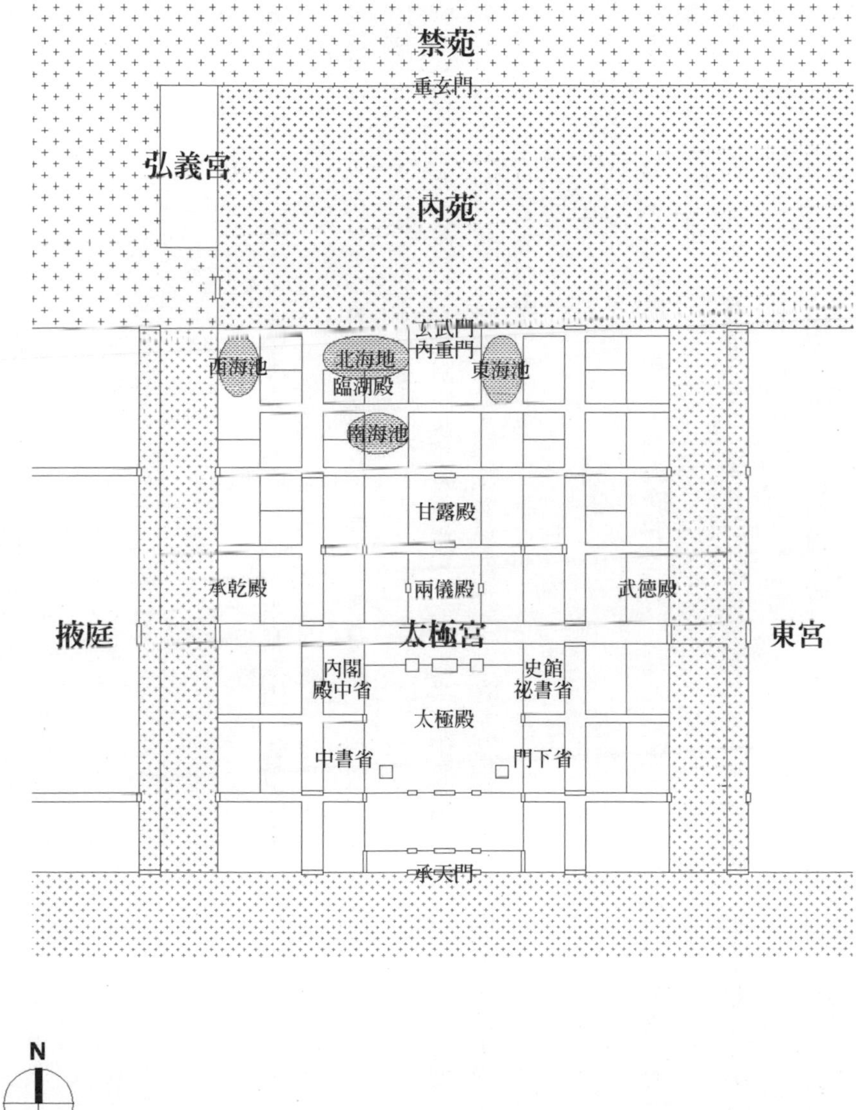

玄武門位置圖

0 200 400 600 m

注釋

第廿五回　綜論天下

①神光大師、猿鶴二公、玄中子、徐洪客、龍宮、龍師、李淵錄囚、虬鬚龍子等等情事，均請參考《大唐李靖．卷一．龍遊在淵》。

②李世民對出塵夫人的親敬，請參考《大唐李靖．卷一．龍遊在淵》〈廿四．折節入唐〉。

③初唐單稱「突厥」，即指東突厥。

④李藥師的時代，一般稱蕭督建立的附庸政權為「後梁」，小說中概用此稱。唐代之後，五代時期又有朱溫建立的後梁，為免混淆，後世改稱蕭氏後梁為「西梁」。然在東晉與十六國對峙時期，北方有李暠建立的「西涼」，讀音易與西梁混淆，當時不用。

第廿六回　隋唐禪代

①楊玄慶之事，請參考《大唐李靖．卷一．龍遊在淵》〈廿一．西京救孤〉；「鵲之彊彊，鶉之奔奔」請參考同書〈廿三．鵲之彊彊〉。

②「李迪波大哥」之事，請參考《大唐李靖．卷一．龍遊在淵》〈第三．趙郡府衙〉；西嶽獻書之事，請參考同書〈十九．西嶽獻書〉；懸甕山巔之事，請參考同書〈十八．立馬中原〉。

③兩《唐書．李靖傳》均記載：「從平王世充，以功授開府。」惟《舊唐書》記為「武德二年」，《新唐書》

則未記年代。李世民先後兩度出討王世充，第一次在義寧二年，因禪代而撤軍。第二次在武德三年，至武德四年凱旋。李靖在武德三年開始參與南方戰役，不能參與第二次出討，因此他參與的應是第一次。

④三王陵是哪三位周王的陵寢？各家說法不　。清代王先謙《合校水經注》：「三王或言周景王、悼王、敬王也……悼、敬二王與景王俱葬於此，故世以三王名陵。」東周天子世系，靈王之後是景王、悼王、敬王，故採此說。

⑤李淵立國之後，將大興城改稱長安城，大興殿改稱太極殿。至於大興宮，直到唐中宗神龍元年（西元七○五年）才改稱太極宮。小說則無須拘泥，俾與後人印象中的名稱相符。

⑥尚書、門下、中書三省，是兩漢魏晉以來逐漸定制的名稱。隋文帝楊堅之父名楊忠，為避諱而改侍中為納言、中書省為內史省、中書令為內史令。唐代建國之初，沿襲隋代官稱，不久之後改回魏晉舊稱。小說中則概稱侍中、中書省、中書令。此外，戶部當時稱為民部，李世民崩逝之後，才為避諱改稱戶部。小說中則概稱戶部。

第廿七回　三李初會

①一唐畝約合今日五四○平方米。

②「齏」讀作基，ㄐㄧ，jī。「齏」的製作有三要件：其一、細切；其二、有「漬物」相和；其三、有「辛物」調味。又，屈原《九章・惜誦》：「懲於羹者而吹齏兮，何不變此志也。」故知「齏」必定冷食。

第廿八回　紫衣御史

①李靖任岐州刺史，遭到誣告，得一佚名御史解救之事，見唐代劉肅《大唐新語・舉賢第十三》。

②李藥師去見楊素，勸說起事卻遭到拒絕等事，請參考《大唐李靖・卷一・龍遊在淵》〈十七・再入楊府〉。

③諸葛亮曾五次北伐。「六出祁山」則是小說家言，並非史實。

④韓擒虎「生為上柱國，死作閻羅王」之事，見《北史・韓擒傳》。亦請參考《大唐李靖・卷一・龍遊在淵》〈十一・鶉之奔奔〉。

⑤《世說新語・容止》：「王夷甫容貌整麗，妙於談玄；恆捉白玉柄麈尾，與手都無分別。」西晉王衍，字夷甫。

第廿九回　獻策圖梁

①根據《李藥王墓誌》，他逝於隋煬帝大業九年，然小說毋須拘泥。

②秦府「家宴」之事，請參考《大唐李靖・卷一・龍遊在淵》〈廿四・折節入唐〉。

③李世民曾下詔不「偏諱」，只避「世民」兩字連用，不避「世」「民」二字單用。因此徐世勣在武德、貞觀年間都以李世勣為名。直至李世民駕崩，李治登基之後，才改為李勣。

第卅回　追蹤神農

①天卦山北猿公、鶴公之事，請參考《大唐李靖・卷一・龍遊在淵》〈第五・猿聲鶴影〉。

第卅一回　輾轉硤州

① 龍子祠之事，請參考《大唐李靖．卷一．龍遊在淵》〈十四．鳳折鸞離〉。

② 史冊將許紹記為「硤州都督」。唐初並沒有「都督」，至武德七年二月，始改大總管府為大都督府。此時許紹應為硤州刺史。

第卅二回　奏捷開州

① 「梁孝王故事」見於《漢書．梁孝王傳》。梁孝王指漢文帝劉恆的嫡次子劉武，他是漢景帝劉啟的胞弟，封梁王，謚曰孝，故稱梁孝王。景帝三年發生七國之亂，劉武平叛厥功甚偉，「得賜天子旌旗，從千乘萬騎，出稱警，入言蹕，擬於天子」。

② 四川省達州市開江縣普安鎮玉皇觀村有李靖埡，據傳為紀念李靖開州之役而命名。當地相傳有李靖「免死牌」，又出土「免死」碑記，為李靖所立。

③ 「招慰土家」的「土家」當時泛指當地土著家族。「土家族」作為一支民族的稱謂，則始於唐代後期。

第卅三回　白浪淘沙

① 魚復浦「八陣圖」形勢，參考宦書亮《諸葛亮魚復八陣圖考辨》。

② 周代習俗，在三月上旬地支屬巳之日，前往水邊嬉遊，以祓除不祥，後世稱之為「祓禊」、「修禊」、「春禊」或「上巳」。「祓」讀作拂，ㄈㄨˊ，fu2；「禊」讀作細，ㄒㄧˋ，xi4。曹魏將祓禊之日定在三月初三，此後「上巳」不再一定是巳日。

③《詩經．鄭風．溱洧》：「溱與洧，方渙渙兮。士與女，方秉蕑兮。」《毛傳》云：「蕑，蘭也。」

④東晉王羲之〈蘭亭集序〉：「暮春之初，會於會稽山陰之蘭亭，修禊事也……引以為流觴曲水，列坐其次，雖無絲竹管絃之盛，一觴一詠，亦足以暢敘幽情。」

⑤《論語．先進》：「莫春者，春服既成……浴乎沂，風乎舞雩，詠而歸。」說的也是臨水祓禊。「莫春」即暮春，夏曆三月。杜甫〈麗人行〉詩：「三月三日天氣新，長安水邊多麗人。」也是描述祓禊之日，君子淑女在長安水邊嬉遊的情景。

第卅四回　碧海飛鶻

①鶻，在此讀作胡，ㄏㄨˊ，hu2，是隼科隼屬猛禽的舊稱，其中遊隼是世界上飛行速度最快的鳥類。張九齡〈鷹鶻圖讚序〉：「鳥之鷙者，曰鷹曰鶻……鶻也者，跡隱於古人，史闕其載。」可知唐代之前少見。

②宋代梅聖俞、司馬光詠和昌言五物，中有〈白鶻圖〉；清代郎世寧亦有〈白鶻圖〉畫作。隼屬猛禽中有海東青，各色海東青中，以純白色的「玉爪」最為珍貴。

第卅五回　戡平蕭銑

①《唐會要．卷八十九》引唐代鄭虔〈薈蕞〉：「（歐陽）詢初進蠟樣，自文德皇后掏一甲跡，故錢上有掏文。」開元通寶鑄於武德四年，當時文德皇后是秦王妃，不能在中央鑄錢的蠟樣上「掏一甲跡」。是故有掏文（掏紋）的錢幣，應僅止於秦王三爐所鑄。

②許紹取下的荊門鎮即今日湖北的荊門市，當時屬荊州，鄰近硤州。李靖取下的「荊門」則在今湖北宜昌宜都市西北，位於長江南岸。

③《隋書．地理志》：「巴山，梁置宜都郡、宜昌縣，後周置江州。」此「江州」在今日湖北宜昌長陽土家族自治縣，不是江西九江。此「睦州」亦在今日湖北宜昌長陽土家族自治縣，不在浙江淳安。

第卅六回　大衍易數

①李靖的蹀躞帶，兩《唐書》本傳皆提及，其形制則見於唐代韋端符〈衛公故物記〉。「蹀」讀做碟，ㄉㄧㄝˊ，die2；「躞」讀做謝，ㄒㄧㄝˋ，xie4；蹀躞，小步行走、徘徊之意。

②唐代文武官員均有蹀躞帶，所佩物件略有異同。唐睿宗時將「蹀躞七事」定為五品以上武官的官服佩件，然而初唐未必沒有「蹀躞七事」的說法。何況小說家言，毋須多所拘束。

③李靖之子入宮居住之事，亦見於〈衛公故物記〉。

④「蓍」讀作師，ㄕ，shi1，學名Achillea millefolium，多年生草本植物。取其莖，乾燥後截成段，用於占卦，即為蓍策。

⑤「爻」讀作搖，ㄧㄠˊ，yao2；「筮」讀作示，ㄕˋ，shi4。

⑥趙郡有李淵祖墳之事，請參考《大唐李靖．卷一．龍遊在淵》〈第三．趙郡府衙〉。

第卅七回　雲夢瀟湘

①李大亮隨李藥師南徇，乃是小說家言。

②各地李靖祠等相關記載，多見於清代顧祖禹《讀史方輿紀要》。

第卅八回　招慰嶺南

①各地李靖祠等相關記載，多見於清代顧祖禹《讀史方輿紀要》。

②兩《唐書・劉洎傳》均記劉洎入唐，得授南康州都督府長史。《舊唐書・地理志・嶺南道》載有「康州」與「南康州」名稱的更迭，且武德七年始有都督府建制，推斷武德四年應為康州總管府。其地在今廣東肇慶。

③李靖駐軍雷公嶺，見於廣西《博白地方縣志》。

第卅九回　芙蓉園宴

①《中說》舊本所題的作者王通，以及內文提及的隋、唐兩代名臣之種種，許多皆與史實牴觸。歷代多有置疑，見於晁公武《郡齋讀書志》、洪邁《容齋隨筆》、王應麟《困學紀聞》等著述。其總述則可參考《四庫全書》本《中說・提要》。

②李世民在武德九年、貞觀二年所下的詔書中，仍用「李藥師」名字。貞觀三年的詔書中，始見「李靖」。小說謂〈文中子世家〉在武德五年已有，當時應是「李藥師」。今本〈文中子世家〉則用「李靖」。

③唐代段成式《酉陽雜俎・酒食》：「歷城北有使君林。魏正始中，鄭公慤三伏之際，每率賓僚避暑於此。取大蓮葉置硯格上，盛酒三升，以簪刺葉，令與柄通，屈莖上輪菌如象鼻，傳噏之，名為『碧筩杯』。歷下學之，言酒味雜蓮氣，香冷勝於冰。」

④「三伏」期間是一年中最熱的日子。《初學記》卷四引《陰陽書》：「從夏至後第三庚為初伏，第四庚為中伏，立秋後初庚為後伏。」「庚」是天干屬庚之日；後伏即末伏，十日之後「出伏」。末伏始於立秋之

後十日之內，而處暑則在立秋之後十五或十六日，因此末伏的十日，必有部分甚或全部都在處暑之前。

第四十回　山雨欲來

①平陽公主出生之年不詳，推測為李建成之妹、李世民之姊。她在武德六年薨逝，當時李建成三十五歲、李世民二十六歲。平陽公主去世之時如此年輕，又得到軍禮下葬，因此推測，或是戰陣受傷所致。

②在楊素府中捉蟈蟈兒之事，請參考《大唐李靖．卷一．龍遊在淵》〈第七．越國公府〉。

③德謇、德獎所著王子服飾形制，見於唐代韋端符〈衛公故物記〉。

④「癰疽」一詞古代含義頗廣，其中「骨癰疽」即現代西醫所稱的化膿性骨髓炎，是開放性骨折之後受到細菌感染而形成。現代使用抗生素治療，仍有致命之虞，何況當時。

第四十一回　桂州日月

①《梁書．海南諸國》《南史．海南諸國》皆有「古貝」，或記為「吉貝」，即是木棉。《舊唐書．南蠻傳》則記載：「有古貝草，緝其花以作布，粗者名古貝，細者名白氎。」《新唐書》亦有類似記載。「古貝草」則是草棉，當時應是原產印度的棉花品種，與今日常見，原產中美洲的棉花品種不同。

②西元一九六四年，在廣東連州一座晉代墓葬中，出土一件陶甑，三件陶罐，據考證為蒸餾燒酒的器皿。

③南朝梁國顧野王《玉篇》中，「果」、「然」二字都有犬部。唐代李肇《國史補》曰：「猓然，猨屬，頰有髯，髯黑，性好理髯。又愛其類，生相序，死相赴，取一猓然，數十猓然可得，蓋聚族而啼，殺之不去。」明代宋濂則有〈猿說〉，描述武平的金絲猿：「獵人取母皮向子鞭之，子即悲鳴而下，斂手就致。每夕必寢皮乃安，甚者輒抱皮跳擲而斃。」

第四十二回　名將歸心

①說服李世勣的情節，參考網上懷舊船長《大唐軍神——李靖大將軍傳奇》，不敢掠美。

②李藥師親炙玄中子，習得精絕茶道之事，請參考《大唐李靖．卷一．龍遊在淵》〈第四．天挂石窟〉。

③蘇軾《和子瞻煎茶》：「又不見北方俚人茗飲無不有，鹽酪椒薑誇滿口。」

④唐代李肇《國史補．敘諸茶品目》：「福州有方山之露牙。」

第四十三回　威震江東

①將麥芽糖水轉為磚紅色之法，即今日的本氏試驗（Benedict's test）。將蜂蜜水轉為櫻紅色之法，則是今日的謝氏試驗（Seliwanoff's test）。謝氏試驗使用間苯二酚（resorcinol）與蜂蜜等醣類進行脫水縮合反應，產生深櫻桃紅色的分子。最早的間苯二酚，由天然樹脂蒸餾或以石碱熔製而得。

②《說文解字》：「黟，黑木也。」黟讀作伊，一，yi1。

③各地李靖祠等相關記載，多參考《三原文史資料》系列劉磊主編的《唐衛國公李靖》一書。

④關於儺戲與李令公，資料來自姜良《戰神李靖評傳》一書。

⑤「開漳聖王」陳元光的父親陳政，與武德二年為部下所殺的山東道安撫副使陳政，不是同一人。

第四十四回　揚州行次

①徐洪客曾說，出岫出世之後，與李藥師、出塵還有一面之緣，並囑袁天綱為之引見之事，請參考《大唐李靖．卷一．龍遊在淵》〈二十．初見虬髯〉。

②武士彠，《舊唐書》作「武士䧢」。史書皆記武士彠「武德中，累遷工部尚書，進封應國公，又歷利州、荊州都督」，利州即益州，武德年間曾短暫改名。小說中則概稱益州。

③李藥師邂逅出岫之事，請參考《大唐李靖．卷一．龍遊在淵》〈第六．渭水之濱〉；出岫最終入土的點滴，請參考同書〈十四．鳳折鸞離〉。

④范蠡，字少伯。

⑤鸚鵡螺杯、綠粉俱見於唐代劉恂《嶺表錄異》。

⑥隋煬帝蕭皇后與蕭瑀的母親，是後梁孝明帝蕭巋的皇后張氏。張皇后的父親張纘，尚梁武帝蕭衍之女富陽公主。若依小說為出塵安排的家世，張纘是她的曾祖父。也就是說，出塵的曾祖父即是蕭瑀的外祖父。然而小說情節，忽略這重關係。

第四十五回　浮生偷閒

①東晉干寶《搜神記．賈佩蘭說宮內事》：「九月，佩茱萸，食蓬餌，飲菊花酒，令人長命。」

②左慈由銅盆中釣出松江鱸魚之事，見於《後漢書．左慈傳》。張翰思吳中菰菜、蓴羹、鱸魚膾，辟官賦歸之事，見於《晉書．張翰傳》及《世說新語．識鑒》。楊廣說金齏玉膾之事，見於唐代劉餗《隋唐嘉話》。松江，今稱吳淞江。

③「八和齏」見於北魏賈思勰《齊民要術．卷第八》。以香柔花葉搭配金齏玉膾之事，見於宋代《太平廣記》卷二三四引唐代顏師古《大業拾遺記》。根據《本草綱目》，香柔是「香薷」，唐代《食療本草》則稱為「香柔」、「香茸」。多年來查了不少資料，目前認為應是Elsholtzia ciliata。魚生方面，亦參考西乞朮《中國古代的生魚片文化》。

④東晉王羲之〈蘭亭集序〉所記，乃是三月上巳會於「會稽山陰之蘭亭」，臨水祓禊之事。

⑤出岫曾著紫衣之事，請參考《大唐李靖・卷一・龍遊在淵》〈第七・越國公府〉。出塵曾著紫衣之事，請參考同書〈十七・再入楊府〉。

⑥瓊花只見於兩宋詩詞，而不見於唐人記述。然瓊花與揚州有不解之緣，其傳說又與隋煬帝相關。因此若說李藥師、出塵、玄奘等曾經得見揚州瓊花，並不為過。

⑦李藥師與神光大師談經之事，亦請參考《大唐李靖・卷一・龍遊在淵》〈第二・盤龍山巔〉。

⑧唐代馮贄《雲仙雜記》：「洛陽人家，寒食裝萬花輿，煮桃花粥。」寒食前後煮桃花粥的習俗，至遲唐代已有。

⑨鰣魚產地並不僅限於富春江，然就小說而言，引入嚴子陵（嚴光）釣於富春江的典故，更有情懷意境。何況李藥師家中，並沒有能力鋪陳出徐德言與樂昌公主那般講究。不過鰣魚宜網不宜釣，嚴子陵在富春江上所釣，或許並非鰣魚。

⑩東漢楊孚《異物志》：「荔支……四月始熟也。」

⑪唐代李肇《唐國史補・卷下》：「酒則有……嶺南之靈谿、博羅。」兩者釀製之法則見於明末清初屈大均《廣東新語・食語・酒》。

⑫鰣魚「銀鱗細骨」，見於明代何景明《鰣魚》詩；「櫻桃頰」，見於屈大均《蕩舟海目山下捕鰣魚為鱠》詩。鰣魚膾「紅肌白理……至甘旨矣」，則引自《廣東新語・鱗語・魚生》。

⑬將鰣魚鱗片以絲線串起吊蒸之法，見於近人唐魯孫《什錦拼盤・銀鱗細骨憶船鰣》。西晉嵇含《南方草木狀》中已有女兒紅酒。「火膧」即金華火腿，唐代陳藏器《本草拾遺》記載：「火腿，產金華者佳。」女兒紅、火膧都是會稽名產。

⑭隋代杜台卿《玉燭寶典・二月仲春》：「寒食又作醴酪。」注曰：「研杏人（杏仁）為酪。」在李藥師的時代，杏酪也是寒食前後的應節食品。

⑮南宋顧文薦《負暄雜錄・欐枝》記載：「南漢劉鋹每歲設紅雲宴，則窗外四壁悉皆荔枝，望之如紅雲然。」

⑯宋代曾慥《類說》卷六引唐代李綽《秦中歲時記・櫻筍廚》：「四月十五日自堂廚至百司廚通謂之『櫻筍廚』。」櫻桃與筍皆是唐人珍視的初夏美食。

⑰「天花饆饠」見於韋巨源「燒尾宴」。《玉篇》云：「饆饠，餅屬。用麵為之，中有餡。」《太平廣記・名食》則有「櫻桃饆饠」。

⑱各地李靖祠等相關記載，多參考《三原文史資料》系列劉磊主編的《唐衛國公李靖》一書。

第四十六回　救援潞州

①今本《隋唐嘉話》正文不見「人妄告東宮」之句，僅依《資治通鑑・考異》所引，將此議入於〈補遺〉之列。

②《資治通鑑》記載，武德八年七月突厥寇相州。相州在今河南安陽，位於大唐腹地，突厥不可能直入。《資治通鑑・考異》認為，這裡相州可能是桓州之誤。然唐代並無桓州，姜良《戰神李靖評傳》認為，位於今日河北石家莊地區的「恆州」可能更恰當些。

③《冊府元龜》卷四百九十八〈邦計部・漕運〉：「唐高祖武德……八月揚州都督李靖運江淮之米以實雒陽。」此「八月」當為「八年」之誤。

④李靖「六花陣」各種變化，請參考《李衛公問對》。

第四十七回　酣戰靈州

①各地李靖祠等相關記載，多參考《三原文史資料》系列劉磊主編的《唐衛國公李靖》一書。

②代天行雨、西嶽獻書等節，請參考《大唐李靖．卷一．龍遊在淵》。

③《資治通鑑》記載：「（武德九年三月）梁師都寇邊，陷靜難鎮。」根據清代顧祖禹《讀史方輿紀要》，靜難鎮屬綏州。

④李淵採李建成之議，將五原、榆林割予突厥之事，見《冊府元龜．卷九百九十．備禦第三》。

⑤「太白」即是金星，「經天」亦稱「晝見」。「太白經天」意謂金星白晝閃亮，肉眼可見，與日爭輝。這與「金星凌日」不同，若由地球觀測，前者所見的金星閃亮，與太陽有一定距離；後者則是劃過太陽表面的黑點。

⑥《資治通鑑》記載：「會突厥郁射設將數萬騎屯河南。」這裡「河南」是黃河之南的河套地區，不是今日的河南省。

第四十八回　秦王踐祚

①「投杼」見於《戰國策．秦策二》以及《史記．樗里子甘茂傳》。

②隋、唐中央政府，歷來皆稱「三省六部」，然事實上是「六省六部」。「六省」除尚書、門下、中書外，還有祕書、殿中、內侍三省。前三省非但首長品秩高於後三省，且掌實權，因此歷來皆以「三省六部」概稱。

③唐初戶部稱為民部，其後為避李世民諱，改稱戶部。小說中則概稱戶部。

④《資治通鑑．武德九年．秋七月》記載，以李客師為「領左右軍將軍」，然兩《唐書》無此官職。按李客

師排名在右監門將軍長孫安業之後，而兩《唐書》十六衛中，惟左右千牛衛在左右監門衛之後。左右千牛衛之稱始於唐高宗咸亨元年，其前身為隋文帝開皇年間的左右領左右府。隋煬帝大業三年分置為左右備身府與左右騎衛府，武德五年改稱左右府與左右驍騎衛。其中左右府於唐高宗顯慶五年改稱左右千牛府，龍朔二年改稱左右奉宸衛，咸亨元年之後定為左右千牛衛。斟酌前後，此時李客師或應為右府將軍。

⑤涇州在今甘肅涇川。涇陽則是今陝西涇陽，屬咸陽市。「俟斤」是突厥武職官名，約相當於當時大唐的總管。

⑥《唐六典・尚書工部》云：「凡天下……木柱之梁三，皆渭川也。便橋、中渭橋、東渭橋，此舉京都之衝要也。」

時報悅讀 33

大唐李靖　卷二：龍戰于野

作　　者—齊克靖
主　　編—蘇清霖
特約編輯—劉素芬
封面設計—FE 設計
美術排版—藍天圖物宣字社
企劃經理—何靜婷

第二編輯部編輯總監—蘇清霖
董 事 長—趙政岷
出 版 者—時報文化出版企業股份有限公司
108019 台北市和平西路三段二四〇號七樓
發行專線—（02）2306-6842
讀者服務專線— 0800-231-705、（02）2304-7103
讀者服務傳真—（02）2304-6858
郵撥— 1934-4724 時報文化出版公司
信箱— 10899 臺北華江橋郵局第 99 信箱
時報悅讀網— http://www.readingtimes.com.tw
法律顧問—理律法律事務所 陳長文律師、李念祖律師
印　　刷—紘億印刷有限公司
初版一刷—二〇二〇年九月十八日
初版二刷—二〇二〇年十月二十一日
定　　價—新台幣三五〇元
（缺頁或破損的書，請寄回更換）

時報文化出版公司成立於一九七五年，並於
一九九九年股票上櫃公開發行，
於二〇〇八年脫離中時集團非屬旺中，以「尊重智慧與創意的文化事業」為信念。

大唐李靖. 卷二 : 龍戰于野 / 齊克靖作. -- 初版. -- 臺北市 : 時報文化,
2020.09　352面；　14.8×21公分（時報悅讀 ; 33）

ISBN　978-957-13-8329-3（平裝）

863.57　　109011636

ISBN 978-957-13-8329-3
Printed in Taiwan